This book is dedicated to Ella, Kiera, Cavan, and Owen,
who have watched me work on this their entire lives.
Someday I will miss you getting peanut butter
on my keyboard.

谨以此书
献给艾拉、凯拉、卡文和欧文,
他们见证了我写本书的全过程。
有一天我会想念你们把花生酱撒到我键盘上的日子。

华尔街女神

OPENING BELLE

Maureen Sherry

[美]莫琳·雪莉 著

李娟 译

重庆出版集团 重庆出版社

目录 CONTENTS

芭比之祸	8	The Trouble with Barbie
曾经的我们	22	When That Was Us
偷溜出去	27	Slipping Out
在大街上集聚	31	Herd on the Street
心之所在	44	Where the Heart Is
男人的讲台	50	Dais of the Dicks
躲不掉的缘分 II	54	How Not to Meet Your Husband, Part II
交换	62	Ex-Change
在地板上	72	On the Floor
除息日	79	Ex-Dividend
躲不掉的缘分 I	84	How Not to Meet Your Husband, Part I
被市场碾压的一天	90	The Day the Market Moved on Me
绅士宁愿要奖金	98	Gentlemen Prefer Bonds
赚钱	103	In the Money
结束意味着新的开始	111	The End That Was the Beginning
接管	120	Takeover
哄抬股价	126	Pump and Dump
性感女郎	134	Naked Girl
拿自己做交易	144	Trade You
谨慎试探他人看法	150	Putting Out Feelers
硬塞的搭档	154	Ticker Tantrum

内部消息	165	Inside Information
债券女郎	171	Bond Girl
妇女问题	185	Women's Issues
内部规则	198	Tribal Knowledge
金手铐	209	Golden Handcuffs
标准偏差	213	Standard Deviation
因为你适合我	216	It's Because You Fit Me
轧空头	224	Short Squeeze
痛苦指数	238	The Misery Index
追求回报	242	Chasing Returns
消费	249	Consumption
超前交易	252	Front Running
她的成功秘诀	262	How She Gets By
三巫出没时刻	272	Triple Witching Hour
崩溃	295	Crash
如此交易	307	Trade This
境况转好	317	Better Offer
死猫式反弹	324	Dead Cat Bounce
收益	327	Yield
清醒的欢愉	332	Rational Exuberance

芭比之祸
The Trouble with Barbie

这种假日打击，我经历过九次，早已熟知它的步骤：先喝上一杯酒，然后灌一肚子水。这不是二〇〇七年，一个三十六岁的女人被人看到随节奏摇摆总归不雅。我将在房间里旋转一圈，和某些平时交流不多的合作者聊上几句，然后走向门，离开，溜回家，回到布鲁斯身边和我们堆满尿布的混乱世界中去。

距离入口处几步远时我本能地顿了一下，召唤出一个更为引人瞩目的自己，试图让她在今晚闪亮登场。我把背脊挺高了些，努力找到内在魅力，与此同时，我在心里默数着那些男人的名字，他们都是将决定我财年年终奖金的人。过去几周，我和执行委员会中的那些头发花白的臭男人中的哪一个没有搭过腔？还有，我将怎样才能貌似不经意地提醒他们我成交的最大几笔交易？

趁着幕布尚未升起，我加紧排练，在脑海里将可能上演的戏码全都过了一遍，并假装平静，就像我四岁的孩子尖叫着威胁要摔碎玻璃杯时表现的那样。我搜肠刮肚，想着什么样的禅辩能吸引男人倾身向前来聆听。关键是要避免成为那个歇斯底里的女性角色——那是我与之共事的旧派男人对女人的印象。保持冷静和专业，绝不陷入无聊八卦，维持漂亮女孩模式，这是让我屹立不倒的策略。

我在心里默想着无论在什么情况下，无论他们为我的银行存款做了什么贡献，我今晚都不能也不会与之共舞的男人。此刻，股市交易结束了，我们所有人在开放式酒吧里齐聚一堂，内心的原始欲望便都释放了出来。想象中，职场上的任何一个地方都有在派对上应该避免的一份嫌犯名单，但费金·迪克逊的问题是，或者说，任何地方腰缠万贯的男人都有的一个通病是：他们对待婚誓玩世不恭的态度。倒不是说他们不爱自己的妻子，我想他们是爱的，可一旦被金钱冲昏了头脑，他们就开始变得肆无忌惮起来。任何男人，也许他在另一种生活中是个呆子，但一听到自己近乎名人地位的召唤就开始变得荒淫无道起来。如果说这些男人一年中什么时候会发情，那就是现在，就在奖金季开始前的几个月。

华尔街上的专业人士的收入令人眼红。行政人员一年能赚5万到20万美元；副经理级别的大约是25万，而作为总经理级别的我的收入则是50万。而在享受这份令人心醉的收入的同时，随之而来的则是飘飘然。在我们财年年末，在不到几个月的时间里，佣金将会被那些操控它们的人瓜分一空：银行家得到投资银行交易的佣金，操盘手得到股票和债券买家和卖家支付的每股的盈利，而非生产性的管理人员则从涉足的每一个部门偷取利润。这些奖金将我们置于财富的顶端，通常能使得我们的收入翻番，或让我们的实际工资变得无关紧要。待在这场游戏的顶层，我希望工作到再也不用工作为止，然后兑现我的职工优先认股权,那时候我还足够年轻,能去做一些有意义的事情。我将带着我的三个宝贝和大部分时间没工作的老公去某个乡下死胡同居住,在那里我甚至喜欢用"死胡同"那个词。我将加入家庭教师协会,把我的孩子们送上校车,为伟大事业捐献数目可观的善款,学会如何对我的丈夫以及对他来说是"工作"的难懂的兴趣表示敬意。但现在,我得支付三份私立学校的学费,一个保姆、一个遛狗人和一个偶尔露面的家政的费用,一个租用的停车位的费用,一个能容纳五口之家的公寓的贷款,以及我们每个周末去的汉普顿那栋房子的租金。这些都得用税后收入支付。所以今夜我得在这个房间里全力周旋。

我站在酒店的台阶顶端,吸入十二月凉爽的空气,瞥见了倒映在玻璃门上的自己。此刻,我不是做好了拍照准备的时尚达人。我是个衣着华丽却拎着大包小包的女人。走上台阶的其他人都为这一刻做好了准备。他们身上散发着好闻的气味,脸庞散发着光芒。如果他们是买完圣诞礼品后来到这里的,那么他们手里拿着的都是比普通购物袋重四倍的购物袋,它昭示着里面物品的价值:爱马仕、御木本、高岛屋、普拉达。而我呢,提着一个垃圾袋大小的玩具反斗城的麻袋,里面装着塑料制的火线救援队的卡通人物、巨大的"芭比发型"娃娃的脑袋(想想看戴着金色假发的心肺复苏人体模型的脑袋)和特大号的费雪牌婴儿两用手推车。我这个样子倒没啥关系,只是这份重量摧毁了我试图展现假日优雅的努力。优雅是今晚着装的要求。雪上加霜的是,我有好几次都把婴儿手推车敲出了歌声。卖出的玩具里还装着电池。每当袋子碰上我的膝盖时,我都能听到那一阵活泼的声音:"打开,关上它们;打开,关上它们;

给点掌声，掌声，掌声。"

我正想着就这样在大庭广众之下走到衣帽间有多远，这时伯尔斯桥猛地出现在我身后。

马尔库斯·伯尔斯桥，人们更习惯叫他伯尔西，年届三十九，是两个孩子的爸爸。他长着一头浓黑的头发，但凡女人都忍不住想要去把它弄乱。当然了，如果我们当中有谁真手贱，那将会被解读为在挑逗男性。和男人调情的劲爆消息用不了几分钟就会传遍整个交易大厅。女人可以想象怎么弄乱他的头发，但绝不敢付诸行动。他五官棱角分明，说话带着懒洋洋的南方口音，那种魅力足以让叽叽喳喳的销售员安静下来。对我来说，也许只有他最接近于一个工作伙伴了。伯尔斯桥和我背靠背坐在交易大厅的地板上。我们一天中大部分时间用兄妹似的方式交流着和工作相关的事情。股市一闭市我们就毫无交流，直至第二天早上。我们所有的交流都发生在上午九点半开盘钟响起到下午四点闭市之间，这使得此刻成了例外。今夜他令我吃惊。

"嘿，亲爱的伊莎贝尔，你和我一样把所有热门商店都逛了个遍吧？"他咧嘴笑着举起一个和我的相像只不过包装更贵重的袋子。

"我们都太投入了。"我说，注意到当时间不是金钱时，他语速更慢了。从各种迹象看，光是马尔库斯就能让 FAO 施瓦茨玩具店免遭破产。

"你还处在那个紫色恐龙阶段？"伯尔斯桥对恐龙邦尼有着变态的喜爱。他时不时地就会谈到他。这很怪异。

我接着一口气说出了我给孩子们采购的圣诞礼物，好像我这辈子都指靠它们了似的。"生化战士、婴儿两用手推车、芭比、变形金刚、游戏王！卡片，还有婴儿书。我知道我肯定还忘了什么，我们家的某个小家伙肯定要为此伤透心了。"我说，我是认真的。

"亲爱的，你简直是逐字背出来的。"

伯尔西在圣诞节气氛的感染下显得格外高兴。我听到他和妻子通话时经常都是在发火。他担心她买了不必要的东西，或进行了某种形象改造，又或者去做了水疗。做水疗也许是必要的，但费用贵得要命。今晚他轻松又风趣，而我感到有点发慌。今晚很重要，而我看起来一塌糊涂。

"帮我挡一把，马尔库斯。看在上帝的分上，我一副妈妈相。"我朝手上的袋子点了点头。

他闻言一把抓过我的袋子，砰的一声，身体狠狠撞上了婴儿车，婴儿车立马就放声高歌起来："三角形 ABC，三角形 ABC。"

"谢谢。"我吐出一口气，目送他带着我的货物，转身进了衣帽间。真奇怪，为什么他带着玩具四处溜达觉得很自豪，而我不能。

"节拍器"是间约一千平方米的餐厅，而今夜它变成了舞厅。派对尚早，大家伙儿还在喝酒找自信。大部分人都在酒吧里晃悠。DJ转动着天真烂漫的曲子，放的是婚礼乐曲："庆祝美好时光，来吧！"

那首歌才刚响起怎么就消失无踪了？

几个女人配对跳了一会儿舞，希望能拉开派对的序幕，但还是没有人放松下来。这个夜晚，清醒得令人尴尬。

交易大厅，我们大部分人工作的地方，此刻正充当着求偶舞的舞台。每天都这样。几张办公桌连在一起做成的格子间被安置在一个四分之一足球场大小的地方。我们之间没有墙壁和小隔间。工作时间里，大家不是在打电话就是在调情。交易大厅有一切能保持肾上腺素释放的因素：消息发布、悲剧、金钱、种族歧视、性别歧视，还有比过去隐蔽的性表演。二十世纪九十年代早期到处飘的充气娃娃已经泄气了，传递情爱巧克力的把戏也已消停。我最好的朋友伊丽莎白到访时说："我觉得你像在夜总会工作。"她把我们比作她工作的地方的技术启动器，说华尔街处在一个比她的世界更无法无天的进化阶段。

这个节日派对有酒精、有晦暗的灯光、有音乐，是一场等着开场的表演。在这个追忆往昔的怀旧之夜，它从不会让人失望。

我锁定了我的第一个目标——西蒙·格林，我的顶头上司。他是个衣着邋遢、油光满面、秃顶、极度活跃的年近六十的老男人。他从不和我说话，除非有什么不好的消息。我们已经很久没有说过话了，这对我待定的奖金来说是个好迹象。但让他知道我希望被他记住的时机就是此刻。是时候和西蒙聊聊了。

"节日快乐。"我磕磕巴巴地说。我在已经准备说"圣诞"的千分之一毫秒时悬崖勒马，因为西蒙是犹太人，结果说出来的话就变成了"节日快乐"。我肯定这必将让我付出代价。

"嘿，伊莎贝尔。"西蒙说。

"猎豹全球很快就要投票了。我想把你介绍给他们。我们能否一起去拜访一下他们？"我问。

在发薪日前我能抛出来放在上司面前的除了我最好的客户还能有谁？我想象着这位客户在西蒙面前对我大唱赞歌，而他在给我的奖金支票上签字。我今年让猎豹全球支付给费金的佣金翻了一番。我握了握格林潮湿的手，朝金·麦克弗森走去，他是头号操盘手和薪酬委员会的成员。

金是在派对伊始去套近乎的第二好选择。这位拥有惊人的一米九五身高的前杜克大学男子篮球队队员，当派对上的女人感觉无趣时，他一出现很快就能成为焦点。换而言之，如果我不早点儿跟他搭上腔，那我稍后将无法靠近他。

"伊莎贝尔！"我朝他走去时他喊道。他正和伯尔斯桥靠在吧台上。

"节日快乐，甜心。"金说着给了我一个吻，还不忘在我的脸颊上轻舔了一下。我选择忽视他的这个动作。金是那种我在工作还没上道儿前会去约会的男人。他时髦、风趣，态度亲和，不过没过多久我就看出这人表里不一，不能信任。作个比较？好吧，比如：如果我老公布鲁斯说他回不来了，因为他在圣马丁岛开完会回家途中飞机引擎坏了，被紧急迫降在了《体育画报》泳装特辑的拍摄地圣巴托洛缪岛上，而他没有打电话是因为他正和某人（这里应该是某超级名模的名字）共处一室。他们只是朋友，他不想吵醒她。实际上，这是真的。而对于像金这样的男人来说则不是。我知道我能当养家糊口的女人，却做不了被欺骗的妻子。我曾经是被欺骗的女友，我过不了那种生活。

金将手挪到了我后背的下部。马尔库斯像个大哥一样把手伸过来挡掉了搭在我身上的那只手。这给我被人关心的感觉，但我讨厌这种感觉。因为我知道怎么照顾自己。

"看看伯尔西给他的孩子们都买了什么！"他说，现在他的拇指悬在了我的短裙后方。这在让人分心的同时也令人愤怒，但我随他去了，很高兴马尔库斯也没有去理会。虽然我喜欢他的帮扶，但有时候我觉得他以恩人自居。

我转过身面对的是一座带屋顶的骨灰级城堡，它分为四部分，这种玩具极度罕见。我知道这个玩具是因为我七岁的孩子也想要一个，而我告诉他，圣诞老人不卖289美元的玩具。我也许有钱，但我不会那样溺爱孩子。不过，伯尔斯桥会。两个男人一边咯咯笑着，一边装上电池，把巨大的塑料钥匙塞进堡垒门里（哦，天哪，用房子的钥匙来开城堡？），然后听着城堡发出尖叫声："有人入侵！有人入侵！"铃声和警笛声大作，金的手又朝我的臀部挪来，伸进了我短裙的腰带里。每次警笛响起时他都哈哈大笑，每笑一声都用手掌摩擦着我的屁股。

我脑子里两个念头在打架：一方面，我恶心自己没有直接走开，为谈生意而忍受着金的咸猪手；另一方面，我想着我丢掉买的玩具，拼命隐藏我的另一种生活，马尔库斯却想拿出来炫耀。他在吹嘘，是他去买的玩具。金在说："那个伯尔西啊，真是个顾家的好男人。"

"嘿，黄金女孩。"一个被我列入"避见者名单"上的男人把我从金身边拉开了，这导致他的手在我的短裙上挂住了片刻。对此我事先早有准备。

那是塞尔瓦托·布洛迪，大家都叫他萨莉。他是柜台交易的联席主管，此刻他跳舞的样子像个爱尔兰人或意大利人。他是在踢踏舞和红葡萄酒两种文化中孕育长大的男人。我试着去跟随他弱智的动作，手臂紧贴在身体两侧，双腿交叉，蹦跳，数着1，2，3，4，同时保持着微笑。

歌曲变成了痛苦之屋乐队的《到处跳》，于是我们跳了起来。有那么一瞬，我很想问问他从我手上抢走的一只股票（有人买走了我的顾客想买的股票），但我意识到跳舞的时候跟他说这个我得在他耳边尖叫才行，而此刻我没有那种力气，我也不想离他更近。幸好这首歌很短，我冲向女卫生间，只为有个地方可去。就是在那里，我撞见了艾米·雅普。

艾米和我坐的地方相隔不到一米，但我们很少说话。她的级别略低于我，她迫不及待地想要往上爬。每次我怀孕时她都会偷偷觊觎我的地盘，所以我经常和她保持着距离。今夜，我们一起站在洗手池前，都尴尬地洗着手，避免在面前的镜子里进行眼神接触。她超级时髦的金发已经剪短到紧贴头皮，又高又尖的高跟鞋让中等身材的她显得高挑了，红色鸡尾酒裙几乎贴在了皮肤上。她身上的一切都是绷紧的。我们之间的沉默太过怪异。为什么没有即时买卖要谈的时候，我们之间会如此不舒服？艾米最近离婚了，没有孩子，除了工作外，似乎没有什么业余爱好。

两名销售助理的声音分散了我们的注意力。销售助理是平衡贸易的支援人员，匹配、买卖百千万美元的订单，平衡每天流转的成堆的金钱，祈祷自己不要出错。她们是报酬低、被虐待的女人，总是盯着像我手上的这份如同多汁的胡萝卜一样的工作。我不清楚我和她们到底谁工作更辛苦一些，但她们的乐趣似乎更多，而我赚得更多。这就是我们之间真正的交易。

助理1："你看到金把我拉到他大腿上了吗？"（叹气声。）

助理2："拜托，那些臭男人已经把余兴派对的钥匙给我了。"

余兴派对发生在正式的假日派对结束后，是在酒店房间里进行的丑陋派对。想想毕业舞会后那些酷酷的孩子一起去泽西海岸，而我们其他人则回家。我从来没有受邀参加过余兴派对。此刻，艾米朝那两名助理点了点头。和决定奖金的男人调情的话题仍在继续。

助理1："我不敢相信你在那边竟然表现得那么生机勃勃！"
助理2："他们喜欢这样。那个金随便哪天都能给我的安东尼带来收入。"
助理1："今晚给他点甜头……奖金季，你懂的？"

艾米把水管开大，用水声来掩盖她们的声音，并提醒她们，她们所说的每一个字我们都听得到。我知道她的手已经洗干净了，我奇怪的是，为什么这些女人会让她这么生气？水流哗哗，但还不够大。她们的声音反而被放大了。我以为会看到艾米假笑，翻白眼，表示"她们难道不可怜吗"。然而她没有，她只是茫然地看着我，犀利的蓝眼睛望进我眼里。怎么了？我想。"怎么了？"我问。

她像是对我很恼火。水声停了，聒噪声也停了。艾米愤怒地一伸手，从置物架上一下子抓了很多擦手巾。多余的擦手巾飘到了地板上，随着她转动脚跟离开时的愤怒动作移动着。

当我重新出现在大厅时，人们已经从谨慎和期待变成了放荡不羁。呈现在我眼前的是一场兄弟会派对。舞池里，成堆的男人像学龄前儿童一样把他们的爱马仕领带像印第安头饰那样圈在头上。他们抱摔着彼此，将挡在他们路中央的女人夹成三明治。女人佯装受惊尖叫，却没有试图逃离舞池。有人也许会说她们享受这种对待。但也许她们只是感到有必要去讨好，去配合，去和那些大人物玩，因为她们不牢靠地贴着银行业务馅饼的某一块。如果我和她们中的一个认真谈过，那也许我就知道这是真的，但我没有。没有人真正谈过这种事，尤其是对我，交易大厅里少数几位女性高管之一。我年仅二十八岁时就成了这里的总经理，是有史以来最年轻的。现在我三十六了，在这个角色里游刃有余。它让我感到如此骄傲，也让我如此孤独。

关于跳舞的印第安人吸引眼球的另一点是他们大部分是年长的高层。年轻一点的都羞怯地站在过道上，试图忘掉他们学到的所有正派的东西。抱摔女人，或边挑逗地挪动身体，边脱衣服，这样的行为在集体环境中似乎都大大不妥。他们被面前的场景给弄糊涂了，不知道该如何行动。他们不舒服地站着，不停地用左右腿转移着体重，用左右手换动着酒杯，试着去学荣升华尔街大人物要上的一堂课。

所有职业女性都站在吧台前，显得有些茫然，好像她们是误闯入这个派对来的。她们看上去像是几乎不认识彼此，因为她们实际上也真的不认识。

我已经露够了脸，和派对上该搭上话的人都搭过腔，我现在可以溜了。此后不可能有什么好事发生，今晚人际网的窗户已然关上。

就在我离开时我停了下来，注意到舞池里正在上演一出特殊的戏码。那些男人举止轻浮，一边向彼此抛着什么一边一起鼓掌。他们像跳方块舞似的，结成了一个相当引人瞩目的圈，一边踩着音乐的节拍，一边兴奋地把那个东西抛来抛去。我瞥了一眼他们正在扔的东西：一个闪光的类似毛球的东西，每次被抛的时候都会被光照亮片刻。我想离开，却呆住了，因为那个东西看起来有些眼熟。那群欢蹦乱跳的、满身大汗的臭男人欢呼着，那个圈变得更大了。每次有人接到那个东西他们都会大喊，我情不自禁地观看。

当我意识到他们在抛的是什么的时候，有那么一瞬，我的脑中天人交战：

理智的我："慢着。你真的想出洋相吗？"

歇斯底里的我："我要去踢烂金那没两块肉的屁股。"

理智的我："如果你这么做了，你会丢脸丢到家；只要截住它就行了，把它放回到玩具反斗城的袋子里，优雅地离开。"

歇斯底里的我："就这样，去吧。"

理智的我："回来，不要正面交锋、不要开战。现在你的名誉要紧。"

歇斯底里的我："他们在扔布丽吉德的芭比发型的玩偶头。这是圣诞老人送给我四岁孩子的礼物，我在玩具反斗城的队伍里站了四十五分钟才买到的，那是架子上的最后一个。"

我跳下两级台阶来到舞池。马尔库斯把芭比娃娃的脑袋拉到自己耳边，让她摆出四分卫的姿势。我猛冲过去，拦截了下来，不敢相信自己的身手居然如此敏捷。我抓住她乱糟糟的头发，那些臭男人吹起了口哨，我破口大骂起来。

"你们这些没有教养的笨蛋！这是我女儿的圣诞礼物。你们怎么能这样？怎么能这样？"我的声音几乎和音乐声一样大。拍掌声错过了节拍，我听到几声"哇啊"。

我抬头去看坐在吧台边的女人，她们手里拿着的酒杯停在了半空中。斯通·丹尼斯，我帮销售部培训的一位年轻投资银行家大踏步朝我走来。我记得他是个能说会道的家伙：在数字方面毫无天赋，却迫不及待地想要得到认可。我为要由他来纠正这些臭男人的错误感到悲哀。音乐继续闹哄哄地响着，但没有人再跳舞，因为他们都等着看接下来的好戏。我想告诉斯通，甚至都不要试着道歉。他是新来的，又年轻，我知道他和这件事没关系。然而他丝毫没有要和我说话的意思，他微笑着，俯身扑向我的左手，只一个动作就再次夺走了芭比娃娃，我继而朝他冲去。

"哥们儿，"他对我说，"你真让人扫兴。"

他刚才真的叫我"哥们儿"了吗？

我身体里涌动着一股不知哪里来的奇怪力量，我感到我正看着自己像个疯子一样移动着。我抓住斯通的手腕，将他扭向我，直到他转了180度，头被夹住了我才停下动作。斯通反过来抬起胳膊，把他的手肘扯了回去。这个那么努力想要得到认可的二十三岁的小伙子真的打算揍我吗？与其说是恐惧，我更感到惊奇。

"我非常扫兴。"我在他耳边低声道。

"哇啊！"马尔库斯喊道，走到了我们中间。

斯通脖子上一根青筋暴出，呼吸似热锅。他将芭比娃娃扔向马尔库斯，后者将她还给了我，甚至在给我的时候还稍稍整理了一下她的头发，接着，他甚至来抚平我的头发。

"贝尔，哎呀，这东西大概19.99美元吧，我明天给你买个新的。"他说，带着一脸真诚的歉意。

看热闹的人越来越多，我感到喉咙哽住了。真的是时候离开了，否则我就要啜泣起来，变成一个可怜兮兮的女人。我没有再说什么，朝衣帽间走去，去拿我的外套和玩具袋里剩下的东西。

曾经的我们
When That Was Us

龙卷风、疾病、饥荒、洪水和火灾。我试图找到某个看问题的角度。那算不了什么,真的,那不过是我的小世界和它的一点小问题。我知道我能表现得更坚强。我铁娘子的一面哪儿去了?这不是我自认为的自己。是孩子们带走了那个衣着时髦的精英女孩,用这个缩小版的我来代替的吗?

纽约大学的学生成群结队地经过,有些人走的时候偎依在彼此怀里。他们似乎生活得轻松又上进,我想念那样的日子。我应该回家,回到布鲁斯和孩子们身边去,我要回家,但我得先释放掉这种紧张的、火花四射的能量。如果布鲁斯还醒着,他会想交流;如果我们聊起来了,那我会把这件事告诉他;如果我把刚才发生的事告诉他了,那他会想采取些原始人的举动,这对我们俩来说都将是大快人心但代价昂贵的选择。他会就华尔街的邪恶进行某种可预见的长篇大论,这对一个工资只有三位数,每月个人开销却是四位数的男人来说是很容易的。

我会想辞职,尤其是像今夜这样出过洋相之后。但除非我每天早上能戴上眼罩和耳塞过活。我热爱我的工作,我们需要我的收入,他们是什么人,能让我如此气愤?我不停告诉自己我为工作带来的恐惧和巨额薪水付出代价的是文化。我提着玩具袋和其他东西继续往前走。

在华盛顿广场公园西侧,一对二十出头的男女走在我前面。树上的灯反射下来,在他们周围笼上了一层光晕。他们把夹克敞开着,完全无视这刺骨的寒冷。不知道男人讲了什么,他们忍不住哈哈大笑,呼吸像蒸汽一样从他们嘴里喷出。他们手指碰到一起,但没有牵手,狂热的荷尔蒙几乎在他们周围的空气中都感受得到。她的长发从外套领子里跳出跳进,随心所欲地缠在一起,我也曾有过那样的时光,可后来我认为那样不职业,把它剪到齐肩高。("该死。"布鲁斯曾咒骂道。)她男朋友穿着破洞牛仔裤。我喜欢那个,怀念那个。布鲁斯现在穿卡其裤,我记不清我们是什么时候开始看起来不像一对恋人,而变成了现在这对每天艰难度日的夫妻。我拖着沉重的步伐往前走,想着明天早上办公室会是什么样,大家都会怎么谈论那个芭比娃娃的脑袋。

孩子们能让令人无法忍受的工作变得可以令人忍受。羞辱揭下了我较厚的脸皮,将它变成了全粒面革,但我的孩子们值得我这么做。我想象自己是个成功的职业妈妈,是个全凭真才实学做到这一点的妈妈,在这样的日子里,我对一切都感到相当高兴。我有一次把这个想法告诉了布鲁斯,他画了一张饼图以做回应,给我看我在孩子们醒着的时候我陪伴他们的时间有多少,相对应的是他们睡觉时我陪伴他们的时间。如果这是体重检测表,那么糖的分配量应该和我陪伴孩子们

(夜间做梦时)眼球迅速跳动尚未深睡时的时间是一样多的。

"这很伤人。"我对他说,"你只是兼职,所以他们并不像孤儿,而且我能拿回来真金白银,你难道不觉得我很了不起吗?"说这种话很刻薄,但布鲁斯丝毫没有感觉受到伤害。

"我当然觉得,"他说,"但至少我为自己的生活感到自豪,我不必去迎合你同事那样的人渣。"

我想指出他倒是经常迎合他的玩伴:ATM机,用让人喘不过气来的速度提取我赚的钱,或是在体育用品、音乐和任何放纵追逐然后弃之不顾的兴趣爱好上挥金如土。他让我禁不住想:那些生于富贵人家却家道中落的人,在他们颂赞的节俭生活都难以为继的同时,是否继承了那种挥霍无度的不良恶习?

在布鲁斯的乔特中学寄宿班里有一个女人,名为艾瑞普西·萨利纳斯,自命为"奖学金小孩",她喜欢把我拉到一边,给我灌输她对他那类男人的洞见。她在一家银行上班,我们有时候会在工作场合遇见彼此。每当她问我他在做什么时,我都会对他的技术生意或他非比寻常的爱好撒一些夸张的谎。艾瑞总能立马看穿。因为她虽然自己没有钱,身边却围绕着有钱人,她有着我所没有的洞见。正如她有一次解释的:"不去公司里从事零售或会计类的工作,却玩什么艺术、健身理疗,或搞那些复古物品,比如收藏黑胶唱片或做复古滑雪配置方面的专家,他们貌似很酷,很有创造力,就像他们在这个世界上特立独行一样。但是,"她补充道,"等再过十年看看,他们的所作所为便显得愚不可及。"

"布鲁斯在照看孩子方面帮了很多忙。"我撒谎道,"男人待在家里不可能得到多少好评。"但事实是我赚的钱越多,布鲁斯在她描述的那类东西上的花费就越多。

艾瑞是墨西哥裔美国人,这个喜欢自主发话,从不废话的美人像个老哲人一样叹了口气:"至少你没有告诉我他是个点心专家或三轮自行车赛车冠军,又或者他吹笛子,这就算好的了。"

"你说这话的时候能不能至少笑笑?"她甚至连装一下都没有。"布鲁斯是个了不起的爸爸,"我发自真心地说,"而且他值得信任。"

"听我说,这个问题倒是不分性别的。我认识的那些在富裕环境下长大、从不工作的女孩倒变成了冲浪运动员。"

"冲浪运动员?"

"她们所有人。"

"我还以为她们会买珠宝什么的。"

"买珠宝和豪车的是新暴发户。不,她们冲浪,有时候也设计些东西让别人制造,然后她们在客厅里彼此兜售。这些都源于不安全感。"

"冲浪是因为没有安全感?"我怀疑地问道。至少艾瑞很令人愉快。

"因为她们从不用工作,当她们意识到当一个人工作时会更有成就感时,她们觉得从底层开始年纪已经太大了,而且她们也太骄傲,不屑于从事一份常规的工作,于是她们创造了自己的工作,没有人是她们的对手。她们得在某方面特别擅长,这样一来,在根本没有工作的情况下一起出去也不会太无聊。问问你的朋友伊丽莎白。新生世界里充满了这些人。"

几个月后,我和伊丽莎白谈起布鲁斯买完一个大件又买另一个的嗜好。他买了皮纳雷洛 Dogma 公路自行车(不是一辆,是几辆),花费了一辆小汽车的费用(两辆2.5万美元),还有人们再也不用的抛物线滑雪板。

他在天气晴好可以搭公交或骑他的公路自行车时也打车。布鲁斯真的喜欢有钱,却不想去赚钱。但他是个有爱心的爸爸和丈夫,我也能让他沉迷于此,我保持了沉默。

伊丽莎白曾对我说过:"我是跟着这些家伙一起长大的。这很典型。他们不到四十岁是不会真正丧气的。到那时他们才会最终领悟到他们绝不可能像他们父辈那样取得成就。"

"那接下来会怎么样?"我紧张地问。

"那时候他们就会去考瑜伽教练证。某种晦涩的瑜伽,森林或口琴瑜伽。"

她在开玩笑,我哈哈大笑,但同时心为之一沉。这番对话发生在两年前,但这番对我丈夫的评价还真的是一针见血。

"还有,他很可爱。"我想着他讨人喜欢的日子。他热爱大自然,我们的孩子能识别中央公园的各种树木。他们是娴熟的滑板车手,看着就知道他们得到了诸多关爱。我不确定对一个低收入的伙伴应该要求什么,我也不想成为图表女士,就是那种给丈夫该做什么家务列表的女人。

"布鲁斯一直都很讨人喜欢,"艾瑞普西说,"他在乔特中学伤了很多女孩的心。你是唯一一个撕开包装纸后他没有失去兴趣的女人。"

那对步行的爱侣停了下来,其中一个大概说了什么动人的情话。他们凝视着彼此,目光缠绵,久久不舍,然后便开始贴面热吻。我从他们身边经过时,故意用力撞了一下婴儿车,它立即爆发出欢快的歌声:"打开、关上它们;打开、关上它们;给点掌声,掌声,掌声。打开,关上它们,把它们放在你大腿上,大腿上,大腿上。"

我叫了辆出租车。

偷溜出去
Slipping Out

我们住在曼哈顿上西区一栋合作建筑里，那里的住户把自己定位为社会主义者、左翼分子和富有同情心者，但实际上他们是公园大道自视清高分子。他们一度只能伺候人进餐，现在却成为住在这里的文艺人士中的0.02%的暴发户。他们是偶然得势的显贵，如身份缩水的名人、怪里怪气的律师和我们。一个住户提出重卖住户们扔掉的高端奢侈品，把钱捐献给避难所。我们正直善良，却爱装聋作哑。

我们买下中央公园西大街这个地方的时候，还是一对新婚夫妇，没有孩子，现金充裕，布鲁斯为我们的兴旺发达制定了详尽有趣的计划。然而我们最大的孩子凯文来得如此之快，接着是布丽吉德、欧文，还有一只七十五磅的混种但主要还是拉布拉多的狗，名叫"汪汪"。于是我们将这三百七十平方米的地方改造成了有三间卧室的公寓，腾出了许多空间给三轮脚踏车，却没有家庭多媒体娱乐室和我们一度想象的子女日光浴室。起居室里有个迷你蹦蹦床，在本应是软垫搁脚凳的地方放着小泰克滑梯和数不清的带轮子的东西：旱冰鞋、消防车、自卸车、婴儿车和小孩滑板车，布鲁斯的自行车和长板滑冰板。我们从不铺地毯，也从不招待任何高于一米二的人。我们有笔让我惊叹的抵押贷款要付——价格和我父母在布朗克斯买的房子的价格相同，而我每月都要偿还。

在邻居眼里我看上去肯定是个傲慢的，忽视孩子的妈妈。我没有花时间和其他妈妈们在休息室闲逛。门卫每年这个假期时间都对我格外殷勤，十分清楚是谁给他们写的小费支票。他们和我没有区别，从事着一份带奖金的工作，奖金视情况而定。

晚班门卫现在接过了我手上的袋子——那些我完全可以凭自己扔进电梯里的袋子。他把它们放在电梯地板上，帮我按下了十四楼的按钮。到现在我还记不清他的名字，这让我感到愧疚。我父亲也是个门卫。

当电梯门开的时候，我面前的景象似乎在尖叫："太有趣了！"滑梯放在沙发上，有一条腿垂到地板上，貌似家里正在进行一场小型高尔夫比赛，因为我踩到了几个散乱的球。我经过儿子们的房间，在走进主卧室前保留着白天看到他们时像甜点的脸的印象，我祈祷能去睡觉而不吵醒布鲁斯。他会感觉到我的沮丧，想交流，或更糟糕的——会忙活起来。但我们的床是空的，房子里一片沉寂，婴儿床上也是空的。对此我没有多想，因为布鲁斯和我为了哄孩子睡觉睡遍了整个公寓。我跳进淋浴间，想象和彩排着明天早上去上班的情景。

我正在擦身子时听到电话铃响了。电话？都快十一点了。我的心怦怦乱跳，我冲过去接电话，电话那头肯定有不幸发生。肯定是布鲁斯；没准儿其中一个孩子在急救室里。我不敢相信我怎么没把整个房子搜一遍，找他们的尸体。

我抓起话筒。"你好？"

"呃，是伊莎贝尔吗？"一个声音熟悉的女人问道，我想不起她是谁，但我在想：难道是幼儿园的哪个妈妈？

"是的，我是。"

"贝尔，我是艾米。"

艾米。在派对上和我一起洗手的艾米。坐在我旁边我却鲜少与之交谈的，从没有在家里跟我说过话的艾米现在竟给我打电话？

"来和我们见一面。我们在下东区的一家酒吧里。有许多女同事。伊兹，我们不能继续这样工作下去了。"

她刚真的像我们是亲密朋友一样叫我"伊兹"了吗？

"我的意思是，你听到了今晚那些女人在卫生间说的话。她们基本上是在出卖肉体往上爬。这种情况该停止了。"

沉默。

我不信任共事的任何人。这番对话令我措手不及。我试着去想，她到底要干什么。

"这样啊，好吧，但我有点忙？"我虚弱地说道。我想听更多，我认识的女同事只会对工作之所歌功颂德。那不是什么打消斗志的邮局。说诽谤的话是不能升迁的，所以我们从不说心里话，我们说老板喜欢听的话，并以巨大的代价完成大资本项目。无数的年轻MBA被买进来，得到的指导几乎为零，受到的谩骂无数，他们中的大多数不到五年就滚蛋了。那些幸存者——包括我——是那些学会换个方式看问题的人。我对自己这么做的能力并不以为傲，但我做了,并为此自责不已。我并不需要一群后援支持我这么做。

"听我说,想想我们所有人像无头苍蝇到处跑的样子,这种情况再也不会发生了——我们团结起来。来吧,真的,看到这里都有谁你会吃惊的。"艾米说。

"有谁?"

"来就是了。是耳馆。在南村。我要挂了。"说完她真挂了。

我在擦头发。我正准备上床睡觉。她们碰面能为了什么?拜托,我想,我现在甚至都开始对自己撒谎了。我得走了。我不能去。我不该去。我的家庭需要我。他们需要你吗?他们甚至不知道你回来了。我可以再离开公寓,而布鲁斯绝不会知道。

我套上低腰牛仔裤,那是我最近把自己饿得半死才穿回去的,以及一双有着要人命的八厘米高鞋跟的靴子。这使得我一米五六的身高极大地提高了,我感到有点紧张,又有点兴奋。我不停地告诫自己不要去,然而我还是穿着衣服准备走,好像屈从了某种强大的力量。我把儿子们的卧室打开一条小缝,看到布鲁斯在一张椅子上打呼噜,一本《大侦探纳提》故事书摊开在他胸上。三个天使一样的孩子呼吸着。欧文,我两岁大的儿子,脸向下趴在地上,甚至都不在床上。我应该叫醒布鲁斯,把他送到床上去。我应该把欧文放到婴儿床上去。但吵醒欧文的风险太高了,向布鲁斯解释我要去哪里太复杂了。

我踮着脚尖走出了房间,走下走廊,按铃叫电梯,然后重返旧路回到冰冷中,这引起那名深夜门卫莫大的兴趣。

在大街上集聚
Herd on the Street

十二月，我从人行道上一群吸烟的人中挤过，走进了酒吧，酒吧里摆满了台球台，挤满了身着紧身牛仔裤的人。费金·迪克逊的女人们围在一张餐桌前，桌上放着一大罐没有动过的啤酒。因为穿着职业装，她们让房间的氛围变得复杂了，就像游客到了不属于他们的世界。我拉过一把椅子，没有人跟我打招呼。出于本能，我们没有像其他女人那样扯着嗓门兴高采烈地和彼此打招呼。

我们是同样无趣的一路货；都不是在有钱人家长大的，不过是找到了一条发家致富路的乞丐。我们不会做人家女朋友那类女孩。我们只想做正经事，然后回家。

我插到一个讲了一半的故事中，听着，那是一向生气勃勃的米歇尔·莱恩在不寻常地压低声音转述。米歇尔是个红发中略带金黄的女孩，年近三十，在公司的销售前台工作，和大宗金钱经理打交道，每个工作日都要受到一连串建议性和甚至是色情性邮件的密集攻击。至少她是这么跟桌边人说的。

"下流的要求,威胁我最好参加客户的宴请,最好表现得活跃些……诸如此类。"她睁大双眼说,眼里透着难以置信。

"你有没有把它们复印下来?"爱丽丝·哈灵顿问,她是个严厉的、不爱讲废话的分析家,总是一副好像尝了什么不干净的东西的表情。

"我把我们共事的男同事发给我的每一封恶心人的邮件都复印和存档了。"米歇尔答道,"它们让我每天早上朝橱柜里看的时候都会思考我该穿成什么样才不会引人注目。如果我流汗了这件织物会怎么移动呢?我喜欢认为自己是坚强的,但这实在让人精疲力竭,让人工作时分心。"

她声音越来越小,并一直点着头。在投行工作的女人都不喜欢大惊小怪,她们这么做是有充分理由的。工作的第一天,所有华尔街人员都会签下一份让自己民权尽丧的条约,名叫"U4",条约中声明如果他们要挑刺,那必须是在私下里公司自己的法律办公室,而不是在法官面前或出现在《纽约时报》的页面上。维权是要付出昂贵代价和降低生活质量的举措。最不能做这种事的人就是一个三个孩子的妈妈。我在这里干什么?

米歇尔还在说。事实证明我的顶头上司西蒙·格林意图和她发生不轨,晚上频繁地宴请她。

"我从未觉得能拒绝他。我的意思是他是我上司!"她轻声说完了,没有她一贯的乐队领队的热情。

我完全知道米歇尔的意思;但对于她的上司,米歇尔不知道的情况更糟糕。几周前,我接到爱德华·豪的电话,这个人曾是我的客户，但自从他换公司后就成米歇尔的了。他是她第一个法人账户客户——她进入本行佼佼者行列的第一步。她安排了一场饭局和爱德华见面，不知怎么的，西蒙听到风声，不请自来，要"给她指点"。正如爱德华后来向我解释的，在她给他提投资意见的过程中，西蒙都安静地坐在餐桌旁洗耳恭听。情况发生在米歇尔去洗手间后。

她走后，西蒙凑到爱德华身边问："你还没有把米歇尔搞到手吗？"

爱德华大受困扰，第二天给我打了电话。

"我不敢相信你得到那样的混蛋工作。"接着他要求我把这次饭局事件上告给人力资源部经理。

"你是认真的？"我大笑问。

"这难道不让你困扰吗？"他问。

"困扰我？谁关心它是否令我不安？任何归档的报告都会立即回到西蒙手里。米歇尔周一就会被解雇。"

米歇尔现在在对桌边人说："他给我最后一笔奖金时顺带送了我一对钻石耳环。我表现得很大度，因为我只要一翻脸就会丢掉饭碗，但我该怎么处理这种状况呢？"

接着开口的是维奥莱特·霍斯："你接受了格林送给你的钻石耳环？你疯了吗？"

"我还能怎么办？"

"你和他上床了？"艾米直截了当地问。

"什么？没有！"米歇尔说，但脸红了。

"你有。"艾米不依不饶。

"她没有。"我说，"我有切实的证据，西蒙甚至都没有正式提出过。"

"何谓证据？"爱丽丝问，一脸惊恐。

"男人高兴过头时我脑子里都会响铃。这通常意味着他们要么是做成了一笔生意，要么就是和妻子之外的女人发生了关系。而西蒙兴奋度不够，不足以为任何事丧失理智。我们能继续吗？"

米歇尔朝我抛来感激的一瞥，桌边人陷入了沉默，支持队伍在等着下一个分享者。我讨厌这种事。

维奥莱特清了清喉咙，她还没有开口我就知道她要把我推到风口浪尖。

"贝尔在这里让我很不舒服。"她说。

闻言，大家都扭头盯着我。我当初也许对她的今后工作有所隐瞒，但我知道，身高一米六五，站在沃顿商学院会议室的维奥莱特是我们所需要的，她很坚强。透过一个人的额头就能看清他的某些真实面貌，维奥莱特工作能力强是事实。

"回到我在二〇〇四年面试的时候，"维奥莱特继续道，"只要是能看得懂资产负债表的人都能找到工作。主动权掌握在我手里。事业上我有许多选择，但贝尔给了我一种错觉，好像在费金·迪克逊里，事业发达、身居管理层的女人一抓一大把。"

维奥莱特来纽约面试的时候，我安排和六名总经理面试来评估她。我亲自把她的简历资料发给了面试官，并告诉他们每一个人：这个女人是我们应该雇用的：

> 我："这是一份沃顿商学院女人的简历。我们真的有意向雇用她。"

他:"她长得怎么样？"

我:"她在商业房地产领域干了四年，然后重新回到了商学院。她知道怎么做成一笔生意。"

他:"她单身？"

我:"她是她们会计班第一名。"

他:"聪明能干。我喜欢女孩身上的这种特质。"

我:"我相信她是个完全成熟的女人，她上午十一点到。"

几天后，带着维奥莱特在交易室转时，我感到一拨眼球在尾随着我们的一举一动，她完成最后的面试时，我拿起最后一个面试她的那个男人给她的评价。

"如果有必要的话，我会干她。"这位资本市场合作伙伴以此作为对她的评价的标题。我双眼从他的笔记扫到他那中年发福、汗腻腻的脸上，再到他光秃秃的脑门儿，然后倒过来再扫视了一遍，希望能用眼神告诉他，我肯定维奥莱特希望能从他那里得到销魂的性爱。

"你母亲看到这个肯定会很为你自豪。"我走开时说。

维奥莱特对全桌人说："是后来，在我得到这份工作之后，我才在自己的档案里看到，有个混蛋实际上在我的简历最顶上画了我的胸。直到那时我才去找了贝尔对峙。"

"没有谁能看得出那是你的胸。"我插嘴道，"也许它们不过是随便涂画的波特罗(哥伦比亚艺术家)素描——"

维奥莱特打断我。"别再说那些混账话了，"她一只手梳着黑色卷发，杏仁一样的眼睛直视着我，"我问你真相，你却对我撒谎。"

"我相信我告诉过你，"我吞了口口水说，"在费金比在大部分地方更难混，但我只用了四年时间就从副总经理上升到了总经理，这在任何其他公司或银行都是办不到的。你只是必须做到无视周围的噪声。你还记得我对你说那番话时你是怎么回答我的吗？"

"我告诉你我知道怎么做到那一点。"她回答道。

"而我说，'你被雇用了'。"

"但我比你们中的任何一个花费的时间都要多。我每个周末都加班，我没有社交生活。我已经两年没有约会过了，可我的账户依然惨不忍睹。"

艾米过来帮我了："维奥莱特，我们知道你殚精竭虑地研究股市，把给你的狗肉账变成了可观的收入来源。但你没有成功，那是因为你太爱顶嘴了。对管理层顶嘴需要付出昂贵的代价。我们需要在这种文化中工作来改变这种文化。"

维奥莱特把她的脑袋密谋似的凑到桌前，对大家伙儿说："我想你们中的一些已经摸索到了升职的窍门：拿个过滤器，把自己的想法装起来，有话不说，但贝尔实际上是为了讨好上级而撒谎。"

"我们都在某些方面出卖自己，"艾米说，她戴着手镯，每次打手势时都会发出叮叮当当的声音来强调她的观点，"这就是我们来碰面的原因：学会怎么样才能在不丢掉饭碗的前提下不用再那么做。"

"贝尔是个好销售员，却是个糟糕的朋友。"维奥莱特咬定说。

六个短发脑袋扭过来看着我，我意识到自己的名字可能之前就冒出来过。我从来不知道我这么不招人待见，我甚至都没有试图去为自己辩护。

"招募人才是我的职责，而我尽职尽责了，不是吗？我的意思是，你们中的大部分都是我招进来的，你们是最拔尖的。"

莉莉·杰伊插话进来改变了话题，让焦点从我身上挪开。"你们知道我手上T.罗·普赖斯这个客户生意上的收入不再归我吗？"她说。

莉莉继续述说我们办公室的一个名叫布莱恩·巴特勒的男人，一个出了名的只会直接从早上发的资料上给客户念研究信息，从不加入个人评论或见解的家伙是如何接管了她的账户。

"他的工资将增加三倍。想想看，管理层居然认为他需要这份收入。"维奥莱特讽刺道。

"你的收入？"

"好吧，他本应该是费金的联系人，但开市后他只会坐在那里，将一包包低脂糖加到咖啡里搅拌，然后有条不紊地品尝效果，直到满意为止。接着他开始逐字逐句地大声朗读那天的投资建议。我的意思是，T.罗的人完全能够自己读那些资料。他们不愿意被当成五岁孩子一样对待，于是他们不接他的电话，转而打给了我。"

"等等，弗莱彻·巴克法尔不是也拥有那个账户的一半吗？"艾米问，又是一阵叮叮当当的声音。

于是莉莉说起和这个巨大账户有关的另一个名叫弗莱彻的男人，一个老派销售员，好像永远卡在了青少年时期。莉莉做了所有的工作，弗莱彻却是联系人，只要是客户，都被他带去脱衣舞酒吧或狩猎俱乐部。

"他确定是，但后来他把客户的狗给杀了。"

"什么？"

"是的。他们去打猎，或随你们怎么称呼那种活动，反正就是把炸药扔出去，把鸭毛都炸掉，让鸭子飞到空中。然后那些男人就瞄准那些倒霉的动物射击。不管怎么说，是巴克法尔扔的炸药包，但那只可怜的狗以为他是在玩'叼回来'的游戏，于是捡起了炸药包，并试图跑着把它送回给巴克法尔和那个T.罗的人。"

"等等，这真像部卡通片。那只狗叼着炸药包朝他们冲去？"爱丽丝问。我认识她以来第一次她脸上的表情最近于微笑。我真想看到她恬淡寡欲的脸上能出现几条裂纹。

"所以弗莱彻射死了那只狗？"我问。

"没错。不管怎么说，那些老家伙现在对弗莱彻有点气恼，而巴特勒又太无能，除了我，没有人办理费金和T.罗·普赖斯之间的业务，于是他们又开始掉转头来给我打电话了。这没关系，我做的还是之前的活儿，只不过拿到钱的是巴特勒和弗莱彻。"

"这太过分了。"艾米说，这次没有做手势。

"的确如此。"莉莉赞同道。她耸耸肩，好像在表示谈论这些都是在浪费时间，好像我们中没有谁能对此做些什么。

"我在贝尔休产假期间替她管理账户，"艾米说，"但她又把它们拿回去了。也许你可以像她那样把T.罗拿回来。"

我坐在那里，想着每次生完孩子后是怎样把账户拿回来的，想到马尔库斯提醒我要留意艾米，以及某天晚上，她以为我离开了，我是如何发现她在我没有设置密码的电脑上剪切和传递客户联系信息的。她正用一种可追踪的方式把所有的东西都发送给自己，那是一个缺少睡眠、忙得不可开交的妈妈绝对没有时间去核查的。我想我之所以还信任她是因为她没有撒谎或为自己的行为找借口，我们的对话如下：

"我到底做了什么会让你偷我的账户？"我问她，"我对你的事业所做的只有帮助，而你就是这么感谢我的？"

艾米，自始至终都是公事公办的样子，甚至都没有露出愧疚之色。她没有试图去更换屏幕。没有脸红，只是笔直地看着我的眼睛。

"你对我很好，贝尔，但说真的，你边生孩子边工作，这种状况能维持多久呢？我只不过是为了不可避免的情况发生时做好准备而已。换作是你也会这么做。"

我也会吗？我倾向于认为自己不会。今晚，在这里，在这张餐桌旁，她看上去是那么值得信任。我们公司到底是怎么了才能让我们做出外面世界永远不会明白，仅仅几年前我们都以为自己做不到的事情？

米歇尔、维奥莱特、莉莉、艾米和我都在交易大厅工作。其他女人在我们上一层的研究和投资银行业务部门工作。尽管她们可以关上门，办公室也有墙，但她们与外界的隔离带来的只是让那些想避开的男性关注变得更为隐蔽。这些女人中的一个是爱丽丝·哈灵顿。

她一从商学院毕业就上升到了摩根大通的快车道。她供职的是研究部门，手上掌握着相当大的客户流，以至于费金·迪克逊不惜怂恿她加入我们。她是个数学天才，在复杂会计计算方面极为出色。她嫁给了一个水管工，在家里的时候老公把她宠上天，把她疯狂的行程都安排得妥妥当当。"他倒像个妻子。"爱丽丝喜欢这么说。"什么都能搞定。""多好啊。"我们其他人则会叹息。我看着爱丽丝柔软、肥胖的身体，厚厚的眼镜和平底鞋，不禁羡慕她能舒舒服服地做自己。爱丽丝从不会试图去成为别人。

"好吧，女士们，对在事业上帮助自己上升的人要知恩图报，这点很重要。艾米，贝尔一直都在为你加油助力。记住这一点。"

"我记得。"艾米说，而我相信她。

爱丽丝也是一个说话从不矫揉造作的人："但我必须把我雇用孙的事和大家分享一下。"

孙帕克是她的助理，他从商学院一毕业就来到华尔街面试了。爱丽丝在找一个做事一丝不苟的帮手，这个人能刻苦钻研电子表格计算，能重新配置资产负债表和分析上市公司的损益表。苏柯这些都胜任。

"你们瞧，当我给研究部负责人打电话最后确定雇用孙，也顺道去他办公室握个手时，我丝毫没有准备会收到那样的反应。"

"那他是什么反应？"维奥莱特问，显然为爱丽丝的吊人胃口感到不悦。

爱丽丝目视我们头顶上方，把她厚厚的镜片推近眼睛，假装在接电话："研究部一名经理打电话问我是否亲自见过孙本人。"

爱丽丝坐回到自己的椅子里，思索着接下来该怎么说。

"于是我对他说，'我当然见过孙，他来这里面试了六次，他在模型方面做得太棒了'。"她说，指的是他将负责创建的盈利预测模型。

"'爱丽丝，他是东方人。'总监先生是这么对我说的。"

爱丽丝将假想的电话从耳边拿开，疑惑地盯着话筒。她的注意力重新回到了桌旁的女人身上。

"女士们，我发誓，我还以为自己被人设计了。"

她重新把手机放回到耳边，再次假装和总监助理对话。"我觉得正确的用词是'亚裔美国人'。"她轻声道。

"接着我被告知'他们和我们不同'。"

"怎么不同？"

"'好吧，他喝茶什么的，并在办公桌里放吃的'，总监助理这么对我说。"

"'孙是我面试过的最聪明的人，我要雇用他，'我说。接着，就在我要挂电话的时候，他说：'他妈的，在这个地方，夹在苦力和中国佬之间，你让我在金融机构投资者研究排名上还怎么上升？接着，女士们，他挂掉了。"

我们都愣住了，迟疑着不知道该如何反应，而背景音乐似乎变得更大了。

我们桌的另一名研究员是一个长得像茱莉娅·罗伯茨的女孩，名叫南希·霍根，当初费金是用一份极诱人的合约把她召进来的。她的干劲和聪颖的天资在华尔街是出了名的。南希连续两年把白天和黑夜全都奉献给了上司，放下一切，不知疲倦地完成任务。然而怪就怪某一天，她告诉上司托马斯·托夫的太多了。

她有个男朋友，但就跟没有似的。她在纽约，而他在伦敦，这种异地恋原本只会维持两周，结果延至半年。但因为他们采取的是某种俄罗斯轮盘式的避孕措施，她怀孕了。当她再也不能穿开背裙，不得不用衬衣遮着裙子以掩饰新腰围时她走进了托夫的办公室。

"我走进去本以为会得到祝贺的。我的意思是他是个结了婚的男人，并且爱孩子。然而相反，他对我说，"说到这里她灌下一大口啤酒，"'我知道一个能解决这个问题的地方'。"

"解决什么问题？"爱丽丝问，我知道她迫不及待地想要个孩子。

"打胎。"

"等等。可你已经怀孕六个月了。"艾米说。

"托马斯是怕这件事会影响他的工作。他开始公然抱怨我,对别人说我老是跑去做超声波检查。"

我记起托夫对我说过南希选的时间不能更差了,于是我问他如果他自己的妻子去给孩子做超声波检查呢?"我的妻子有个有工作的丈夫。"托夫是这么回答我的。

我知道南希接下来会跟桌边人讲什么。

"我今年拿到奖金后就马上辞职。"她说。

我们又将损失一个受过良好教育的天才,她走后不会留下发生过任何状况的蛛丝马迹。南希会像她的许多前任一样,只是消失了。

"我想回家,去明尼苏达州。"她对桌边人说,"那里的人心胸更开阔。"

今晚把大家聚集起来是艾米的主意,但成事的是阿曼达·曼德尔鲍姆。阿曼达就像是阿姨,她记得每个人的生日,总是在冰箱里放东西,当有人生病的时候会真正关心,敢说出你想说却绝不敢大声说出来的话。她有野心勃勃的一面,从销售员爬到了近乎副总经理的炼狱般的地位。她已经达到要求,只因为她粗糙的外表还没有得到正式名分。西蒙,我的上司叫我"去让她别再表现得像个花花公子一样"。她身高一米五八,身体里充满了用不完的能量,极易发怒。

"如果不改变这种氛围的话,那我的事业就根本没有出路。我们是唯一能对此做点什么的人。"阿曼达说。

"你有什么想法?"爱丽丝噘起嘴问。

"我们多碰面。采取点措施来改变那种文化。不是去起诉,而是用言语。我们要在正确的时候使用正确的语言,并配以有目的的行动,把人们的注意力吸引到那些行为不堪的男人身上。"

我听着这一切,觉得甚为悦耳。甜美又天真。如果我能指望发生什么有利的改变,还是只能靠阿曼达来成事。

"我们应该一个月碰面一次。"她说。

"至少。"有人回应。

"我会用邮件发会议通知,标题下会带'GCC'的标记。邮件会从一个不知名的ISP发出,所以你们要经常查看垃圾邮件。"

大家都点头。然而我没有。

"会议会从一个酒店转移到另一个酒店,并且不会在市中心。被人看到我们大家在一起会觉得很奇怪。"

我最终开了口。"'GCC'是什么意思?"一个足够无害的问题。

"我给我们队伍取的名字,"阿曼达说,"玻璃天花板俱乐部,那些看不清究竟是什么隐形地挡住她们上升的女人的俱乐部。我们将努力改变这种根深蒂固的文化。我们将用态度而不是诉讼或报纸的头条来做到。"

"非常合适。"我说,受到了些许鼓舞,像中学生似的,甚至有点期待,随即我想起我是不应该参与这种事的。我付不起和叛徒为伍的经济代价。我告诉自己会置身事外。

玻璃天花板俱乐部的誓言是不阴险狡诈或恶意怀恨。她们发誓要向前看,不抓住过去不放。她们发誓要帮助培养和保住那些像昨天的报纸一样从我们的阶层回收利用的年轻女人,并发誓不再忽视我们工作的衣帽间环境。不要诉讼和媒体,我们志在像成年人一样工作,打破——就如那位前任CEO描述的那样——"美国最后的文化纯环境"。

心之所在
Where the Heart Is

第二天早上，我在某个热带岛屿上做户外蒸汽浴。这不是真的。实际上我在家。头痛，貌似是因为那场派对是个令人不想记起的摆脱困境的夜晚，在耳馆的那场会面仿佛是某种啤酒游戏，但其真正原因只不过是因为睡眠不足。孩子们在门外大吵大闹，这里散发着类似水果类固醇的味道。魔法马约莉芒果洗发水，丹宝甜草莓香皂，黏液石灰沐浴露，超级战队男性葡萄味护发素。这些是孩子冲澡的气味。我不确定我的沙龙价的香皂、洗发露和护发素什么时候被它们取代了，但这气味是那么香甜，我都想咬上一口。我过去用香奈儿的面霜、海蓝之谜的润肤露，但不知何时，一盎司90美元的高档货被当作了防皮疹霜使用，然后再没有回归原位。大部分日子，我身上散发的气味就像我是一真人版的"逗鼻子玩儿"（儿童卡片，卡片上画个鼻子，挠它就打喷嚏或咯咯笑）"。

浴室门外，我七岁和四岁的孩子在床上蹦蹦跳跳。两人分别霸占着床的一边，而中间隆起的那一堆是他们的父亲。有时候布鲁斯会这样装睡来躲避我们晚上程式化的交谈。

"凯文的玩伴是谁？"我问。

"你知道的，就是那个澳大利亚小鬼，叫什么名字来着？"他把被子掀开一点儿，只够让我听到他的声音。

"迪格比？"

"对。"

我想尖叫迪格比不能来这里，他不受控制，他以后会成为一个毒品贩子，一个有组织犯罪的头头，但相反地，我忍住了，用欢快的调子说道："这不是很好吗？宝贝睡了一整夜。"昨晚，当我终于回到家时，布鲁斯已经回到了我们床上，欧文也躺在了自己的婴儿床上。

"哼，"那隆起的一堆答道，"他已经不是一个小宝贝了。他都快三岁了。"说完他又让被子落了下去，我克制着想扯掉被子，摇晃他的冲动。我嫁的真的是这个男人吗？

"欧文已经用了两周的纸尿裤了。"我说道，好像这真的让我很兴奋。我真正想说的是，我爱你，所以请你起来找一份稳定的工作。请不要再做一个沮丧的奶爸，因为这让我感觉我是独自一人在承受着这些，感觉自己在一点点崩溃。

但甚至是佯装愉快的浴室交谈也没有让他振作起来。揭发操纵我白天没登舱的船只的军事教官是件很容易的事，但我努力不让自己这么做。离我出门只有几分钟的时间了，但我需要确认我们俩都知道第二天要做些什么。

所有这些都是在我的脑海中完成的：谁送孩子去上学？（布鲁斯。）

家里人需要什么东西？（我——互联网。）订购食品？（我——网购。）谁等一个从来不准时，到的时候却嚷嚷着一大堆理由的保姆？（布鲁斯。）我竭力克制住不去喊那些嘴里像要爆炸的跳跳糖一样，等着被吐出的命令。

宝贝欧文还在睡觉，我暗自庆幸。这个时候，他通常正抓着我的脖子，全身散发着恐慌。他知道妈妈离开的时间越来越近了，他讨厌我离开的时候。我告诉自己他的行为跟年龄有关。我另两个孩子也出现过类似情况，直到他们最终接受不管他们做出怎样的努力，我每天早上都会离开的，而到了晚上我总会回来。有布鲁斯陪他们出去玩给了我慰藉。我的意思是大部分早晨至少都有一个亲人陪着他们，这已经很好了。但欧文比他的兄弟姐妹都爱哭，如果说我并不为此感到伤心，那是假的。他所有的肢体语言都在咆哮着被妈妈丢弃的事实。我很讨厌那些早上我离开时他还在睡觉，而我晚上回来时他已经睡着了的日子。我想象第二天他终于见到我时只会简单地以为他度过了格外漫长的一天。

我挑选出孩子们今天要穿的三套衣服。这原本是布鲁斯的工作，直到我们四岁女儿的老师打电话来问我为什么布丽吉德从来不穿内裤上学，为什么她在二月的早上光脚穿着露趾的凉鞋后我才开始接手。"那是她自己选的。"布鲁斯辩解道，"我二月的时候也不穿袜子和懒汉鞋。"

"但她已经四岁了。"

"我都已经三十九了！"他尖声回击。从那天开始，为孩子们挑选衣服的事就落到了我头上。

当我穿上自己的衣服时，布丽吉德把她给我选的鞋子扔到了床上。这是我们之间的约定：我给她选，她给我选。今天她给我选的是脚趾处镶着人造钻石的八厘米高的细高跟鞋。我穿上鞋子,往后退了退看上脚效果。

"很搭。"她说,对自己的选择很是满意。

"好看,但俗。"我答道。

"那是时髦。"她继续道。

布丽吉德乐于尝试新词语。我不知道这个词她是从哪儿学来的。

"时髦。"我赞同道,欣赏着她蓝色的眼眸,那双眼睛在早上看起来似乎是最大的。

床上的那团在呻吟,我最新发现的自我警觉启动了,虽然我现在身为人母,但还是要努力保持性感。尽管我不想,但是时候唤醒今晨的内在小孩了。我朝那一团走去。

"你喜欢布鲁斯的选择吗?"我问他,魅惑地将一条腿曲放在床上。

我将被子从他头上掀下来好让他看到这一幕。我的裙子刚好上升到足以让他看到长筒袜的顶端。布丽吉德也看到了。"大袜子。"她直言道,指着我的大腿。他的金发漏了出来,但乱得像个拖把,我忍着没提让他今天去理个发。事实上,我发现自己在想他看起来还是那么英俊潇洒。他睡眠不足的脸上没有留下一丝疲惫的痕迹,甚至连阳光直接照射在他头上,也没露出一根白发。他睁开一只绿色的眼睛,挑起眉头。

"脱衣舞女式鞋很配这套衣服。"他说,把一只光胳膊伸出被外。他抓着我的小腿肚嘟囔着。而布丽吉德觉得这好玩极了。

"爸爸是只大猫。"她尖叫道。

"爸爸是头狮子,"他回答道,"他要吃了妈咪。"

布丽吉德尖叫着跑过大厅，我把脚放回到地上。

"祝你度过愉快的一天，大狮子。"我用有点假的英式口音说道。每当我们相处不舒服时我就会胡乱爆出外国口音。我也不知道为什么会这样。

"再见，大玩笑小姐。"他以大情圣 Pepe Le Pew 臭鼬（《华纳群星总动员》中的动画人物）的口音回复道。

他是对的，此刻我们不可能翻云覆雨，即使此刻只有我们两个。我最大的愿望也将是脱掉这该死的长筒袜，回去继续睡觉。布鲁斯又将被子拉回去盖住了头。

离开前，我试着将手伸向每一个孩子与他们进行每二十四小时至少一次的眼神交流。我转向我最大的孩子凯文，他还站在床上。

"有一天，我在一个小孩的背包上看到了一条蓝眼睛的白龙。"我说。

凯文最近很迷游戏王卡片。

"太棒了。"他说，但很显然并不感兴趣。他已经找到了遥控器，试着打开防止儿童损坏的电视。

我探身向前去啄他的脸颊，但大多时候只亲到头发，因为他又开始蹦跳了。布丽吉德也跑到了床上，不过她不再跟他一起蹦，而是一个向上，一个向下。这也许会把布鲁斯逼疯。我将湿发梳成一个光滑的发髻，亲吻蹦跳的孩子们和那一团，然后朝门走去。我还没有完全进电梯就听到电视里传来的卡通频道的声音。布鲁斯的突然清醒没有逃过我的耳朵。

电梯里，我将细高跟鞋脱下来，换上了装在公文包里的菲拉格慕牌鞋子，我将那双时髦的鞋子递给了每天值班的门卫，我从来没向他解释过，他也从来不问我为什么每天早上递给他一双鞋。我喜欢这种方式。他每天都会得到一双俗艳的妓女鞋，然后在我们家保姆来的时候再把鞋子交给她，保姆再把鞋子放回到我的衣柜，第二天我们又重来一次。

男人的讲台
Dais of the Dicks

我预计处理昨晚芭比事件最尴尬的时间将会是在今天下午。

我果真料事如神。

如果午饭后没有重大的盈余公告，没有哪个石油王国爆发战争，又或者没有什么政治丑闻抓住我们的眼球，那么午后笼罩着交易大厅的将会是一片沉闷的嗡嗡声。这是一天中人们跑去再来一杯咖啡，来袋 M&M 巧克力豆，或一杯提神的、不管合法与否的酒的时候。就在此时，我听到金站在他的讲台那儿，大声唤我："嘿，贝拉多娜，过来一下。"

说是讲台，我是认真的。想象一场国宴，国家的元首们坐在一张长桌旁照看着各位贵宾。但在交易大厅，讲台边则坐满了"大老爷儿们。"不，他们不是叫理查德的普通男人，他们是最大生产者、最高收入者，我在这里工作的十二年中，从来没有哪个女人坐在那里过。这些大老爷儿们可以打电话，用内部通话系统，甚至发短信给我，但金，我们最受人尊敬的操盘手选择站在那儿，大声吆喝，让我去男人的讲台。我坐在离他六十米的地方，中间隔了70个人，所以他喊叫是唯恐有人没听到。

整个早上，我们大部分人都在想芭比一事。有几个女人问："有没有什么动静？"我一直摇头，但在内心深处，我已将芭比事件归入一次性的憎恨的柜子里。但金宣布现在要处理芭比事件，交易大厅的大部分人霎时都像打了鸡血一样，他们已经做好准备，等待好戏开场。

我指了指我的耳机，暗示金应该打我的电话分机。我想要待在自己的地盘，但不行，他想让我去和那些臭男人一起坐。他坚定地摇了摇头，他正在打电话，他的生意可比这重要得多。我只好站起身，笔直地朝他走去，故作自信。

"我在和鲍勃打电话。"金大声说。

这让我迷惑。我以为他指的是坐在我旁边的那个操盘手鲍勃。我转身朝我们那排看去，鲍勃明显没有在打电话。不是那个鲍勃。男人们都一脸兴奋，全都下线了。他们戴着耳机，笔直地盯着前方，但我看到他们面前本应闪烁着繁忙的灯光的电话机板上什么都没有。他们都在听金讲话。

"怎么了？"我说，一副没有时间的样子。

"贝尔，我正在跟鲍勃·埃克特打电话，"他说，"昨天晚上到底是哪种玩偶脑袋？"

鲍勃·埃克特，生产一切好玩的、粉红色的和芭比娃娃的美泰公司的CEO。他在和能翻云覆雨、温文尔雅的金·麦克弗森打电话，后者迫不及待地想要和他攀上交情，让费金·迪克逊成为埃克特将来选择售卖股票或债券的投资银行。金在用我那芭比娃娃的脑袋作为借口,告诉鲍勃那个脾气暴躁、缺少睡眠的职业妈妈,因为自己孩子的圣诞礼物被损坏了,差点儿没要了某个自命不凡的家伙的命。男性绑定荒唐的女人是在财富500强中建立银行关系的最佳手段,在财富500强中,女性 CEO 只有12人。这就是为什么大男人们都在听着。打这个电话需要胆量。他已经成功地让我失去了平静,我含糊道:

"芭比发型。"

"鲍勃,听说过芭比发型吗?"他问,男人们在偷笑。

现在金站起来了,把手从臀部摸到头发上,像二十世纪七十年代的迪斯科舞者一样。他继续对着耳机说话,一次都没有慢下他舞蹈的动作。

"本季最热卖的玩具?"他声音洪亮,"费金的银行家品位的确不凡。"

我不敢相信埃克特有耐心听这个。我开始好奇当金问我"你需要多少个"时,他是不是真的在打电话。

我含糊答道:"两个。"

我转身,没有听余下的对话,而是回头朝自己的座位走去,艾米红着脸,头发梳得一丝不苟。

"你能相信这种破事吗?"她问道。

"我回办公桌的这十秒是谁打电话给你的?"我问道,好奇她怎么这么快就知道了。

"打电话?金把语音通信打开了。大厅的每个人都听到了。"

语音通信是整层楼都能听到的内部通话装置。是人们用来喊叫商品或费金库存的大宗股票的，像凯马特的蓝灯特价标志一样用来寻找买家。也用来发布影响股票交易的企业消息，是用来讲笑话、传播浮夸的噪声和娱乐场级别表演的极佳广播装置。这次能当即对整个楼层广而告之太具有诱惑力了。金在我们简短的谈话中打开了语音通信，好让每个人都知道怎样从一个强大的 CEO 那里揽来生意。也让大家知道如何击垮昨晚那个任性妄为的女人。

我只是对艾米耸耸肩。"瞧，昨晚玻璃天花板或什么的会面全都是幻想。在青天白日里，我希望我们都意识到那一文不值。大家真认为我们能改变这个地方吗？"我平淡地说。

"这是我们的第一次机会。"艾米说，我看到她在写名字，画箭头，好像在酝酿着什么计划。

"什么意思？"

"对抗。就这件恶心人的事跟他们叫板。公然贬损雇员是错误的。我们就从这里开始。"

"好吧，罗莎·帕克斯。"我讽刺道。我两条电话线都在响。我无视艾米接起了电话，"哪位？"

"你先说我再说。"是阿曼达，"我们不能再去迁就他们了。这是错误的。这是我们的第一次机会。如果由我来开口，那我看上去会像是皇后区到处惹是生非的畸形人。但你是他们尊重的那个，你是他们欺骗的那个。和他们对峙。在这件恶心人的事上和他们叫板。"

"听我说，你先来。我家里有太多人依靠我了。我不是来给你打头阵的。"

艾米看着我，脸上的表情近乎厌恶。阿曼达沉默了。

躲不掉的缘分 II
How Not to Meet Your Husband, Part II

从九年前那个北极般寒冷的拉斯维加斯舞厅我所坐的地方看，那些身着黑色西装的男人貌似都过得很好。一旦你当过那个被丢在路边的女孩，想要重新回到常态便如攀登埃尔卡皮坦陡峭的山坡一样困难和遥不可及。我未婚夫一年多前抛弃了我，使得工作成了我的安慰，交易大厅是我唯一想去的地方。

我把用来谈前一段恋爱的所有力量都投入工作中，并且确信，我有一份工作，它能让专注转变成额外收入，但我肯定我是有史以来最可怜的百万富翁。这就是为什么当那个操作演示视频和灯光的男人走到我身后对我说"嘿"的时候，我丝毫不怀疑他要告诉我我的大脑袋被投影到了屏幕上，我能不能行行好赶紧消失。这个男人太帅了，好几次会上我都注意到他。我转向他，准备配合，准备蒸发。

"噢，对不起。"我说，甚至都没有看他的眼睛。

"等等，什么？"他问，"你为什么道歉？"

"因为我的头挡道了。"

他大笑起来，我这时才抬起头。他个子很高，身型流畅。他耸耸肩。他一头沙金色头发，二头肌从一件简单的黑色系扣领衬衫下冒出来，看上去很自然，而不是像类固醇增补起来的。这个男人看起来就像轻而易举地得到了这一切。

"谁说你的头挡道了？"他好言相问。

"我自己认为的。"我说，蠢话不经大脑就溜了出来。

这个像冲浪运动员一样的男人哈哈大笑起来，把几根略长的头发拂向后。他有一双漂亮的绿眼睛，看起来像是被电点亮的。我很久没有看男人的眼睛了。

"不，我，呃，只是想说你的包开了，你可能想关上它。"他说，活像个童子军。

我弯腰查看自己的包，看到了他看到的：一件略破的速比涛泳衣、护目镜、泳帽和一封小钞，信封已经开了，像撒垃圾似的到处撒钱。我最近的样子颇为凌乱。

"你是从家里逃出来的吗？"他问，他微笑时我的眼睛肿胀了起来。自从亨利离开后就没有人和我调情。自从亨利离开后就没有人能让我笑。没有人。我转身走开。

自从亨利抛弃我后，我只有待在水里才能感觉平静。我公寓附近的基督教青年会早上四点四十五分开门。最能让我感到宽慰的就是每天早上让自己迷失在氯浴中，在一个如此之大的池子里哭泣，把泪水混入池水中。我像焦虑症患者带着镇静剂一样随身带着速比涛泳衣。我带着游泳装备以防出现什么糟糕的情况，以防生活给我提供一个空调开得过头的拉斯维加斯豪华旅馆里的游泳池。

"我叫布鲁斯,"这个帅气的男人说,没那么轻易放弃,"韦恩。"

满室的投资银行家,偏偏让我碰到了一个一文不名的男人,而且还是个蝙蝠侠狂热分子。我收拾了一下包,拉上拉链,转身离开。

"这是最后一次演示。"他在我身后继续说道,"想让我带你看看真正的拉斯维加斯吗?"

"噢,不。这不是我喜欢的地方。"我的语气还算客气,但我脑海中浮现出烟雾弥漫的赌博厅和戴着人造钻石的高踢腿的女人,"我的意思是,我有事在身。"

"这样啊。"

马尔库斯·伯尔斯桥坐在我前面一排,转身好似问我是否需要营救。当初办公桌旁的那些老男人待我就如他们从避难所救回来的伤心欲绝的小狗一样。我转向那个男人。

"我有事在身。"我无力地说。

"完全可以看出你今天下午有大计划,"他喃喃道,并冲我的泳衣点点头,"我敢说这里的泳池很少有人穿速比涛的。"

"好吧,我的丁字裤比基尼在另一个包里。那里面还装着手铐和眼罩。"

他大笑。我居然把一个帅气的男人逗笑了。

"说真的,"他说,"我发现这附近有个凉爽的地方……"

几分钟后,因为某个不合乎逻辑的原因,我从座位上站了起来,跟着那个蝙蝠侠走了出去。当我们经过他工作的小隔间时他抓起了一个邮差包。上面绑着一张很受欢迎的滑冰板。我离开一舞厅的宇宙主宰却和一个疯子出去了,几分钟后我便站在了一个滑板运动场里，穿着羊毛海军服，脚蹬坐办公室或靠吧台的女人穿的无带高跟鞋。我不在乎我的穿着和这等场合不相适宜。我不在乎这个家伙会不会不正常。我只想无所顾忌地活着；远离每一个认识我的人，远离那些知道我的未婚夫抛弃了我，我没法像个正常人一样吃饭，只会工作和游泳的人。而在 Doc Romeo 滑板公园里，不会有人为我感到难过。

起初，蝙蝠侠把他那双巨大的溜冰鞋借给了我，但太大了，我的脚踝在里面打转。接着我试着穿自己的高跟鞋，一群十二岁的孩子围着我们，他们也是来滑冰的，他们全都想看。我最终放弃了穿鞋，直接光脚和不戴帽子溜，虽然布鲁斯·韦恩的脚大，但他的头盔太小。谁叫我有个硕大的脑袋呢。

"那些钞票是你买药的钱？"他问道。

"什么钞票？"我问。某个小家伙把他的木板借给了我，我才知道那叫边聊边滑冰的滑冰板，于是布鲁斯和我并排溜着。我被推挤的脚底因为沥青的热度和每一次推挤的摩擦而燃烧着。最近我喜欢自讨苦吃，就像那是自残风格的设计师品牌。我知道我得停止对自己做这样的事情，伤害自己，但不确定如何。

"你包里到处都是的美元小钞。"

"哦"——我耸耸肩——"是跳大腿舞赚的。是小费。"

布鲁斯假装从滑板上掉了下来："不，说真话。"

"是小费，不过是给别人的小费。我喜欢做好准备。"

"你的意思是你随身带着钞票只是为了给需要小费的人？某个对你好的人？这样的话，我可以对你好。"

我笑了："我受不了在大酒店大家都给打扫房间的人或酒吧侍者

小费，却没有人给正弯腰擦大堂卫生间的女人、清扫地板的男人，或给垃圾分类的男人小费。"

"等等，你连清扫地板的男人都给小费？"

"人们甚至都没有注意到他。这让我难过。"

"你是从某个清洁工类的行业转来的吗？"他玩笑道，我没有作声。

"你肯定是。"

"也许。也许我只是注意到了他们。我看到了他们的脸。我想着他们的故事。他们的工作糟糕至极。他们不想在那里干。我热爱我的工作。你也许也热爱你的。"

"所以你想着他们的故事，然后给他们钱？真令人费解啊。"

我叹息一声。

"这种感受我真的明白。我撒的是歉疚的钱。"

"这些小费是告诉他们，他们不是隐形的，我欣赏擦得干干净净的木模型制品，他们很快就会找到更好的工作。不过如此而已。"我滑开了，把他丢在了后面。

"嘿，我不相信你之前没有滑过，"他在我身后喊道，"没有人第一天出来就能滑成这样。"

我不能算对布鲁斯撒了谎，但我没有告诉他我是个相当不错的滑雪高手，很多动作都是一样的。我没有告诉他因为我有点想给他留下印象，想和一个和我完全没有共同点的男人调情。

我爬上一个楼梯，准备滑下月牙滑冰道。我像是被什么控制住了。因为即将到来的危险体验到一种荒唐的快感，而布鲁斯就那么站着，要不是在挑战我，要不就是因为我会做这么愚蠢的事而感到不可思议。我没有该有的装备，没有鞋子，没有头盔，只是站在儿童用的滑冰板上，但我无所畏惧，近乎欢欣。蝙蝠侠犹疑不定。

"不敢相信你第一天出来就要做这个动作。"

男孩们列队来观看。

"不要屈服于同辈压力，"布鲁斯继续道，"十二岁大的小屁孩可不是你的同辈。"

"无所谓，"我说，"反正我住在纽约。"一副无法无天的样子。

"好吧，你是想飞快落到这里，然后水平移动来显示你的速度对吧。"蝙蝠侠一副关切的样子。我在雪地里做过这个动作，我打算让他惊艳。

就在我要滑下月牙滑冰道时他喊道："我也住在纽约。"

撞击到雪和撞击到水泥的感觉真是天差地别。没有靴子，甚至没穿鞋，我身上擦破了皮，脑子里一片混乱，搞不清身体的哪个部位伤得更重。当停止旋转时，我大大地松了口气，很高兴身体各处都能动，并奇怪为什么我感觉像光屁股撞在了水泥上。在这种释然过去后，我全身都开始痛了起来。

"我撞到头了吗？"我不知道是在问谁，"因为我觉得我没有撞到头。"

到处都是布鲁斯，实际上是好几个布鲁斯，很难搞清楚他在对我做什么。他不停地告诉我我没事，这我知道。他叫那些男孩滚开，因为他们一遍又一遍地喊着"天啊"。我说了什么类似"别骂孩子"的傻话，把他逗乐了，但接着他那张花花公子似的脸又担忧地皱了起来，而那件我十分欣赏的衬衣已经被他脱掉了，拿来包裹我的腿。

"你在做什么？"我问道，同时眼尖地注意到这个男人拥有完美的腹肌，我还看到了他的文身，是个斗篷十字军的人脸。

"好娘的文身啊。"

"不要说话，"他说，"你快要吓死我了。"

他一把抱起我，费力地把我送到他租的车上，让我躺在后座上。他拿出一瓶水，倒出一些轻拍在我的伤口上。

"该死，你伤得太重了！"

"刚才一定很搞笑。"我咯咯地笑道。我已经很久没有做危险的事了。我看到他咧嘴笑了。

"你的好胜心也未免太强了。刚才你到底在干什么？"

"我只是以为我能瞄准，你知道的，这样就能让你刮目相看了！"

"该死。"他看着我额头上的包说道，就在这时我低头发现我的裙子不见了。

"我的裙子去哪儿了？"

"被撕碎了，你这个疯狂的碎裂机。"然而他并没有笑，"我必须带你去看医生！"

"没门儿，我才不去医院呢。"没穿裙子是我自己听过的最好笑的事了。我居然没穿裙子。我笑个不停，直到不再看到布鲁斯的重影，现在我只看到一个布鲁斯。"我更喜欢看到四个你。"我说，这使得他的脸又拧巴起来。

"一定得带你去看医生。"

"不去！"我喊道，接着又大笑起来，因为我突然想到，谁会光着屁股去看医生？

"它正好在背后裂开了。那些小家伙会把这一天记作他们一生中最开心的日子,因为他们看到了屁股上只套了条丁字内裤的女人。幸好我不喜欢女人!"

我用手围住臀部,把身下遮了个严严实实。我完全清醒了过来,不由面色发白。"我刚才真的在那些男孩上面乱晃吗?"我问道。

"我衬衣做的裙子还不错,"他说,"还是让我们去拿冰块给你敷下吧。"

我们到了百乐宫大酒店,客房号是3933。糟糕的是行李员和泊车员动作都十分迅速。他们不想听我说是怎么把裙子弄丢的。这时我才认识真正的布鲁斯,他其实姓麦克尔罗伊,而且丝毫不在乎别人的看法。他一把把我举过肩,带我穿过此刻容纳了数百名银行同行和客户的赌场。一个光胸的美男子举着我,而我穿着染血的白上衣,前额瘀青,用一件衬衣当裙子,连鞋子都没穿。看到我率先鼓掌的是我们的石油和天然气分析师,很快整个大厅的人都从钱财的追逐中抬起头来,开始鼓掌。我和布鲁斯就是这样走进电梯的,在雷鸣般的掌声和哨声中。这些男人从未见过我如此荒唐的样子,在我终于去赴了一场约会,一个为时只有一小时的约会后我几近半裸而归。他们把这个笑话讲了好几年。

我记得,我在半眩晕状态中想到那些亮闪闪的机器好像在告诉我,这次我真的中了头彩。因为当电梯门关闭时,布鲁斯对我轻声耳语道:"我说我不喜欢女人只是开玩笑而已。"

交换
Ex-Change

今天是星期四。周四现在成了我们家的新周日——这是根据公园大道幼儿园的领导颁布的指令。周四是学校的礼拜日。

做礼拜的程序如下：孩子们穿着《泰坦尼克号》剧场里的装扮到校——蝴蝶结、羊绒衫、令人发痒的紧身裤，甚至还有衬裙。他们会和父母或他们中的一个慢慢地走进小教堂。一群多才多艺的老师正在那里全心全意地弹奏和演唱美妙的圣歌。主讲故事的老师会讲述一个鸡汤式的圣经故事，比如大卫和哥利亚搏斗或摩西出海探险的故事，又或者是我个人最喜爱的那个——亚当和夏娃因偷食禁果而被罚穿奇怪的派对服装。然后我们抱着怀里不时乱动的小孩坐在地板上一起唱歌，同时想着我们什么时候才能站起来，因为我腿都麻了。

家长和孩子在教堂的座位安排是有规定的。亿万富翁们坐在教室的最前方。他们看起来比我们其他人更酷，不需要在意别人的好感，所以没必要到场作秀。他们雇了帮手去避开那些令人讨厌的、想约他们一起玩的百万富翁父母。他们让自己的孩子和同是亿万富翁的后代以及拿全额奖学金的小孩玩，而后者只有三个。他们似乎将精力都投注到了自己的孩子身上。

坐在教堂前面的还有一个群体，布鲁斯通常会被这个群体排斥在外，名为"公园大道女士"，她们就是公园大道不工作的全职太太们。学校以为PA（公园大道）代表的是"家长协会"。她们都是想和亿万富翁打交道的百万富翁的妻子们。她们和成年朋友们笑得前仰后合，却坚持让自己的孩子保持安静。她们给自己的孩子取过世祖先的名字，比如巴克斯特、福特和惠氏。但这些名字中的一些刚好也是纽约股票交易公司的名字。她们的男人会穿着笔挺的西装，身上散发着好闻的气味，他们的女人则身穿三层厚的羊绒上衣，以及超紧的低腰牛仔裤。偶尔从羊绒衫下露出来的腹部根本看不出她们已经生过好几个孩子，因为她们通常只会怀孕8个月，然后提前进行剖腹产，过不久就开始每天两小时的锻炼。她们喜欢穿昂贵的、带着精致高跟的鞋子，那些鞋跟基本没有在人行道上踩过。她们还会购买珠宝互赠。她们和我同事的妻子差不多大，看我的时候要不是为我没有像她们一样嫁给百万富翁而面带同情，要不就是认为我不是个好妈妈而对我怒目而视，就像对于我的孩子她们知道一些我不知道的事情。我的女儿在学校"谁是我妈妈"的公告栏上的杰作对我而言更是雪上加霜，公告栏上贴着一张头发凌乱的女士的图画，她嘴里说的话的配词是："我妈妈只喜欢读《华尔街日报》。"公告栏上其他宝贝的配词却是："我妈妈会读《别让鸽子开巴士》或者《晚安，月亮》。"到底是哪个讨厌的妈妈只看《华尔街日报》的？不必说，我们之间的交流不够。

坐在教堂后面的则是我们这些衣着邋遢的职业妈妈——一群怪咖,包括穿着职业装的我和其他三位妈妈。我们手上拎着超大的包,把所有的电子设备都调成了静音。考虑到我们的着装,我们尽量在礼拜时间不去查看手机。我们是艰难地坐在铺着地毯的地板上的人。我们没必要想去和那些亿万富翁打交道,但并不介意像他们那样生活。

另一种和我们坐在一起的父母是比较另类的。有个穿着斯潘德克斯弹性纤维服、从很远的地方推双人婴儿车过来,每天看起来都筋疲力尽的运动员妈妈。有个穿着袜子和矫形凉鞋的典型超重的妈妈——要么是完全我行我素,要么就是完全屈服了。同样和我们坐在一起的还有两个昔日的摇滚明星,她们看起来一点也没有变老,还有住在第五大道的从中国收养的三个女孩,以及学校的两名非裔美国学生:一个是多媒体公司老板的儿子,另一个是那个老板司机的儿子。

每个星期四,就像以前我带凯文一样,现在则带着布丽吉德和欧文,我把穿着裙子的臀部贴到房间后面的一块地板上,身边坐着其他和这里格格不入的人。我们很开心。

麦克尔罗伊家族既非出身贵族,也没有名气,又不是纽约的有钱人,是怎么混进这么一所昂贵学校的,这另当别论。就如那句古老箴言:进幼儿园名校比进哈佛还难,这句话异乎寻常地正确。

如果你想让孩子进入一所曼哈顿私立幼儿园,首先要进行申请。一年到头,总有一天能办到,只要你能打进那几个电话线,和至少有个像样的秘书,因为你得打电话去申请有限的申请名额。劳动节后的第一个周一,我找了个能干的实习生来帮我打电话,在拨了七小时的电话后，他给麦克尔罗伊家族提交了九个申请。这个小练习是专给新人准备的。如果你叔叔温斯顿或奶奶希区柯克是校友，你就进去了。我们学校每年为三十四个地方提供三百个申请名额；90%是血缘关系或校友子女相关名额，只留下3%或4%的空缺以1%的接收率进行竞争。

众所周知，第五大道幼儿园是最难进的。我们申请了，鉴于我们没有后门可走，我也就没有去白费力气。去面试的路上，我们被堵在中间进退不得。我从车上跳下来，跑过剩下的二十个街区，到的时候全身都湿透了，上气不接下气，还迟到了一会儿。布鲁斯肩上扛着凯文紧随其后。校长和我那可爱的凯文、我那不是亿万富翁的丈夫以及我根本就没有进行眼神交流。她的目光似乎凝固在了我胸罩上方汇成的V字形汗水上，很显然，汗水浸透了我的真丝上衣。不到一刻钟她就把我们请出去了。我傲慢和天真地以为，没问题，我想，凯文会上我们那边基督教青年会的幼儿园的。

然而我们的希望落空了。不仅如此，我们帮凯文申请的其他八所幼儿园也都以一封措辞优雅的拒绝信将我们拒之门外。我有想辞掉工作自己在家教孩子的惶恐想法，但布鲁斯指出：首先，我们的收入将会少得可怜；其次，我们不能因为那些幼儿园没有接收我们三岁的儿子，就太早对这场教育游戏认输。

我把所有的资料重新看了一遍，仔细研究了每所学校的董事会成员名单。我肯定认识这座城市的什么人。果不其然。那所第五大道幼儿园的董事会的董事长不是别人，正是亨利·托马斯·威尔金斯三世。我的前未婚夫，亨利。那个把我丢在大街上的男人。我不敢给他打电话。没门儿。我发过誓，再也不会和他说话。不可能。

好吧，也许。

在疯狂相爱七年后，我们分手了，并且再也没有说过话。我从来不在网上搜索他的名字，不再订阅大学的校友杂志，和我们所有共同的朋友断绝了关系。我决然地和过去一刀两断。（我用漂白粉洗掉了过去。）数月又数月悲伤地沉浸在黑色水池中，这样的日子似乎已经过去很久了。时间是不是已经过去了足够久，久到我可以拿起电话？

我和布鲁斯谈过这个，那个亨利走后让我大笑的男人。无论这意味着什么，他肯定会同意我绝不能打电话。

"给他打电话。"他说。布鲁斯几乎想都没想就给出了答案。

"什么？"

"你肯定不会对那个男人还有感情。他最后对你那么残忍，男人是不会变的。那有什么可损失的？"

"那我的尊严呢？"

"这有什么丢脸的？你的人生如此成功，你是华尔街上最成功的三十个女人中的一个。你有三个有趣得不得了、聪明得不得了的孩子。你到底有什么觉得丢人的？"

一阵怪异的沉默笼罩着房间。我们都在思考这个问题。

"除非是因为我……"他说，深深地注视着我的眼睛。

"什么？"

"不，真的，贝尔，我能理解。他曾是个徒有虚名的穷小子，现在发达了，得偿所愿。而你嫁给了一个曾经富有现在成了穷光蛋的男人。你是否得偿所愿值得考虑。我明白。你就像那些不会去参加高中聚会的人。如果你不给他打电话，你就是那种不会去参加同学会的女孩。"

看来为了证明我对布鲁斯的爱，我还只能给亨利打电话了？好吧。我打了，并且声音一点儿都没有发抖。在那个脆弱的时刻，我打给了曾经伤透了我的心，为我们订婚后和他上床的那个交际花而弃我而去的男人。(尽管《纽约时报》在他们的结婚启事中不是这么描述她的。)我打电话给他，请求他让我那邋遢的三岁孩子进入一所有一天礼拜日的幼儿园。一所名为第五大道，而实际上甚至不在第五大道上的学校。

值得称赞的是，亨利肯帮忙。在我仔细地拼出我的名字后，他的秘书把我的电话转给了他。转了两次。我们的对话简短直接，就像两个每天都交谈的商业伙伴。他甚至没有表现出丝毫惊讶。我以为他会问我过得怎么样，而他问我凯文的名字怎么拼。(凯文怎么拼？他是怎么回事？还要查人名拼写？)他问我的姓。(他应该不会不知道吧？)"卡西迪。"我提醒他，"不确定你是否还记得我，但我想我们过去约会过？"我玩笑道，但他没有笑。

"贝尔？"

终于来了，我想，那个道歉。他将承认自己是地球上最低级的混蛋，现在帮我这个忙会让我们都好受些。我为这个道歉已经等了很久。

"伊莎贝尔，你还用卡西迪这个名字真好，我猜，但是——"

"好吧，是的，那是我的姓，亨利。"

"不。我的意思是你似乎不是那种会跟丈夫姓的类型，对吧？"

"我不知道有那种类型，或者是你把我定型了，不过，是的，我没有改。"

"那也许对于这次申请我们可以称你为某某夫人？"

"麦克尔罗伊？只有用我丈夫的姓才能申请你们学校吗？"

"是的。这听起来很奇怪。你能给我拼一下吗？"

就这样，我的前未婚夫把我的姓改成了我丈夫的。

不到三天，凯文就进了一所如此知名的幼儿园，门上没有名字，没有网站，也没有登记在电话簿上。那是一个新传承的开始，我的另两个孩子也将能进去。我为这一恩惠付出了昂贵的代价。除了每年要为这个每天上学三小时的学校缴纳3.1万美元，以及在我没有任何准备的情况下假装改了姓外，我已经对那个把在雨中抓着婚纱的我丢在路边的男人卑躬屈膝了。现在我每次送孩子去上学的时候不是见到亨利就是他那隆胸的妻子。该死的。

这个星期四早上我感受到了爱。布鲁斯送凯文上学去了，给布丽吉德、欧文和我去幼儿园留下了足够多的时间。尽管我不知道自己的奖金会是多少，但数量应该不会少，我可以放松些许。一月是我的七月。

布丽吉德踩着滑板车，欧文坐在婴儿车里，而我穿着中跟鞋，公文包挂在婴儿车的把手上，走着，不是跑着，去小教堂。太阳高照，我是一个拥有一切的女人——孩子、工作、还能在昏暗光线下舞动的身体。

我们坐在小教堂的后面。我把电子产品设置成了静音，呼吸，认为世界的一切都很好。我们今天打破了惯例，早到了，而孩子们喜欢惯例。欧文在这警觉的一刻意识到自己在后面坐腻了，想靠音乐更近些。我试图用点可怜的贿赂来分散他的注意力，小声讲着一个荒唐的故事。而他丝毫不为所动。

"我想坐前面。"他说，声音还不小。

"我们就坐这儿,等你的朋友赖利。"我说。赖利总是会迟到十分钟,这是劝他待在这儿不动的最佳理由。

"不。"

布丽吉德喜欢欧文的主意。"是的,我们应该坐到前面去,妈妈。我们从来没有走到前面去坐过。"她似乎惊叹于她从来没有想到过换个地方。她思考着种种可能性:"我们应该去。"

他们没有进一步征求我的意见,欧文一个向前猛冲,布丽吉德紧随其后,为要去做一件她从来没有考虑过的事情而兴奋不已。我那两个独断的孩子正好把自己安置在了亨利那快乐的一家子的后面。

我笨拙地在一只只小手和穿着高跟鞋盘坐的腿中间穿行,一路抱歉着走到前面。一到达我便蹲了下来,同时对身后的公园大道女士抱歉地耸耸肩。其中一个冲我微笑了下,而另一个显然是假笑。假笑!亨利扭头冲我咧嘴一笑。仿佛在说:贝尔,你明显违背了我们的约定——要知道,我们心照不宣,我让你乱七八糟的家庭进了幼儿园,而你不得以任何方式和我的家庭扯上关系。

我很擅长遵守这并未成形的约定,他也是。除了布鲁斯,此地无人知晓我和亨利曾是大学同窗,更不知道我曾与他同居过。我高兴不起来了,满心焦灼,只想在这四十分钟里控制住两个小孩。

音乐响起,先是班卓琴弹奏片段,接着响起一首关于播种、种花园的歌曲。

"寸寸耕,排排铲,满园植物定能长。"

亨利的妻子就盘腿坐在欧文面前,与我斜对。她抢走了亨利,而我从未如此近距离地审视过她。在做礼拜的这一刻,我仔细端详,她具有古典美,及肩长发闪耀着均等分布的四种金色,显示她的染发师高超的技艺。她看起来吃惯山珍海味,但挺拔丰满的胸部依然衬托着婀娜窈窕的身材。她身着低腰装,牛仔裤上露出皮带,仿佛传达给坐在身后的我们一个暗藏的讯息:她很凶悍。她由于双脚交叉,裤子变得更低了,我想批评一下她那不合时宜的穿着,但克制住了。我手臂环着欧文,通常他都全神贯注于演奏者的每一个字,但今天他的注意力被别的东西吸引去了。实际上,他在低头专注地看着亨利妻子的屁股。

歌声继续:"只需一耙、一锄和一块小沃土。"

出人意料地,欧文突然伸出手,开始抚摸亨利老婆柔软的紧身毛衣。我两岁的儿子正摸着那个偷走亨利的女人。我使劲拽住孩子的手,没有意识到自己太过用力。

"哎哟!"他大叫。

她转身说:"没关系。"她在欧文的小脸蛋上摸了摸,又转回去了。我还没来得及制止,欧文再次出手。

"哎哟哟哟!"这次前排所有人都转过来看我们,我庆幸乐声够大。

我在欧文耳边小声说:"不能碰陌生人。"

我的声音很严厉,以至于我最好冲突的调皮儿子反常地安分坐着,而我爱抚着他的背。收获和播种的故事仍在继续。我觉察到他那被我抓住的手里传出的热度,他的愤怒即将爆发。

情况发生在我调整握手姿势的瞬间。欧文感觉到机会来了。他迅速向前伸手。我本能地伸手去捞,结果抓了个空。太迟了。

他以超越年龄的运动技巧,抓住了那根皮带。小手紧抓皮带顶部,谁叫它在他面前诱惑了他半小时。它的蕾丝粉色令人难以抗拒。

他抓着皮带，朝自己拉来，皮带极具弹性。直到亨利的妻子大声惨叫"哎哟"时他才松手，皮带发出一声响亮的"啪"声。那可不是便宜的松紧带。

她转向我，我手足无措。我是说，她是学校里深受喜爱的母亲之一。她管理图书馆和福利委员会，而刚才她在所有公园大道朋友们面前挨了一鞭。她很有可能朝我怒吼，但我不确定，因为她面无表情，那张脸被肉毒杆菌整得太僵硬了。我等待着该受的责骂，却只看到她露出僵硬的笑容。

"没事，大家伙。"她声音甜美。欧文贴着我的小腿，她拍了拍他的头，然后转身和其他人说话去了。礼拜戛然而止。亨利没有看我，而是看着我微皱的西装、我灰暗的一切，和一大袋散出来的各种科技工作资料。他什么都没说，但我知道他是怎么想的。

我一直暗自欣喜他最终找了这个女人。并非我不喜欢她，尽管她勾引了我的前男友，而是我知道亨利喜欢什么，她不是他喜欢的类型。尽管她十分富有，却没有一份稳定的工作。据我所知，她把大部分时间都用来重新装修他们的公寓和乡下房子，管理着一大家子人。

亨利太聪明了，不会对她这类女人感兴趣。我给他们一年时间享受幸福生活。我认为他必定痛苦无比，因为没有像我这样的人使他脚踏实地，磨炼他的心智，赞美他。但现在看着他的眼睛，我明白我之前所想的全都错了。他脸上并无认可我的神色，只是看起来充满疑虑。直到这时我才明白他真正的想法。

亨利找对了人。

在地板上 On the Floor

任何地方职场妈妈的秘密武器都是分类能力：把当下不能解决的问题全都塞进头脑抽屉里。把家庭问题放进脑子里的文件柜，甩上柜门，眼下该干什么就干什么。到家后，一切便倒了过来，她要在脱离无线通信世界的同时复习一年级拼写词汇，或第五十七次读《小脏狗哈利》。这样做时，尽力不去想自己的全部知识第二天将要经受合成抵押贷款产品的考验，她需要掌控它们的实质。我是世界级的分类大师，真希望这是一场奥运比赛，这样我就能站在领奖台上，脖子上挂着块金牌，得到世人爱戴。

礼拜戏剧结束后，我走到办公室，只差一点儿上午九点半的开市钟就要响了。我电脑屏幕上贴着一张粉红色便条，上面写着："打电话给猎豹全球的蒂姆·博伊兰，商讨EBS股票事宜。"

我只见过蒂姆一次。他不是我在猎豹公司的日常联系人；他是那块地盘的CEO。我把这条信息解读为灾难，因为领导打电话来通常都不是什么好事。我把欧文皮带事件深藏入我脑中的文件柜,专注于蒂姆,投身于工作和书桌上闪动的液晶显示屏。

EBS标志旁有一个星号,表明紧急生物科技生物制药公司发生了情况,股票将延迟开市。每当有严重影响一只股票股价的新闻发生,股市交易就会暂停,在买家和卖家权衡出正确的价格后再开始。这肯定就是为什么博伊兰想和我谈话的原因。在我的建议下,我给猎豹买了一百多万股的EBS股票。

我望向艾米,她正在打电话,拿钢笔敲着她克里斯提·鲁布托牌鞋红色的底部,脸上的表情有点古怪地扭曲。我知道她自己买了EBS股票。她有些责备地朝我挑眉,但什么都没说,专心地听着电话。

我猛地站起来,朝金走去,想去查看医药行业的交易信息。金正在打电话,同时把玩着他浓黑的卷发。我走到他能触碰的距离,他一如既往地拽过我的手臂,把我拉近他,用手摸着我屁股上部。我挣脱他这习惯性动作,就像兄弟姐妹间的打闹。他挂断了电话。

"猎豹公司拥有多少股?"他冲我喊道。

"总共一千万,"我说,"EBS去年才上市。是家很棒的公司。"

"一千万?"他重复道,"一千万股,以每股22美元交易?"

"是的,金,我知道。2.2亿美元的投资。"

"差不多2.5亿美元的投资!"他对我喊道,好让他旁边其他男人也能听到。

"该死。发生什么了?他们杀人了?"我心脏猛跳。

"发生炭疽了。"金一脸正经,随之又笑了。

起初我以为爆发炭疽了,或炭疽疫苗没有效果,但都不是,肯定是个好消息。因为金是笑着的。

"还是你注射疫苗了,然而炭疽并没有发生?"我小心翼翼地问道。

"没错。去问问在美国军队服役的两百万美国士兵,他们注射疫苗了,所以没得炭疽,"他回答道,"他们真是好顾客!"他说着打了个嗝。

真粗俗。"是的,但我已经知道这个了,EBS 的投资者也知道,所以出了什么状况?"我问他,仍然不确定为什么股票停止交易。

"这些疫苗代表了收益,而且会供不应求。这东西价格低,市盈率低,只有五倍的收益。但我他妈的知道,今天收益会飙升。"

"炭疽疫苗不是什么大事,金,"我说,大大松了口气,甚至愿意拥抱下这个色鬼,"应该是他们生产的免疫球蛋白,它们会让股价飙得更高。"

"哇哦,"金说着,抓住我的腰带,"别动。所有这些失败者都需要听听你刚才说的话。"

"先生们!"金在语音通信上大声宣布,"贝尔·卡西迪现在要给你们这些笨蛋上一课。"然后他把麦克风递给了我。我已经在他的电脑屏幕上获取了足够的信息,现在足以整合这整个事件了。紧急生物科技生物制药公司在即将进行的新药物临床试验中获得了好消息。股票将涨,我刚给我的客户赚得钵满盘满。但我还没来得及消化这一消息,我就被拉到一百多人面前谈论此事了。

整个交易大厅都安静了下来,所有人都期待我出丑,但我一刻也没有脸红、结巴或说不出话来。我清了清嗓子,把麦克风拿到嘴边,把金的手从我身上拿开。

"今早,纽交所一只不在我们保险范围的股票交易暂停了,"我开始说，看见金一边输入发布的标价，一边指着自己示意他也是买家之一，"但貌似我们今天将会从中赚大钱。它就叫作紧急生物科技生物制药公司，简称EBS。金今天会进行交易，股价正在上涨。"我看着金的屏幕说道，"事实上，貌似开盘时会涨到10美元，30%的涨幅。他们生产的炭疽疫苗需求量很大，但同时他们也期望免疫球蛋白的研究会有突破性的发现。免疫球蛋白能帮助身体的免疫系统抵抗疾病。如果你问我的话，我会说未来这可以用来治疗癌症。"

"谁问你了？"有人喊道，但是语气友好，大家不是在做笔记就是已经在给客户打电话了。

"他们的研究管道貌似已经塞满了免疫疗法，所以，这的确令人激动。看看这张表，它会随着总量上涨形成一个上升的三角形。现在有三千万股在进行交易。去卖掉一些吧。"

我沾沾自喜把麦克风递回给咧着嘴笑的金。"这就是为什么我会爱你。这儿的凡人哪能像你一样发表这么精彩的言论？"

"我只知道猎豹将在这上面多赚一倍。"

"等他们准备获取收益的时候，你就把他们带到我这儿来卖，好吗？"他边说边做出奇怪的动作来抓我。

"我现在就想亲你的翘臀，卡西迪。"

"我叫麦克尔罗伊，"我说，"我差不多三年前就改名字了。规矩点，否则说不定你也会得炭疽。"

"这算是威胁吗？你这个火辣、性感的小妖精。"他喘息道，又抓了一次，但我已经走掉了。回到自己的地盘，那是我的安全区域。

这些客户账号上的操盘手都是我的合作伙伴，我们被互相指派给对方。我一边与研究人员共事来获取意见，一边跟客户交谈、喝酒、进餐、旅游，甚至卑躬屈膝，当客户最终决定是买还是抛售一只股票时，我们就需要一个操盘手。这个男人整天嚼着口香糖，用某种灵长目动物张着五指的方式在男女屁股上均拍，匆匆吃完午饭时不时会打嗝，总觉得自己强大到可以在公共场合羞辱职业女性，并将此视为一种爱好。然而他也必须整天都盯着屏幕，时刻关注顾客关心的股票，在机器上不断敲入数字，一点错也不能犯。为此他能获得丰厚的回报，其中一半是我的佣金。如果投资黄了，从不会有人记得他。承担犀利无情斥责的是我这个销售员。在我看来，成为操盘手是件很了不起的事，然而女性操盘手少之又少。于是这寥寥几个女性便集聚了起来，被尊称为"雌激素团"。有一个年长一些的女操盘手，出于某些大家都忘了的原因，独自一人坐在一张被隔离的桌子边上，那里被称为"更年期庄园"。言归正传，回到EBS吧。

我开始给今天一个开心的客户打电话。情况好转，不仅是因为猎豹挣了钱，而且因为奖金季看起来越来越乐观了。我迅速给布鲁斯发了封邮件，告诉他他妻子今天过得很愉快。某些男人会因为自己的另一半赚了许多钱而感到威胁，然而我那充满理想主义又富有逻辑的丈夫变得极度兴奋，没有意识到他曾认为钱多么有毒。

我给蒂姆·博伊兰回了电话，他邀请我共进午餐。他想要带上他新聘任的首席投资官。于是我们决定在下周一起吃个饭。

"是什么让你如此确定这个公司能挣钱的，麦克尔罗伊？"蒂姆问我。

"我的一个大学室友现在是名医生。她让我读了免疫疗法的文章，我觉得很有意义。她对自己看到的感到很乐观。他们有可管理的研究预算，会带来收益，也有一只交易稳定的股票。它看起来没有什么风险,你知道的?"

"你太谦虚了。"他说。

"我太幸运了。"我答道,我是认真的。

我与今早坐在小教堂那温和的双胞胎姐妹截然相反。股市朝着有利于我的方向发展就像多巴胺一样是一剂良药。猎豹很可能在接下来几天售出股票,如果他们都是通过我售出的,我会给公司带来每股0.06美元十倍的收益,也就是60万美元。其中90%给公司,剩余的6万美元我和金一人一半。我今天过得非常非常愉快,于是我给我们的看护打电话时叫了她喜欢的称呼,让她提前把酥炸鸡柳拿一些出来放到桌上,早点儿洗洗睡。我喜欢完成一笔大交易后与我丈夫共度良宵。这时他又变成了我当初嫁的那个男人,无忧无虑,积极乐观,会给我们提许多想法。他给予妻子无限的爱和支持,这使得他奇怪的消费习惯让我不那么烦恼了,让我觉得我们会好的。

九点半到了,市场开了。马尔库斯打开他桌子上的电视,调到《巴尼》,那只紫色的恐龙正唱着:某人爱某人,成为幸福的一家。他觉得巴尼的好心情会给他带来好运,所以每天开市钟响起他都要调到这个节目。他把手伸向我,邀请我与他共舞。(他耳朵真尖——我确信他听到我向人推荐 EBS,然后买了一些到自己的账户里。)我容许他把我从座位上拉过去,把脸贴到我脸上,对我轻声道:"完成了我的第一个首席营销官交易。"

如同担保抵押证券中的情形。就像那些由次贷支撑的风险投资开始反败为胜?"哇,迈克,巴尼可真是人生导师……让你这么自信。"

艾米扭头对我们怒目而视。"我们没有调情。"我对她说。迈克把我送回到位置上。"这就是幸福的样子,艾米,有时候你也该试试。"他说。

艾米一言不发地走到我们桌前,不看我,也没有停止手机通话,捏了下我的手。我把它当作是在向我道贺,然而并不是,她在我的屏幕上粘了张字条就走开了。

"下周四 GCC 一起吃午餐:十二点半会告知详情。日程:讨论裸女。"

我看了看,想着如果我们所有人一起出去共进午餐该有多怪,她就不能消停一会儿吗?我猜我们会各自想办法出去,假装去见不同的客户,但其他人还是会很好奇。她让我狂躁的内心略微平静了些。我看着她把证据揉皱,扔进了垃圾桶。

也许她太快卖掉她的 EBS 股票了。

除息日
Ex-Dividend

如今，女厕所就是一个名副其实的犯罪现场，就像一九八九年的夜总会那样，有着飘散不去的烟味。大部分人白天不会离开这栋楼，因此到了中午就会有一群女人涌进洗手间，在里面大口大口贪婪地吸着烟。就连我们的无烟盥洗室都烟雾缭绕。

我有些同情那些尼古丁上瘾者，尤其是我们的名誉退休董事长，无论何时何地他都毫无顾忌地点上一根。即使是在男人的讲台上，B. 格鲁斯二世也要吸烟。然而，大家都知道，他还服用各种药物。跟他相比，那些尼古丁上瘾者简直不堪一提。

在模糊的镜子里，我看见自己精致的西装和今早我把头伸出出租车车窗风干的头发。它们神奇地变得又顺又滑。情况像这般顺利的时候不多，于是我赶忙谢天谢地，默默感谢我所有的星辰都连成了线。今天我是最幸运的女人，因为我要和蒂姆·博伊兰共进午餐，而在此之前，他还没有跟任何女人吃过饭。

洗手间的女人们打量着更为漂亮，不那么睡眠不足的我。蒂芙尼·安蒂诺里是名艳丽的销售助理，别人都更喜欢叫她"裸女郎"。她穿着红色厚底鞋、紧身连衣裤，走进洗手间，看起来美艳绝伦，和这个地方格格不入，她看见我时低声吹了声口哨。她是不是又看出我在竭力隐藏内心的秘密？

"交了新男友？"她问道。

"或许。"

"哇……"阿曼达一边说一边抹着睫毛膏，甚至都没有朝我这边瞥一眼。出于某种原因，她每天中午都要重化一个精致的妆容，用她自己的话说就是——"只有新面孔才有新点子。"

克拉丽斯·艾文森是唯一一个跟我平起平坐的总经理级别的女性，她像高中校长一样走进洗手间，喧闹的场所瞬间安静下来。她个子高，动作快，兴奋时甚至会挥舞起她细细的胳膊。在员工管理方面，她和我有着不同的理念。我想成为天使般的良师，而她想成为女校长。当克拉丽斯走进洗手间时，所有的烟头都冲入了马桶，交谈也就此结束了。

"这烟味让人难以接受，"克拉丽斯厉声说，挥赶着面前的烟雾，"恶心。肮脏。非法。我不明白，为什么女总经理就没有单独的洗手间。"她指的是男总经理或拥有更高职位的男性都有私人洗手间，而整个公司的女性要共用一个洗手间。

"真的有必要吗，克拉丽斯？"我说，"除了你和我会用到女总经理洗手间之外，谁还能用呢？"

"当然！"她说着，转动门锁关上了隔间的门。

蒂芙尼对着镜子笑了笑，然后转身，夸张地扭着屁股出去了。

我发现她在洗手间里只是看了看自己便离开了，实际上什么都没干。

"说真的，"艾米说，"你今天为什么拾掇得这么美？"

"和猎豹公司的 CEO 共进午餐，"我边说边胡乱抹着口红，这支口红上难得既没有粘沙子也没有手印，我很难再找到一支布丽吉德没有在她的布娃娃上用过的口红了，"还有，他们新上任的首席投资官。"我性感地扭了一下臀部，艾米和我击掌庆贺。

"什么！"克拉丽斯喊道，她正在紧闭的门后上厕所。

艾米睁大眼睛，把手指放在嘴唇上示意我噤声。但我没有忍住。

"你听说过蒂姆·博伊兰，猎豹公司的 CEO？"我天真地问道。

"蒂姆·博伊兰从来不和任何人吃午餐，"她咆哮道，并且伴随着冲厕所的声音重重地推开了厕所门，"他从来不旅行也不社交。"

克拉丽斯站在我面前，树枝一样的胳膊环在胸前。她气急败坏地说："还有，你为什么没有邀请销售部未来可能的负责人去赴约？"

"呃，因为我现在有一个销售部领导？"我小心翼翼地回答。

"听着，西蒙马上就要退休了，难道这还不明显吗？除了我，没有任何人能胜任他的职位！"克拉丽斯脸涨得通红，既激动又烦躁不安。她为这份工作付出了所有心血，因此任何人会打败她的想法都让她焦虑不安。我有点为她难过。难道她没有注意到，在这儿，没有哪个女人能够坐到那些位置上，我们的执行委员会成员全都是男性吗？

艾米再次打开了水龙头，在镜子里，我看到她在翻白眼。

四季酒店位于东部第五十二大街，里面的服务生穿得比和我共事的男人还要阔气。这里是一个充满鲜花的权力场所，桌子摆放在一个小游泳池的周围。我不由自主地想起我曾在这儿订过婚,是和亨利而不是布鲁斯。

那是在我们庆祝亨利从哥伦比亚大学商学院毕业的晚宴上,突然,他手握一个蓝色盒子单膝跪下,里面的钻戒在灯光的照耀下熠熠生辉。我就像突然掉入了一个空头陷阱里,有种不真实的感觉。这完全出乎我的意料。什么喷泉啊、音乐啊,还有一时冲动,让我魂不守舍,意乱情迷,最终让我说出了"我愿意"与之共度余生的话。在那天降神迹的非凡一刻,我忘了我那份三十岁之前禁止事项清单,开始筹备那场无疾而终的婚礼。

那么我究竟为什么要回到这个鬼地方呢?因为当蒂姆问我"你想去哪里吃午餐?"时有一点我是肯定的:当选择权交到自己手里时,我不能把它抛开。让我选择地点是对我表示尊重。最蹩脚的回答是:"我不知道,你想去哪儿?"或者"等我想好了再给你打电话吧。"不,我有两秒时间来给出一个可靠的答案,它必须是一家不起眼却服务周到的酒店,因此,我脱口而出,"四季酒店怎么样?等下,还是去……"我还来不及反悔，蒂姆已经抢先说道，"是我的最爱，我会提前预约的。"他就这样把选择权收了回去。干得真好！

此刻，我就坐在自己还生活得无忧无虑时所坐在的那个池子的边上。那时我所深爱的男孩是亨利；那时孩子似乎又吵又乱，不适合我；那时我的事业似乎一帆风顺。不过，那已经是很久以前的事了。

我能看见酒店的大门，中午十二点半，蒂姆准时走了进来，在白手起家的这层身份下，他自带光环，能使他周围的人都站得更高，靠得更近，都希望能沾上一点他的魔力。他在一张餐桌边停了下来，和某个他认识的人握手。当他身子前倾时，我看到了他的新任副主管，那个放弃了在高盛投资公司做抵押贷款交易，转而为富人在避险基金方面管理大型证券投资的男人。蒂姆非常兴奋能把这样的人才引进公司，和像我这样的人分析投资问题，并且负责公司日常性的投资决定。

这个人不是别人，正是亨利。

躲不掉的缘分 I
How Not to Meet Your Husband, Part I

一九九〇年他对我说的第一句话是："这些人是你的朋友？毫无疑问你是来找我的。"

我正在排队注册大一人类学，周围都是一群我不认识的正儿八经的书呆子。亨利·威尔金斯从后面出现，直接用《漂亮女人》里的台词跟我搭讪。那是那年夏天朱利亚·罗伯茨主演的一部电影。我心跳如常。

"你迟到了。"我说，看到他一米九五的身高和一头他不停梳理的浓密黑发。他腰上系着一条货真价实的鳄鱼皮皮带。像他这样的男孩，在布朗克斯区的邻里是没有的。和我一起长大的男孩中，没有一个在引述理查德·基尔的话时不发出滑稽的声音。

"你实在令人着迷。"他继续道。

"原谅你了。"我微笑着转过身去，松了口气，因为轮到我走向那张报名桌了，因为我不知道该怎么继续我诙谐的台词。引用那个夏天我看过六遍的电影不可长久。要是他换电影怎么办？但是他没有。

"当你不那么烦躁不安的时候，你看起来很高。"他继续道。

这个家伙背下了整部电影的台词？"你忘记了最精彩的部分。"我反驳道。

他顿住了。我直直看着他，看进他炙热漆黑的眼里。我突然明白我是怎么长到十八岁却没有交过一个男朋友的。或许我一直在等待。

"——而且非常漂亮。"他把那句台词补充完整。

太对了。他的确记得那部分。

"对不起。轮到我报名了。"我说，讨厌是我先跳出角色。

他没有退却。"你并不是真的想上这门课。"亨利说，冲人类学的标志点了点头。

"电影里应该没有这个吧？"我大笑着朝课桌走去，"但我是真的想上这门课。我要学狒狒行为的来源。"

"那个有什么重要的？"

我不打算把我对布朗克斯动物园的喜爱和我对人类的疯狂理论告诉陌生人："这样我才能更好地了解人类。"

"那跟我来。"他说，好像他笃定我会遵从似的。

这里不是什么会发生坏事的黑暗小巷。于是我跟他去了。

"谁会因为你学了灵长类动物的行为而雇用你？"我们穿过康奈尔大学注册报名的巨大兵工厂时他继续道。

"很多地方——纽约检察官办公室、IBM总部，或某个网络公司的实体店。"

"你刚才不会真的说了实体店吧？"

"我本不想的，但我的确说了。因为我不知道用什么词好。"我搜寻着这个房间，希望能看到我的哪个新室友会发现我和这么帅气的男人在一起。

他哈哈大笑。不是那种礼貌敷衍的大笑，而是那种真正的大笑，那笑容让我的心忍不住乱跳。

"好的，"他说，"这门课会让你有所收获的。"他停在一排挤满等着报名品酒入门课程的相貌不俗的大一学生前面。

"大家听着，"他大声喊道，好像已经认识了他们，"这是来自布朗克斯的伊莎贝尔。"实际上我并没有告诉他任何个人信息。

事实证明品酒这门课是酒店管理学院的一门选修课。亨利的说法是，学习有关酒的知识是这所大学开设的最有用的课程。他，一名刚入学一周的大一新生，已经精挑细选出他认为最终会管理这个校园的学生，其中也包括我，这是他后来告诉我的，因为我的表情看上去是那么认真。他已经研究过我们大一新生的脸谱，那是发给美国新生的硬皮书，上面有我们的照片，并列举了大家的学习情况、兴趣爱好和家乡等，然后，如他所言，他推断出哪些人应该"在一起玩"。他已经去过新生注册登记处，找到了那些人，将他们集聚在一起来上品酒课。经由一个陌生人指导报名去上一门课似乎是我做过的最疯狂的事情。

"让我猜猜，你有个葡萄园。"我开玩笑道。

"现在还没有。"

"你是从洛杉矶来的？"我继续审视他的穿着。

"差不多。纽约罗契斯特市，伊士曼柯达公司总部所在地，那里税额减免力度很大，申请破产保护的公司也比其他地方多。"

"那和穿着有什么关系?"

"那里才应该是我的故乡,虽然我还没有去过,但那里的穿着就是这样的。你可能也想重新看看你的衣橱。"他说,冲我的工装裤点了点头。

为什么这个知道自己要什么的家伙这么性感?把啤酒瓶撞得嘎嚓作响的吸烟男孩令我生厌,那些智力超群的人太认真,运动员太一心一意,这个野心勃勃、聪明风趣、喜爱社交的男孩却让我的心怦怦乱跳,而且并非我一人为他心动。亨利身边围满了近乎完美的女孩。

我加入了船员小组,最终找到了男朋友。他是个轻量级桨手,名叫安塞尔,身高一米七七,我是一米五六。划船激发出了我体内的强烈的职业道德。抛掉欢愉,放弃派对,参加双倍训练,获取更高的分数,摇动身体,身为经常获奖的大学运动代表队的一分子,我感到妙不可言。我生命中的每个人都有一个位置,但亨利的位置很遥远。我们偶尔一起吃午餐,每每这时我不规则的心跳有时候就会出卖我,但一如所料,亨利换女友就如走马观花一般。

一天晚上,我拖着安塞尔去参加一场派对,结果碰到了亨利,后者向我们介绍起又一个女孩,我立马就把她的名字删除了。她们的名字总是以"ee"的音结尾,比如乔安妮、史黛西、特蕾西、弗朗西、安妮,当他给我介绍这个的时候我没有去听。

安塞尔请我跳舞,亨利甚至都没有等我说不。

"好吧,孩子们,是时候公布谜底了。"他说,咧着嘴笑开了。

"谜底?"他的女友和我同时问道。

我们三个充满期待地站在那儿,等着亨利用往常的方式娱乐我们。

"贝尔和我从上学的第一周起就坠入爱河了。"亨利大声宣布道。

"我们?"我问。

"你们?"安塞尔和那个黑发女孩同时问道。

我们三人充满期待地等着他接下来的如珠妙语。但这次没有。

黑发女孩转向他:"这次不好笑,亨利。"

安塞尔一脸受伤的表情。

"我是认真的。"亨利说,"我只是不想心里有这些想法,却不跟你们三人分享。我的意思是,我不是个混蛋。也许我是,但我不骗人。我说的对不对?贝尔?"

他们三个全都转向我。他说得对吗?我们坠入了爱河?我的意思是,我一直都在想着他,一起吃饭或上课的时候会有些心猿意马,甚至在他们一家人频繁地造访校园的时候认识了他们,我总是心烦意乱。"你说对不对是什么意思?"我问道,为自己争取时间。

"我要走了。"他女朋友无力地扇了他一巴掌后说。我们三人目送她离开,但亨利是第一个转身的。我永远也忘不了,他甚至都没有再回头看一眼。

"所以你怎么看,阿姆斯特尔?"

"是安塞尔。"

"哦，对不起，你怎么看？"

"怎么看我的女朋友欺骗我？"他问。

"我欺骗你了吗？"我问，此刻谈话变得更怪异了，"安塞尔，我们甚至都没有睡过——"

"等等，你们还没有发生关系？"亨利打断道，让安塞尔和我都感觉像失败者。"你们在一起不都一年了吗？"他问。

"好吧，我们谈过这事儿。"我无力地说道。

"我的意思是，我们有打算了。"安塞尔可怜地说。

"哦，天哪，你是在等我。"他柔声道，牵住了我的手。

"我没有在等你。"我在等他吗？我混乱不堪。

"瞧，我们能不能谈谈，亨利？"我问。

"不，是我们能不能？"安塞尔问我道。

那天晚上亨利陪着我离开了，离开安塞尔和派对，以及安全的一切。在接下来的七年，我们很少分开，而当他离开我时，和他离开别的女人没什么两样。一次都没有回头看过。

被市场碾压的一天
The Day the Market Moved on Me

我们在四季酒店吃午餐的整个过程中,亨利表现得好像我们素未谋面,好像我是个新来的同事,有着满脑子的投资主意要向他提,而他只负责坐在那里听。

我站起来和他握手,这是我习惯性的商业动作,但我可以感觉到由于过度紧张,我双腿软如棉花。难道就没有人告诉亨利他将和谁碰面吗?我想从他脸上找到一丝嘲讽,但他始终面无表情。为什么他不事先给我打个电话,提醒我一下?现在比起我们在幼儿园台阶前碰到时互不情愿地问好还要尴尬。因为这意味着我以后得每天和亨利打电话。他将是我最大的客户,我以后将要听从他的命令。我快喘不过气来了。

蒂姆滔滔不绝地讲着在亨利的英明领导下,猎豹将要采用的新的投资策略。我没有碰食物。我颤抖的手几乎拿不稳手中的杯子。在这种时候,我通常能发挥出正常水平,但这次是个例外。亨利利索地打开餐巾,胃口很好,继续享用着桌上的三道食物。

每个人心中都有他们永远无法跨越的那个人。结束是不可能的。所谓的完结不过是自欺欺人的心理暗示。你唯一能做的是尽力避开他。对我而言,和那个人是无法共事的。亨利就是我的那个人。

亨利的上司似乎对桌上的氛围一无所知。他心情非常好,又点了一份巧克力蛋奶酥来当饭后甜点。蛋奶酥。天啊,这是还要等二十分钟才会上桌的甜点。我们耐心地等待着,漫无目的地谈着交易细节。头发开始垂落到我脸上,奇怪的是我的耳环突然掉到餐桌上,我低头看到自己的长筒袜上有一道丑陋的痕迹,原来我在汗流不止。

博伊兰突然开口道:"亨利曾在康奈尔和哥伦比亚商学院上过学。"

我难以置信地点头,答道:"真的吗?我也念过康奈尔。"

"那我就要问了,你是哪年毕业的?"他说,"我可以肯定你是我的学妹。"

我礼貌地笑了笑。

亨利发问:"你在哪里上的商学院?"

亨利明知我没有上过商学院,一是因为我上不起,二是因为我怕再也找不到我那个水平的同等工作。凑巧的是,我现在工作的地方,比起文凭来说,更注重个人表现。我们总裁想要聘用他所谓的"贫穷、聪明、致力于出人头地"的人,他们聘用我是因为我符合这些条件。亨利现在是想在他老板面前让我难堪吗?难道这是对皮带事件的报复?如果他想让我举白旗认输,那么他挑错人了。

"我没有上过商学院。"我用故作甜美的声音大声回他,"我非常热爱我的工作。我知道现实生活教会我的比在商学院中学到的更多。"

"是吗?"亨利说,看到我终于回击他似乎更来劲儿了,"我必须说的是,虽然我明白你的观点,但我更喜欢正式教育。顺便说一句,我难以想象你已经是三个孩子的妈妈了,而且还是家里的顶梁柱,你是怎么应付这一切的?"

那是压死骆驼的最后一根稻草。对任何在职妈妈来说,如果说有哪句陈词滥调让她们厌恶不已,那就是"我真不知道你是怎么做到家庭和事业两不误的"。我从未想过我会讨厌亨利·威尔金斯,但我相信快了。

"我有说我是家里的顶梁柱吗?我好像没有这么说过。而且我好像在第五大道的幼儿园见过你啊。"

坐在蒂姆背后的那个男人在我话落之际,伸出手和蒂姆问好,于是我又说道:"或是因为我们曾一周用十六种不同的姿势干过,是的,这就解释了为什么我们似曾相识。"我拿起亚麻餐巾,擦擦嘴唇,然后微微一笑。

"哦。"亨利清了清喉咙,脸变红了。我把他原来的"我丈夫没有工作在家吃软饭"的话题掐断了。"好吧,我想你在人群中是很难让人忽视的。"亨利在做无力的挣扎,想重整旗鼓,蒂姆已经转了回来,"但在幼儿园时,我的注意力一直在我的孩子身上,我从不会注意大人。"

我感到恶心。男人可以用顾家的说辞给老板留下深刻印象,而女人在工作时从不敢提起家人。"是的,我相信你是太关注你孩子了。"我说道。

蒂姆继续青睐有加地看着他的这位年轻门徒。对餐桌上进行的隐形对话充耳不闻。

亨利又来了一句要命的:"这食物真不错。我不确定之前有没有在这里用餐过。"

"我以为你曾经在这里订过婚。"

亨利开始咳嗽,我发誓我可以看到水从他鼻子里流了出来。

"你在这里订过婚?"蒂姆问道。

亨利只想让蒂姆知道他过着完美的生活,一次失败的订婚对他来说等同于失败,我看着亨利试着恢复神色,他怪异地哼了一声。

"我们讨论过在这里结婚,但实际上我们是在圣巴托洛缪岛订婚的。"

亨利巧妙地让蒂姆认为我们说的是他的妻子,赶在蒂姆问我怎么知道亨利的私生活前,亨利又抢着说:"我看到今天资金市场投机变得疲软了,真不明白市场给人们带来了什么恐惧,现在行情这么安全,你认为为什么会发生这种现象?"亨利问起我他远比我了解的市场问题,他同时也知道比起浪漫爱情故事,干涸的信贷市场是一个更能引起蒂姆兴趣的话题。我边冷若冰霜地看着亨利边回答他的问题。难道他已经成为比我想象中更严重的傲慢自负、渴望跻身上流社会的马屁精?他从没有像今天下午这样撒谎和表现过。难道这是从他那交际花妻子身上学来的?他父亲是想成为小说家的小镇邮局局长。他母亲画画,做做菜。他们是和善真挚的人。亨利并非来自无赖家庭,他从哪里学到这一套的?

"这是用来嘲讽男人的钱。"有天,我在亨利面前自豪地炫耀我的奖金支票时,亨利对我说。

我想外出庆祝,因为这是七年来我的奖金额第一次达到七位数。我未满三十岁,但我已经拿到100万美元。亨利还在上商学院,这使得他对我的工作时间和薪水从一开始的不相信到最后感到厌烦不已。他就像被丢在家的怨妇,开始表现得好像我质疑了他的男子汉气概似的。很显然,亨利想成为家里的主心骨,我比他薪水高让他很不爽。

"你让我压力很大,"他说,"我倒希望你是护士或老师。"

"让我们以成年人的态度来看待这个问题吧。"我恳求道,"我的意思是,你希望自己成功却不愿意看到我成功?"

"我希望我们俩都成功,但是我不想娶一个男人婆。"

"会赚钱就是男人婆?"

那时我病重的父亲住在亚特兰大。我在费金·迪克逊亚特兰大的办公室办公,每晚睡在他的病房里。这一待就是两周,在这十四天里,围绕在我身边的是垂死的病人、没有修完应有假期的人,和幻想着自己从未得到过的机会的人。我知道这是老天在逼我去关注一些除了电子表单、达成交易和电脑显示屏以外的事情。它在告诉我如果我想让父亲陪我走红毯,那我得尽快结婚。

我比计划的早了一天回到纽约,在机场给亨利打电话,想把自己的重大想法告诉他。我觉得我们应该尽快结婚,不是按原计划的半年后,而是最好在父亲出院后的两周内。我得告诉亨利我们不能再拖了,我可以听到背景里交易所熟悉的钟声,也是他通常能在电话里听到的声音。

"很高兴你回纽约了,"他说,声音温柔又彬彬有礼,"不过今晚几个律师要带我们去百老汇看《出租》。我们刚做成了一笔交易，你知道的，庆功派对。"

"好的。"我答道，同时想着自己参加过的庆功派对从来没有包含过百老汇演出，"我要去拿我礼服的里裙。"我以异乎寻常的少女般的语气说道，和婚礼有关的事情让我的内心一片柔软，"那我们晚点见。"

亨利期待了很久希望我们能住在一起。我将利用周末时间把我剩余的东西从不曾待过的转租房中搬出来，搬进我们的新公寓。我将用他看表演的几小时上演我的整场婚礼秀：衬裙、紧身胸衣、高跟鞋、发型，还有那令人心醉的婚纱。他一回来，当晚我们就可以进行一次婚礼演练。

数小时后，我独自一人出现在第八大道，外面大雨滂沱，我在服装区的朋友给我穿上了一个绝妙的短裙丰胸装置，使我的形象大为增色，也确保我能享受新婚的喜悦。我在一间立满瘦骨嶙峋的人体模特房间的一面镜子前旋转着。我发现随着压力增加带来的是腹部的变小。被压在病重的父亲、天各一方的未婚夫和一份不考虑员工个人情况的工作之下，我胃口一直都不好。但这一切在婚纱面前都烟消云散了。婚纱使我焕然新生。

服装区靠近曼哈顿的剧院区。将近八点，既然我距离上演《出租》的第四十一街只有几个街区远，我抑制不住地想在演出开始前去看亨利。

他在那里，但不是和律师在一起。一个美丽的金发女郎亲密地抓着他的胳膊从我身边走过。而我，那个淋成落汤鸡的女人，是拎着装满婚礼装备的巨大购物袋的失败者。那时候我应该转身离开，再也不和他讲话。然而我勇敢地维持着"很高兴见到你"的僵硬表情，本能地从湿透的羊毛外套里伸出手，去和那个营养不良、骨瘦如柴的女人握手。

"我回来了！"我尖声向亨利说，放下袋子，朝他奔去。

他僵硬地抓着我的胳膊，避开我的脸，以至于我只擦到他的脸颊而不是嘴唇。

"贝尔。"他望着那个女孩，语气淡然。

"哦，对不起，我是亨利的女朋友。"我对那个瘦女孩说，以为他觉得我应该跟她解释一下。我抓袋子的动作太快，使得那个装满蕾丝、梦幻物件的袋子被撕裂，发出"嘶嘶"的声音。我笨拙地从肮脏的湿地上捡起各种各样的白色衣物，将这枕头似的一堆抱到胸前。我不确定为什么我已经叫了亨利好几个星期的"未婚夫"，此刻我介绍自己时说的却是"我是他的女朋友"。这完全出乎我的意料。

瘦女孩奇怪地大笑，而亨利把头甩向后，紧张地用手耙梳着头发。"你不是我的女朋友。"他说。

他直视着我，直视着我的眼睛。一如在大学里他甩掉上一个女朋友那样，牵着我离开去过我余下的生活……直到现在。再一次，我等着他口吐妙语，但没有。我一动不动地站着，颤抖着，等着被救赎，我看着亨利带着那个女人走进剧院。他走到"预订售货部"窗口，递上一张信用卡，再也没有回头看过。

灯光暗下去了很久我还站在路边，白色的湿婚纱贴在胸口。我花了好几小时才走回到转租的公寓。我还有钥匙。我打开灯，把贵得要死的婚纱扔到餐桌上。

我再次和亨利说话时已经是一位母亲了，为了让孩子上幼儿园而费尽心力。现在我整个家庭都将仰仗他和我在每个营业日共同达成的巨大交易上。

绅士宁愿要奖金
Gentlemen Prefer Bonds

二月的一个下午，两点四十五分，我坐在一辆专职司机驾驶的小车的后排。司机和我在车里尴尬地沉默着，窗外射进来的强烈光线让我很难看清手机去确定我已经知道的消息：我要与他一起旅行的那个人，我此刻应该与他一起待在机场的那个人居然不见了。

我看着人们在东二十街的那家印度餐馆进进出出，我们的车就停在它前面，但我不是来这里吃咖喱的。我来这里的目的是把我们的明星市场分析家鲁道夫·吉布斯给找出来，据我所知这里就是个淫窝。如果想赶上下午四点的航班，我就得在五分钟内把他给弄出来。

眼前的人穿梭如织，这让我处于持续的焦虑状态。我不能把一个成年人绑进车座上，用海盗游戏的战利品堵住他，把他带到我需要他去的地方。我和助理们一再确认计划，重复预订航班。我们有后备计划，但这趟旅行还是有可能演变成一场令人束手无策的闹剧。如果吉布斯和我错过今天的航班，那么我们和一位客户的晚餐将会泡汤。

根据我在玻璃天花板俱乐部的调查,吉布斯可能就在这家餐馆上面的一间公寓里。这是一栋不起眼的白砖楼,大约建于二十世纪七十年代,所在街区开满美甲店和照相馆。吉布斯是个盖茨比式的人物,总是穿着英式手工缝制的西装,戴着领结而非领带。这个聪明的已婚男人经常能准确地预测到美国金融市场的动向,这令他得意忘形,成了一个花花公子。经济新闻频道采访不够鲁道夫·吉布斯。今晚我在南方最大的客户雷蒙·詹姆斯将在这场晚宴上带十个人来见他。不管他在这栋大楼里干什么,如果他不快点儿出来,不快点儿上这辆车,今晚全都会泡汤。我能处理得了飞机预订、汽车服务、晚餐预订、描画美元/欧元关系的曲线图的文字材料,但我控制不了鲁道夫·吉布斯。

"那么他和谁一起吃的午餐?"我一小时前问过他的神秘助理。她告诉我是和一个来自美国华平投资集团的客户。她不肯告诉我具体是谁,但我知道华平投资集团有相当多的人在那里四处探寻。我分析已知的信息,无果,又去找了他的助理。

"他是不是有个爱巢?"我问她。如果他有,我会吃惊。通常都是生活在郊区的已婚男人在城里会有间小公寓,但吉布斯是纽约人。如果晚上加班到很晚,郊区的已婚男人会去公寓睡而不是回家。但这些公寓被称为爱巢并非因为主人喜欢工作。

"他没有。"他忠实的助理答道,语气几乎透着骄傲。

"也许我要试试他喜欢的那家印度餐馆。"从她的欲言又止中我判断,她只想保住自己的工作和保守他的秘密。她只想让我走开。

"你知道那个地方?"她谨慎地问我。

"别的女人跟我讲过，"我说，"我会找到他的。"

我在办公室给阿曼达打过电话。"那个地方具体在哪里？"我问她。

"请做好记妓院清单的准备，"她讽刺道，"金不在办公室。我试着问下伯尔斯桥。"

我就是这么来到这个有可能是淫窝的地方的。我现在该怎么做呢？要在门上敲什么神秘的暗号吗？这家餐馆自然看上去是合法的。我下车去里面一探究竟，甚至假装去看贴在柜台上的显眼菜单。宝莱坞海报装饰着墙壁，摆放在角落里的是假盆栽，姜黄的气味飘浮在空气中。当我晃到柜台左边的一扇内门时，我注意到它比其他门更为气派些。这扇门上镶嵌着一面板的蜂鸣器，其外围是一圈闪闪发光的黄铜。每个蜂鸣器似乎都暗示和一间公寓或一个房间的联系，其中一个名叫"独一无二的内部空间"。会是那个吗？我迟疑着要不要去乱按一通，但"独一无二的内部空间"似乎极具暗示性。柜台后面的印度厨师瞅着我。

"如果你想用卫生间，那你得买吃的才行。"他说。他还想说些什么，但停下了。

一个手推婴儿车的女人想进餐馆，刚好另一个女人想出去。她们在门口进行了一阵礼貌的混乱，想要离开的那个推开了门，然后撑着门等那位女士和孩子进来。就在那个要离开的女人撑着门时，我注意到她身上数量繁多的珠宝首饰、她修长的双腿，还有那高得惊人的鞋跟。我预感到什么，跟着她走到人行道上。她对这个地方来说有点过于艳丽了。

"哦，打扰一下。"我说。她皱起眉。她太年轻了，不该显得这么苍老。

"我在找，呃，我的上司。"我撒谎道。

"我不认识你的什么上司。"她说着继续走，或者说是重重地踩着鞋子走着。

"他妻子要来这里找他，"我说道，"所以我想先把他从这里弄出来。"

她长长地看了一眼我和我的职业西装。"我不知道你在说什么。"她有点生气，但并不令人信服。我继续撒谎，试图判断出她是从哪里来的。俄罗斯？肯定是东欧的某个地方。

"我上司的老婆。"我跟着她沿着这个街区走着，"我需要他现在就跟我走。他在这里会被逮个正着的。她是个刻薄的泼妇。"我补充道，沉浸在自己的故事中。我从来没见过吉布斯的妻子，但我打赌她不是个泼妇。

"你会失去他的生意。"我补充道，使出浑身解数打动她。

"我也许能帮你，"她说，"但我不知道你老板的名字。"

我刚想说鲁道夫，但赶紧停住了。吉布斯绝不会用自己的真名。

"哦，呃，是……"

"迪克逊还是雷曼先生？"她问，完全知道我的问题所在。她似乎没了耐心，就像我在浪费她宝贵的停工时间。

我思索片刻。她并不是真的问那个，对不对？这些男人用他们公司的名字作为自己的别名？真的吗？雷曼究竟有谁在这里？我突然觉得并不害臊进去了。我好奇得发疯。

"哦，是迪克逊先生。肯定是他。我可以进去找他吗？"我问道。我得去看看这个地方里面到底是什么样。

东方集团女士已经转身快步走进餐馆。她朝我挥舞手臂，示意我等着。我照做了，不想惹恼她。我爬回到车后座上，不到三分钟吉布斯就走进了阳光里，手里慎重地抓着一个过夜的包，脚步有些跳跃，有个袖扣没有扣好。他看上去像个刚离开健身房的男人。他只停了一会儿找我，然后笔直朝车子走来，对司机挥手表示不必麻烦下来给他开门。他滑进我身边的后车座，身上散发着刚沐浴过的香气。

"伊莎贝尔！"他喊道。"你看起来有点浮肿，宝贝。你准备好今晚会面的分发资料了吗？"

我对他极为恼火，但同时又大大松了口气，以至于我说话都有点儿不连贯。

"好吧，是的，在刚才的一小时里。"

"很好。你也处理好了这次旅行的午餐费用？我想是的，对吧？"

他掏出一个皮文件夹，拿出一张卷曲的账单和信用卡收据。

"请六个华平投资的人吃的午餐"，他在费用报告的顶端写着。价格？1800美元。

与其说那是他陪客户的费用，不如说是我陪他的。是这样吗？账单看起来好像钱是在餐馆消费的，这家餐馆，这个地方在生意最好的时候也不可能做出这么多的酸豆和咖喱。

"我们在机场买点儿东西吧，"他说，"我不吃飞机上的食物。"

赚钱
In the Money

下了飞机,我越过小孩和前面拖着行李箱挡住我路的人。我必须保证吉布斯在我的视线范围内。当我坐进经济舱时,他却坐进了头等舱,头等舱的费用是我们这种利益至上的银行不会负担的。等舱门打开后,这无疑给了他先下飞机和摆脱我的机会。

"妈妈,她踩了我的脚指头。"一个穿着恐龙战队衬衣的小男孩哭诉道。他和周围的成年人都对我怒目而视。

"恶魔出没,小心。"我说,尽量模仿恐龙战队的声音,让他别那么讨厌我,"变身时间到!"我说着继续从他身边挤过。他的表情一下子变得敬畏起来。

他举起胳膊。"愿神力庇护你。"我赶上吉布斯的时候他大叫道。我回头看见他攥紧拳头站在那里。他以为自己看到了一位超级英雄,而我想的是:我想念我的凯文了。

吉布斯停下来,敲了敲登喜路香烟盒的底部,在这个禁烟的机场里叼起了一根烟，同时查看着手机里的邮件。

"贝尔，你看到这个了吗？"我们开始以半冲刺的速度冲向出口时他问我。他已经等不及要点起那根烟了。

"看什么？"我在他身后跑着。

"这个像女生写的备忘录。关于女人遭于咸猪手的那点儿事。"

我们走到外面，趁着他点烟的工夫，我想弄明白他到底在说什么。

收件人：全体员工
发件人：墨提斯
主题：章鱼触角

请注意，除经特殊许可，触碰、拥抱和爱抚其他员工都是侵犯私人空间的。不论过去如何，也不管这是不是内部规则，员工有必要了解，就像在幼儿园，双手要放在身体一侧直到休息时间。

谁会傻到发这种邮件？我怒火中烧。尽管发送者使用了某个我无法识别、鲜为人知的网络供应商，但人们还是很容易就能找到这个"墨提斯"的。谁会这样自毁前程呢？我立马想到阿曼达。她本意很好，却如此天真。

"你们这些女人是时候团结了，你是疯了才会忍受这种事。"吉布斯悠哉地走在我前面说道，因为害怕跟丢他，我连忙把手机扔进包里，跟在他后面跑。"你真的注意到了这种东西？"

"谁会注意不到？我的意思是，情况可能更糟糕。你简直是在做风险投资，这里面只有2%的经理是女性。"

我呼吸加速："男人不会都那么警觉。"

"人们感觉到了，贝尔。我是分析师，我观察事物、运算数据、关注趋势，但我不是活跃分子。我对所观察到的事无能为力。很高兴看到有人能做些什么。聪明。"

"等等。"我不知道要先说什么，"98%的风险投资专家是男性？"

"92%的风险投资基金根本就没有专业女性来为它们打理。"

"假设风险投资界的男性是和数据打交道的人，那你觉得他们会如何辩护人类的另一半无足轻重这一事实？在商学院可能盖过他们风采的女人，控制国家86%的消费决策的人，难道没有什么能为她们加分的吗？其实我们的情况也一样。我们的董事会没有女性。薪酬委员会？没有。风险委员会呢？也没有。"

"是啊，我觉得这大错特错。但话说回来，我是市场分析师，不是社会学家。假如我是社会学家，我会认同墨提斯，将这种现象视为内部规则。所有人都知道这种现象一直存在，但我们从来不去解决。这就像一个家族秘密。可能这个墨提斯，写备忘录的人，在试着做些改变，她太棒了。"

我忘记了我对吉布斯有多么生气。

晚饭后我溜进休息室往阿曼达家里打电话。

"是墨提斯吗？"我讽刺道。

"那不好玩吗？"她轻松回应。

"有点冒失，而且这样做并非不会得到惩罚。"我回答道，"你为什么要那样做？"

"你说什么？不是我做的。"她说。

"是艾米？"

"贝尔，不是我们当中的任何人。我们互相通过气了。另有其人。公司里不光只有我们厌倦了这种事。"

我挂掉电话，走回到餐桌。我非常肯定就是她们中的一个。

直到晚上十一点，我终于登记入住棕榈滩的博瑞克斯酒店。一大桶一大桶精美的插花让我折服。豪华大厅满是南美毒枭、直接从秀场买衣服的俄罗斯游客和许多穿着卡其裤和高尔夫球衣的华尔街金融家。我只想经过酒吧的时候不要有人问我要不要喝一杯，我想在干净的浴缸里泡个澡。

我一整晚都陪着吉布斯，他利用个人魅力向我们所遇到的每一位经理都骗取了佣金。他们倾听他那与众不同又机智的话语，然后定下高尔夫计划，而我知道吉布斯根本就不会去赴约。我提供得益于吉布斯的经济和市场理论触发的所有股票观点。想要更低的油价？买航空公司股票。想要针对奢侈品更优惠的假期折扣？买蒂芙尼股票。我和他的搭档棒极了，尽管整晚我几乎都在担心别把他跟丢了。每次他去洗手间，我就会盯着前门。我给车加油的时候，就把他锁在车里。关于他滥用药物的谣言满天飞，我觉得面对谣言，在保全他和摧毁他的临界点，我是第一个可以保护他的人，但我不知道该怎么做。

在酒店大厅，我不情愿地放开了吉布斯，放他回到了诱惑之乡。我们拥抱了一下，我感叹道："好好照顾你自己。"

"难啊。"他说。他明白我说的是什么，但他的视线已经越过我看到了旧识、酒友，我甚至还没进电梯，他就已经被想要分得他一点魔法的人团团围住了。

酒店完全不像我们凌乱的公寓,也没有公寓里散发的牛奶打翻的浓烈气味。有那么一刻,我为了得以摆脱布鲁斯和我们那吵闹的夜晚高兴而感到愧疚,不过很快便把它抛诸脑后了。

打开房门,我看见留言灯在闪,不过自从家人和公司有了我的手机号码,我听留言就没那么上心了。两通电话来自亨利,为了明天的专家小组他也来到了这里,还有两通电话没有留言。

"贝尔,你的技术分析师的电话是多少?"他用富有效率的单调语气问道,似乎我只是他达到目的的手段。自从那次午餐后,我一直草率地应付他。我说服自己这段关系是可以忍受的,因为只能这样了。在他的第二通电话里,他的声音更温柔,像我过去听到的那样。

"嘿,贝尔,我这里已经很晚了。希望有机会能和你以及你的分析师聊聊关于 CeeV-TV 的事。我想对明天的开盘做点什么。好了,有空打给我,或至少发个短信来。顺便说一句,这真是个好主意。为什么我不感到吃惊呢?"

我花了一分钟,尽我最大的努力告诉自己,我不喜欢他。一些肌肉记忆还保留着对亨利的美好回忆。我不得不去努力回忆那次糟糕的午餐来提醒自己我对他的鄙视。但是我并不鄙视他,我好奇为什么会这样。我想以他在那次午餐时想我的方式去想他,只把他看作是一位新商业伙伴,而不是感恩幸好他不是那个折磨我到最后,直到死亡将我们分开的男人。

我没有回拨过去。

我瞥了眼闹钟——晚上 11:20。飞机上的闲聊、为明天的专家组做的准备、奇怪的"章鱼触角"的邮件、聊股市的晚餐,这一切令我筋疲力尽。等明天我有更多脑细胞燃烧的时候再给亨利打电话好了。相反地,我拨了布鲁斯的手机。尽管手机开着,但没有人接听。我又打了一次。这次他不但接了,而且我听到背景传来孩子精力充沛的声音。

"什么?"他厉声说。

"你没睡?"我小心问道。

"欧文做了个噩梦,已经吵闹一小时了。我就快把他哄睡着了,可手机偏偏又响了……然后又响了一次。"

"抱歉。我的晚宴真的搞到很晚。他梦到了什么?"我总是寻找孩子梦境的细节,探寻他们将来长大后会发生什么的蛛丝马迹。哪个孩子更恨我?谁的被遗弃感更强烈?

"好像你关心似的。"布鲁斯哼声讥讽道,"怪物,出故障的超级英雄,和往常一样。你就去开会和享受干净的床单吧。"他说完便挂了,我想起今天保洁来服务的时候我没有确认床单需要更换。其实布鲁斯非常擅长处理诸如此类的事情,我接管是因为他不愿意做。我知道这关乎自尊。玩耍约会也是一样。他有一次告诉我他不能和其他妈妈约定一起玩耍,因为在她们装满了床铺和个人隐私以及打盹儿的孩子的公寓里,他感到很怪异。如果不是在操场上和妈妈们见面,或如果是下雨天,他就单干。他从来没有提过他越来越没有男子气概了,但有一次我给他看一篇《纽约时报》上的文章,上面说美国40%有孩子的家庭都是女人养家糊口,他实际上并不是孤独一人。他没有看便把它卷了起来,扔进了挂在厨房门后的篮筐里。之后它就躺在地板上,我们俩都不愿意去碰它。

自我愧疚是一回事，但布鲁斯强加于我的愧疚是不能容许的。布鲁斯和我从不会挂彼此的电话。只有在不能好言好语的时候我才会这么做。所以相较于感到受伤、生气，或愧疚，我只是感到有点难过。

我把一整盒浴盐倒入洗澡水中，再拖把椅子到浴缸旁边，然后一边半躺在浴缸里，一边打开电脑翻看我的收件箱。我滑入水中，水太烫了，但我喜欢这种热度，感到全身迅速放松。我多么希望这一天快点结束。

我的收件箱砰的一声开了。收到的邮件并没有我估计的30来封那么少，而是370封。每封邮件的标题都跟 CeeV-TV 有关。我打开第一封，是祝贺，第二封是询问一些资产负债表的信息，第三封是感谢我出的主意……我一边用谷歌搜索、阅读资料，一边消化吸收。水已经没到我的肩膀，我把身体往浴缸外挪了挪。我注意到我的手在颤抖，于是迅速关上水龙头，停止放水。CeeV-TV 与谷歌旗下的 YouTube 视频网站有一笔交易有待达成。这件事肯定是我在飞机上的时候发生的。傍晚时分我的黑莓手机没电了，而我的苹果手机一直放在公文包底部。初次谈及时，CeeV 的市场估价约是90亿美元，而这仅仅是已发行的股票市值（90MM）乘以每股10美元的股价。我向几个对冲基金客户提起这件事时，他们能以那个价位购买。而此番交易达成的价格是每股30美元。这不是费金·迪克逊的交易——也根本就不是银行交易——这是伊莎贝尔·麦克尔罗伊的点子：布鲁斯跟我谈起他喜欢他们的平台，觉得它们是独一无二的，他的话给了我启发。我查了他们的财务状况，向他们同行业的人打了几通电话做咨询，随便和客户提了一下。其中几个和我一样兴奋，买了一些。

更好的是，因为费金·迪克逊没有向 CeeV 投资，那么我可以为自己做投资。我已经把个人储蓄中的相当一部分投进了那只股票中。至于多少钱，我已经不大记得了，但是很多。我都快呼不过气来：可以买一辆豪华车，可以换个保姆——或者那不是保姆的事儿，而是可以在幼儿园小教堂和公园大道女士们坐在一起。这笔钱接近300万美元啊。我又给布鲁斯打了电话。他拿起电话后又挂了。

我从浴缸里跳出来，全身都是泡沫，裸奔到电话旁边，用酒店的另一个分机打给布鲁斯。我一听到他拿起电话，便尖叫道："我们有钱了，我们有钱了！"但他动作太快了，我又一次听到了拨号音。"去你的。"我嘟囔道，却对着面前可憎的镀金镜子笑了，身上的水滴得满地都是。

正当我手舞足蹈的时候，房务员好巧不巧过来敲门了，可能是要给我做夜床服务，顺便在我的枕头上放些没人会吃的巧克力。

"今天晚上不用了。"我边喊着边跑着去拿睡袍，以防他们随时闯进来。敲门声还在继续。我只好系好睡袍朝门走去。

"有事吗？"我飞快拉开门，打算把我的故事讲给女房务员听，打算往她手里塞个20美元让她不用进我的房间。但是我兴奋过头，开门的力气过大，门重重地打开，撞上侧柱反弹回来又自动关上了。在暴露自己的那一刹那，我的脸刷地红了，厚绒布浴袍半开半掩，而亨利就站在我对面。他穿着颜色鲜艳的短裤，配蓝色衬衫，两边袖子卷到手腕处，比起十五年前，他的面容更加轮廓分明，也更为英俊，他咧嘴笑着，是很多年前让我意乱情迷的那种笑。

我盯着紧闭的房门，而亨利就在门外。我拉紧睡袍，直到脖子上都裹得严严实实，然后伸手打理了一下湿漉漉的头发。我将手伸向门把手，停下来平复了下心情，想着接下来该怎么办。

结束意味着新的开始
The End That Was the Beginning

得知父亲癌细胞已经转移，无法救治时，我们已不抱任何希望，我身体微僵地坐在无菌室里，等待着更多噩耗降临。我怀念千篇一律的平凡日子，我和爸爸能谈谈音乐，聊聊天气。我懊恼在过去的时光里，有时候我迫切想结束和他的电话，急匆匆跑去做些诸如回复一通客户的电话或是赶着去吃午饭这样鸡毛蒜皮的事情。我本记不得那些往事，直到那次意外的诊断使得癌症成了这间无菌室里唯一的话题。我们以前聊了些什么呢？如果知道会变成现在这个样子，我当初一定会和爸爸畅聊。我会集中注意力。我会待在他身边。

和孩子们也是一样。布丽吉德最后一次坐婴儿车是什么时候？上次出去我是因为她增高的个头沮丧，还是因为她已经长那么高以至于脚在地上拖？如果我知道最终会有那么最后一次我推着她，也许我会在中央公园逗留或给她买她想要的冰淇淋，只为纪念她婴儿期的最后一个阶段。我给布丽吉德棒棒糖，或眉飞色舞地给她读故事,或不顾响铃的手机和她依偎在一起时,她是什么时候不再"咿咿呀呀的","什么时候变成了"谢谢"。

等到将来,想要记起现在日常生活中的某件事也许都是困难的。大部分东西不会像我们以为的那样,长久地等待着我们。这些日子,亨利奇怪地再次出现在我的生活中让我困惑。前几次我总以为那就是最后一次了。

亨利站在门口没有说话。我先含糊地说了些什么,尴尬地说自己穿着浴袍,被 CeeV-TV 给弄糊涂了,因为我才听到消息。但他只是站在那里,梳理他的黑发,用一种好笑的、对冲基金之王的样子摇着头。我知道他买了 CeeV-TV 的股票,放进了猎豹的基金里。我知道他单单和我们一起就买了两百万股,我由此而得的佣金将会用来支付凯文的二年级学费。亨利在合伙人上做得很上道。对冲基金合伙人,百万富翁,三个孩子的父亲——我的亨利是人生赢家。他肯定是欣喜若狂,来这里亲自感谢我的,告诉我们能平等地坐在幼儿园前排了,在我们的职业生涯中他将不再是那样一个傻瓜。但相反,他的行为变得奇怪,好像他迷惑了,又像是要哭了,或正承受着巨大的痛苦。

他帅气的笑容扭曲了,眉头紧锁,在门口撑着巨大身形的手伸到了额头。我还想说些什么,问他出了什么问题,但我没有,因为我还是那么了解他。我依然熟悉他的肢体语言,在很久之前我就掌握了。他嘴上想说什么都行,但他的身体透露的更多。他可以在投资会议上炫耀,可以一脸欢乐地和孩子坐在幼儿园小教堂里,但在经过这么长时间以后,我想我依然知道他的一切感受。

他的沉默让我想负责地去补救。我是个好姑娘,喜欢助人为乐,我应该补救这个尴尬的时刻,成为这里的主人。但主人厌倦了为这么多人负责。我感到一丝悔恨,不去试图掌控感觉很有趣,甚至让我感觉自己很有女人味。我让他来处理这种尴尬。

他伸出左手,坚定地揽住我的脖子。

"怎么了?"我轻声问,尽管我知道原因。

他没有权利碰我的脖子。

他另一只手伸进了我沾着香皂的头发下。有那么一瞬间我想到它们有多稀疏。我肯定亨利会注意到这点,然而我感到骄傲。我现在拥有了这么多,来向离开我之后的亨利炫耀。

他把湿发从我脸上拨开,我可以看出他不在乎我的头发是否稀疏,是不是把他的衬衣弄湿了。我知道如果我容许他吻我,我将永远会拿布鲁斯的吻来和那个吻进行比较。亨利的吻深情又深沉。我放任他胡作非为了一会儿,告诉自己这种事只会发生一次,然后让他停了下来。

早上的时候他已经走了。我独自醒来,空气中还残留着香皂和亨利的气味。我敢肯定,他溜下床,一丝不苟地擦洗过,然后去了健身房。他去健身前都会冲澡。我接下来会在会议上看到他,我已经比他慢了。亨利那会儿将已经练习过,已经浏览过报纸和每个新闻网站,熟练掌握了关于CeeV-TV的所有细节。亨利将领先于我。

我从床上起身,再次在那面俗艳的镜子前照了照自己。我眼里有一丝光彩。是因为钱吗?是因为亨利,还是因为CeeV-TV?我不知道。但我的确知道良心发现的时候我喜欢独自待着。我难道不应该感到肮脏吗?亲吻就是背叛吗?现在我自己都已经跨越了那道界限，还怎么充当厌恶为说谎的男人做掩护的玻璃天花板俱乐部的一分子？

再次回味他的手停留在我脸上的感觉触动了某些从未真正离开过我的东西，它让我几近沉醉。经过几次意乱情迷的热吻，他的手开始在我身上游走，我最终将它们扣在了他身后，用一只手紧紧抓住，另一只手则直指他的脸。

"我们俩都不想这样，"我实事求是地说，"我们想要的是交谈，我们只会谈别人付费让我们谈的事情。对不对？"

"你是想告诉我现在这是一场商务会议？"

"十分正确。"

"举止不得体是否会遭受惩罚？"

"驱逐。立即驱逐。没有第二次机会。"我说着重新穿好浴袍。

亨利站在那儿看着我，直到计上心头。他从浴室里拿来一把梳子，开始帮我梳头发，这让我想起过去他这么做时我有多喜欢。但我一把接过他手里的梳子。于是他把我放在浴室里的椅子搬了过来，坐下了，叹了口气。接着是足足三十秒的沉默。

"坐在这张椅子上好孤独、好寒冷啊。"

"你会好好的。"

"能让我躺下吗？我快累趴了。"

我大笑着掀开了被子。感觉又回到了十九岁。"允许，但我说过'不许触碰'，我说到做到。"

我们在空调冻死人的佛罗里达酒店客房里表现得规规矩矩。亨利和我谈了好几小时的次贷市场、货币市场期权交易、国库信息处理系统、金价和人民币的波动。我们彻底回避了彼此的配偶和我们中间存在的六个孩子，我一次都没有问过他当初为什么离开我，因为在那一刻，我不需要知道。一直以来，亨利的头脑和他的身体一样吸引我，我总能从他身上学到东西，即使我们是在撕扯投资交易而不是被子下的衣服时。对我们来说，光是交谈就很迷人了。

亨利问起我工作，出于某种原因，我把玻璃天花板俱乐部的事告诉了他。他问了些周到关切、温和无害的问题。结果我情不自禁地跟他透露了太多东西。我告诉他我如何感觉既像是那些女人的一部分又独立于她们，在公司里不能进一步上升我有多沮丧，然后我就沉默了。

"但这些女人真的值得你采取下一步措施吗？"

"她们中的一些，是的。"

"你更年轻的时候，当男人对你出言不恭时你是怎么做的？"

"我没有大部分女人那么想不通。我脸皮厚些。"

"你为什么脸皮更厚？"

我思考着这点："我有个极好的爸爸，他是我对抗生活的疫苗。再说了，有钱没什么不好。当你向上爬的时候，远景蓝图会更清晰。我不会被那些胡说八道分心。"

"有意思。这说明让你烦恼的是工作上的限制而不是那些有违道德的东西。你的电梯停在了顶层下面那层。而你想到达顶层。"

"我厌恶别人告诉我我的事业顶点在哪儿，甚至连到达顶层的机会都不给我。明明我比顶层的某些男人更聪明，我可以比他们做得更好，这让我气愤。"

亨利微笑："你真的喜欢市场。一直以来，这都是你选择这份工作的原因。你喜欢市场的故事，这就是为什么你会留下。对大部分人来说，他们留下来是为了钱，但对你我来说是为了市场。"

"我喜欢市场。我的意思是，我们的工作每天都有所不同，我们要真正关心因欧洲情况的变化而导致的世界其他地方发生的变化。中东各国是否和睦是我们需要了解的。这份工作让我感觉和世界紧密相连。我不是坐在某个被隔离的小隔间里，和外界隔绝，猜测着这个月我的杂志会有多少订阅者，或是我的公司要买多少电池。这份工作让我感觉充满活力。"

"我们热爱市场。"他说，我们完全像两个呆子集在一起一样对彼此咧着嘴笑着。

"但看看艾娜。"他说，指的是艾娜·德鲁，一个比我年长约十岁的女人，她的事业似乎停不下来。男人热爱她。女人也热爱她。她不停地被提拔，并设法生下了两个孩子。她换了几家公司，现在是摩根大通的首席投资官，也是他们风险委员会的成员之一。

"是的，无疑，她走出来了。同样走出来的还有萨利·克劳切克，花旗银行的首席财务官。"

"所以说这是可能的。"

"我猜是的。但说来说去都是那几个老名字，这难道不悲哀吗？在一个相当于这个国家国内生产总值8%的产业，我们只能指出两个完全成功的女性？"

"是的。"亨利说，把手放在了我的乳房上，好像他还有所有权似的，这让我磕巴了一下，因为已经好几年没有超过两岁的人触碰过那个乳房了。我嫁的男人不喜欢女人的乳房。尽管那感觉很美妙，但我还是挪开了那只手，一点都没停下我的故事。我不想让它放在那里。

"管理层将要实施'一击'规则。"我说。

"你要把我踢出去?"他小声说。

"我要睡觉了。"我说,翻身挪开,平躺着,在我一动不敢动的时候,亨利像个小孩子般睡着了。我想叫醒他,把他从床上赶走,但我只是看着他。昏暗的落地灯照亮了他的轮廓,很久以来第一次我没有感觉孤独。

亨利一直都是那种能打点一切的男人。沉浸在虚假幻象中的那一刻,我意识到这是我在生活中最为怀念的。我完全能够照顾布鲁斯和我们的孩子,只是这负担太沉重了。我感觉那么孤独。我凝视着床上那处凹下去的地方,那是亨利睡过的地方。

手机铃声将我从恍惚中惊醒。是布鲁斯。发生这样的事我居然毫无愧疚,接电话的时候我的手抖得厉害。

"嘿!"我的声音太过活泼了。

"噢贝尔,"布鲁斯用非常讨人喜欢的声音说,"我正坐着,欧文就坐在我大腿上。欧文,你想对妈妈说什么?"

"妈咪有钱,妈咪会给我带新玩具。"欧文对我说。

"我当然会带,但只能在机场买个小礼物。"我柔声答道,很感激是和他而不是他爸爸对话。

"妈咪能买个大玩具,妈妈那么有钱。"

布鲁斯肯定已经看到商业新闻头条。

"不应该教育孩子错误的价值观。"我大声喊道,布鲁斯接回了手机。

"好啦,贝尔,你拿下CeeV-TV的多少?"

每当布鲁斯错误使用华尔街行话的时候,我的心都会感到温暖。他可爱得像个孩子一样。这种时刻他会忘记他讨厌华尔街。"好吧,布鲁斯,我们赚了相当多。呃,可以在汉普顿买个小房子,再不用住那个发霉的出租屋了。"

"不可能。"他停顿了很长时间,久到让我想象他是在对众神进行某种膜拜,"不可能。到底多少钱?"

"呃,足以付清中央公园西大街一套公寓的抵押贷款。"我声音里带着一丝颤抖。

"贝利,贝尔,我的心跳得好猛。到底多少钱?"

"我不知道。我们在成本基准9美元的基础上拥有110000股。看今天交易情况了,等看到开盘价多少,以什么价结束后也许我们就能计算出一个数字。听我说,布鲁斯,交易总有可能失败。"

"我的天哪,"他说,"9万美元。"

我脸上的肌肉抽了抽,他念的寄宿学校到底教了他什么?只学到那点儿东西他们是怎么让他毕业的?不过我还是试着去爱他。

"不对。我们的成本基准远高于90万美元。开盘的时候约30美元,所以以每股21美元计算110000股的利润。"

"数字是多少?"他喊道。他现在打开了麦克风。我肯定我刚听到什么玻璃制品碎了,我听到了刮擦声,那是他让孩子的手指远离那些危险,这自然只会让我崇拜他。该死的,昨晚我为什么要和亨利亲吻?

"可能会崩，布鲁斯，但在纸面上，至少有230万美元的利润，"我顿了顿，"是税前。"

"哦，天，我们有钱了！你妈咪是个天才！"

"是的，我有钱了！是的，妈咪棒棒哒！"接着我听到更多玻璃破碎的声音，我试着去想象他们在干什么，在哪个房间他们能找到那么多可以摧毁的东西。

"这实际上是你的主意。"我说，"我们不配变成有钱人。"我咯咯笑道，"我们是住在中央公园西大街拖车停车场的人渣。"

"你在开什么玩笑？"他谦虚地说，"虽然我喜欢在很多事情上夸夸其谈，但付诸行动是另一码事。你回家的时候我们将会为你用精致的骨瓷盛上通心粉和奶酪。"

"我们没有骨瓷。"

"但我们可以有。"

"你是跟着那样的东西一起长大的。你讨厌那种东西。你也讨厌桌布。"

"我忘记了。"

"我们还是订寿司吧。"我建议道。

"好，用手吃。我们就是那种暴发户。"

"是的，让我们疯狂一次，要不干脆去酒店吃。"我说，真感谢这意外之喜让我想到我的丈夫是个风趣的人，感谢这个出乎意料的事情把我的注意力从自己的罪过上转移开。我挂断了电话。

接管
Takeover

我在这场会议中的工作,除了对旧爱想入非非,以及和客户胡侃之外,就是和专家组中的某一位进行互动。这意味着我要提出话题,并在与会者面前,以凯蒂·柯丽克（著名电视新闻主持人）的方式,保护好我将要访问的特邀嘉宾。金正在和我面前的一位嘉宾进行互动,他已经选好了一个最近在新闻上有吸引力的话题:"对冲基金经理是否值他们如今的薪资水平?"

虽然我们的薪酬丰厚,然而对冲基金投资人让我们看起来像是在等待救济的难民,他们中的许多人都在会场。金正在深入挖掘,并谨慎地对专家组提出问题,证明我们配得到这高得不合理的薪酬。他此举有两个原因:首先,费金·迪克逊开始接触联邦监管人员,这就是说另有一双审视的眼睛在盯着我们的超额报酬。我们都在尽己所能不被调查,这个专家组话题让我们看起来对赚钱机器持批判态度。第二个原因是为了安抚这些对冲基金投资者,他们是以交易和贸易费用的形式给我们提供资金流的。如果他们停止疯狂敛财，那我们也将停止。最后，金将会为观众总结为什么这些人值这些钱，以达到他们对自我和对我们都感觉良好的目的。

我从我的座位方向看到前排坐着一位数学怪才，詹姆斯·西蒙。他的贸易是建立在自己的投资组合的数值波动以及两面下注的基础上的。去年，他赚取了170亿美元，就算是大富翁游戏里的假钱，这都是不可思议的数字。詹姆斯·西蒙真的赚了170亿美元吗？他做了什么才会创造出如此奇迹吗？既然比起把钱存进银行，说不定把钱存进他管理的工会养老基金能获得更好的回报，那是否能证明少数人获得高额报酬是合情合理的？我知道自由经济应支持市场所能承受的一切，但既然所有这些资金都有相同的价格和条件，那它们的运作难道不像是垄断吗？如果他们的要价都一样，那么那些必须信任它们的机构可以支付低一点的费用吗？还是说他们付这些费用是不得已的？我自己的专家要发言了，我不再胡思乱想。

所有人真正想要在这里讨论的是反复无常的抵押贷款担保证券市场，但我的话题更新颖一些，我认为那是下一个可以吸纳一些家庭投资的项目，我决定要抓住这间会议室里所有人的注意力。我给它起的标题是："为图书馆自由上传的大量内容支付多少才合理？"在这个人人都可以分享视频、电影、音乐、博客和思想的世界，我们该如何衡量这个每个人都能传递分享的公司的价值呢？这就是我的宏大观点，是当我试图为CeeV-TV估价时想出来的。

我的三位专家和我一起坐在台上。我用眼扫了一遍房间，发现亨利不在这儿，因为就算在一群穿着马球衫、卡其裤的人中，亨利也是耀眼的。我以为他应该会来，特别是他持有大量的CeeV-TV股票。我把也许亨利依然无法忍受看到我成功的想法驱逐出脑海。

昨晚证明我们能成为只专注于共同成功的生意伙伴，我们的关系已经进入一个不包括接吻的新篇章。

关于 CeeV-TV 的新闻将会使我的专家讨论成为今天的热门话题。在场的许多对冲基金投资者要么拥有像 CeeV-TV 这样的产业，要么缺少类似公司的公债券（这说明他们认为价格会跌）。然而当我把目光投到观众身上时，我看到一群注意力分散的人。我为专题准备的问题似乎让观众感到很无趣，而他们的神经都紧绷着。当我的第一位嘉宾沉闷地讲着他的投资方法时，我的思想已经神游到了明天。我将和玻璃天花板俱乐部的成员们共进午餐，讨论裸女，然后回家。面对布鲁斯会很难吗？我应该告诉布鲁斯吗？我是仅仅为了减少罪恶感而告诉他，还是为了确保我永远不会再犯呢？

"CeeV-TV 是一个关于低门槛进入该行业的极好的例子。"这位专家说道，"但它一文不值，因为竞争者将会在各地冒出来。"

发言者是个矮胖的男人，他是一名来自加利福尼亚养老基金的经理。他们常常憎恨一切，我不知道他们中是否有人气恼自己没有从私人公司开始他们的事业而是在公共部门就职。我神游太虚的状态随着谈话的逐步深入而渐渐好转。接着我做了自己最擅长的事情——抛出一个有洞见、有煽动性的问题。

"那么，利亚姆，你同意吗？"

我不太清楚加利福尼亚先生刚说了什么。但我知道只要寻求赞同就能在我努力整理好思绪的同时，让讨论持续下去。

"我认为 CeeV-TV 应该价值每股约 1 美元，"那个加利福尼亚来的家伙说道，他不喜欢这些发展迅速的新公司，"它就是昙花一现。

如果内容是免费的,而且传输内容的准入门槛低,我是不会买这只股票。这是失败者的游戏。"

许多州立基金管理得更加谨慎,比起爆炸性增长,他们更喜欢价值。他们对委托给他们的钱更为谨慎,所以他们想要触摸有形的东西,在投资一家公司之前能触摸到他们实实在在的资产。他们不相信梦想。而相信CeeV-TV故事中的积极方面的人们喜欢增长型的。他们会为无收益的公司的点子和无形资产付大笔的钱。我的第三位专家就是这些增长性投资者中的一个,他终于醒了。

"我不同意。"他清了清嗓子说。他是个衣冠楚楚的英国人,有些秃顶,大概跟我差不多年纪。"如果你卖的东西是免费提供的,那将是只赚不赔的买卖。"

"年轻人,"来自加利福尼亚养老基金的家伙咆哮道,"如果随便什么公司都可以效仿,你的公司将会一文不值。"

我知道不会如此。我禁不住想打断他,告诉他为什么,但那个英国佬被惹恼了。

"你不能乞求你的目标市场认为你很棒:你要么是棒的,要么就不是。这叫品牌化。你不可能轻易树立起一个形象,或一夜之间改变你的形象。CeeV-TV已经确立了良好形象。这和人没什么两样,如果你一生都表现得乏善可陈,那就很难变好。CeeV-TV是最好的。"

英国佬的谈论似乎超出了股票的话题。我觉得他刚羞辱了那个呆板、上年纪了的养老基金经理,这对我来说可是非常不好的行为。我得让事态缓和下来,但是他还在继续高谈阔论。"事实上,我认为CeeV-TV的价值大概是这次交易的两倍。谷歌在低价揽客,我两只股票都买了。"

我听到整个房间都躁动起来了。此时我应该说点什么来继续煽动谈话，把我们推到新的领域。我抛出了另一个有杀伤力的问题。

"为什么？"我问道，虽然我比在场的任何人都能更好地回答这个问题。

"为什么？"傲慢的英国佬讽刺反诘。

他现在气昏头了。挑了只我比他还熟悉的股票，他现在算是棋逢对手了。我已经准备好就 CeeV-TV 进行激烈的长篇大论，要博得满堂彩。我努力等他说完，这样才不至于打断对方。换句话说，我表现得很有礼貌，这在商场上也可以被解读为示弱。

"没错。谷歌是在做一个交易。如果谷歌以大甩卖的价格达成这次交易，那么谷歌的公共股票会被抬得更高。这也就意味着，如果谷歌在进行这场交易，其他人也会加入进来。这对 CeeV-TV 来说就意味着一场竞标大战。"

我边听边想着，既然股票肯定会走高，这对麦克尔罗伊来说就意味着更多的钱。我在脑子里想象着 CeeV-TV 的电子数据表。我正准备要说出我对这家公司所掌握的情况，却被打断了。

声音来自观众席，而现在不是提问时间。那是个命令式的、权威的声音，声音的主人也能说出这些情况，而这些情况是我提供给他的。

"利亚姆，我们看到其他供应商付了三倍于 CeeV-TV 的投标额的价钱。为什么谷歌却以一个如此之低的价格去竞标呢？"是亨利的声音。

利亚姆说不出根本原因，然而没有人在听他说。他们只听到了低价，他们认为便宜，他们想成为买家。亨利引导这里的投资人为他在 CeeV-TV 的头寸竞出高价，并且也将抬高谷歌的公共股票。亨利已经两者兼得了。

一些人已经离开会议室去给他们的交易部门打电话，一些则开始用黑莓手机发送交易订单。我现在知道今早讨论亨利为什么会来得这么迟了：他在创建他的沽盘。很有可能他将把他的股票卖给那些刚离开这里的人，锁定他在 CeeV-TV 和谷歌两边都能获得的巨大收益。亨利的头寸将会归零。他遥遥领先于所有人。亨利太聪明了，就算是我的点子，每个人也都会记成是亨利的。我的专家组解散了，我永远等不到我的闪耀时刻了。我等了太久，而亨利，再一次赢了。

哄抬股价
Pump and Dump

我坐在一辆面包车上颠簸地朝金的冬季度假别墅开去。每一场会议都有策略地安排在靠近我们高管在安圭拉岛、普罗旺斯、杰克逊霍尔,或任何他们烧钱在私人车道上列成一排的第二个或第三个家的附近。头天晚上的娱乐是观看一个上了年纪的摇滚明星用某种压抑的方式为富人们表演,那是昨天晚上,感谢胡蒂与河豚乐队,是我和吉布斯的晚餐让我错过了。而第二天晚上是参加在高级投资基金主人的房子里举办的晚宴。就是今晚。金的第三个家位于棕榈滩的南洋大道上,他将让我们所有人都待在户外欣赏一个美得惊人的二月之夜。

避免成为一场派对的第一个客人的日子一去不复返了。我匆忙地想要搞定一切,我连自我意识这件奢侈品都不再拥有。我需要以头脑飞转的速度从我的清单上划去一件件事项,所以我坐在离开酒店的第一辆面包车里,赶去派对,完成和需要对话的人的对话,然后便离开。

年轻的古巴司机穿着硬挺的系扣领衬衣，系着黑色的蝶形领结。我坐在他的正后面，尴尬地沉默着，对着他的后脑勺我想不出什么可说的。换作是布鲁斯，话语会毫不费力地从他嘴里冒出来。我猜此刻他在一场我安排的玩耍约会晚宴上忘记了去接凯文，他没有回我的短信。我讨厌要远程管理我们家的生活，也讨厌我不信任布鲁斯能把一切处理好。司机升高了碧昂丝的一首歌的音量，无言地让我下了面包车。

通往房子的小巷上铺着贝壳一样的白色鹅卵石，踩在脚下嘎吱作响。端着香槟的服务生得到信号，站直身子迎接我。入口处单独停车很是扎眼，但我的目标一如往常：早点儿进去，在我需要给对方留下印象的人喝上几杯之前与他交谈，然后搭乘第一辆面包车回去。我听说亨利已经回纽约了，我很高兴没有了这个令人分心的因素。我怎么会让他今早占据了上风，昨晚我真的和他睡在同一张床上吗？很难认清这个性情摇摆不定的新亨利。

这栋房子的一切都是白底上有白花样；摆放在绿色草坪上的白色长沙发上放着白丝绒枕头。我感激地拿起一杯香槟，走向一个危险的观景台去看海浪。我的思想漫游到了布鲁斯、我们的孩子和突然有额外收入的怪异可能上。不是购买在大西洋上的第三个家的钱，而是购买喘息空间的钱：那种能让人的视线从生存模式、从度过每日模式上转移的钱。我好奇富人的离婚率是怎样的。他们离婚率较高是不是因为他们能把一切一分为二，同时还能拥有生活？还是说他们离婚率较低因为他们能暂时逃离，能去国外旅游，以及拥有许多疯狂的时间？拥有更多钱的可能性太奇妙了。几次像 CeeV-TV 那样的全垒打就能改变我们的生活，能一时解除我身上的压力。

我此刻真的很想念布鲁斯。我掏出手机打电话，核实下凯文已经从玩耍约会接回去了没有，看看看护晚餐做了没有，确保遛狗的人来了，看看在度过难熬的夜晚后欧文能否小睡一会儿。突然一只大手从后面捏了捏我的屁股，然后停在了那里。我本能地转身，准备把某个惯犯推开，但不是惯犯。是蒂姆·博伊兰，亨利的老板。他看上去像我一样震惊。

"噢，抱歉，"他不自然地咕哝道，"我只是很高兴在这群人中找到了你。"

我们都眺望着十分稀落的派对，听到一个宇宙主宰向我道歉我感到很奇怪。但我什么都没说。

"伊莎贝尔·麦克尔罗伊，对不对？"

"嗯，是的。"我假笑道。

猎豹350亿美金对冲基金的大老板从来不会参加这种会议。我不知道他在这里，这让我措手不及，西蒙会非常生气没能和他共进晚餐，而B.格鲁斯二世——我们的董事长会想见他。为什么我不知道？为什么亨利不告诉我？

我稍稍镇定了些。"你好吗？蒂姆？"

"很好，见到你很高兴。很抱歉这样出现在你面前，我想听听你今早的专家组座谈会，所以我就飞过来了。"

"没问题。实际上在这里见到你真是太好了。"

这话发自肺腑。他是因为我的专家组座谈会来的——他真的那么说了吗？

"我昨天听了有关CeeV-TV的新闻，也看到了你的专家组座谈会是多么完美和及时。我没有失望。"

"那么你今晚会待在这里？"

蒂姆皱起眉头，用力拉了拉他的法式袖口，对这场派对来说是很时髦的打扮。

"好吧，我是那种只来喝鸡尾酒不吃晚餐的人。在这一行干太久了，"他若有所思地说，"有时候能走出办公室，见见人挺不错。在象牙塔里坐太久会长痔疮的。"

"我想这就是为什么你会雇用亨利——我的意思是，让他替你跟人握手。"

"没错。"他小心翼翼地说，"你终于承认你们大学的时候就认识了。"

"他告诉你的？"

"亲爱的，我是个研究家。那天我感觉到了。不过直到我问过他才确定。"

"是的。很抱歉没跟你说实话。我想我们都被惊到了，不想在你面前追忆往昔。我的意思是，我们有过小小的约会。"

"是的，好吧，亨利已经有了个很好的开始，"他咕哝道，"你今晚见到他了吗？"

"我想他会早点回家，因为你知道的，他想念他的三个孩子。"我讽刺道。

"好吧。"蒂姆一脸迷惑，"麦克尔罗伊夫人，我想让你知道我明白什么是礼仪。今晚我到这里是来亲自感谢你给我们出了两个最棒的点子，也就是这个CeeV，还有EBS。如果这件事成功了，你就帮我们赚了一大笔钱。告诉我你什么时候想来为我工作！"他哈哈大笑。

"我对自己现在的工作很满意,"我撒谎道,"无论如何,我想这时候你已经卖掉自己的头寸了。"

"亨利倒是想卖,但我说抓住那只股票,因为那是个好点子。那次我们在四季酒店吃午餐时我并不确定你会想到这个主意。我喜欢有女人能向我证明我是错的。不管怎么说,那两只股票一有什么新消息就告诉猎豹,听到没有?"

"听到了。"我说着把身板挺得更直了些。

"做抵押贷款吗?"他问。

我略感吃惊,猎豹是抵押贷款浪潮的另一只对冲基金:"我不是很懂那些 MBS、CDO,所以目前我还是做基本的。亨利肯定能打理好这些事情。他在高盛不就是做那个的吗?"

蒂姆微笑了:"这就是人们信任你的原因,伊莎贝尔。其他人都会说是的,假装他们懂得什么来获取我的生意。我想让你知道我喜欢你的诚实。也想让你知道亨利可能是帮我斡旋的人,但今早在那间会议室里他没有资格剥夺你出头的时刻。"

我完全知道他是什么意思却装作不知道:"你这话是什么意思?"

"是你组织的专家组座谈会,你让情况自然地展开,用宏观的方式让你的客户理解这个想法,是你提的问题,把一场让人打哈欠的会议变得令人难忘,人们会为此记住这最先是你想出来的主意。相反地,亨利先发制人。这该死的孩子早早结束了那场专家组座谈会。这不是他该来撒野的地方。"

"我习惯了男人偷我的好点子。"我说。

"这倒让我很不舒服。"

"原谅亨利吧,"我说,"他会给你赚很多钱的。"

"你又说真话了。"我们都哈哈大笑起来。

"你知道CeeV投资是我和亨利第一次进行这样一场赌博。我的意思是,他是个新手,似乎在极力促成这件事,因为你在促成。他不停地告诉我你有个好脑子,你会帮我们看着。到目前为止,似乎那孩子知道他在说什么。要不我会该死的——"他目光若有所思地越过我的肩头凝视着,"你是怎么想到那个点子的?"

"其实是我老公告诉我他们的内容渠道有多棒,他喜欢他们的软件。它满足了用户,用户都被它所吸引,乐意上传更多内容。就像YouTube,只不过他认为这个更好。一个免费的巨大视频渠道的收益潜能巨大。它的内容是新鲜的,为人们量身定做,而且免费提供,这种情况下谁能打败它?人们只会分流它,广告商会渴望去接触你能接触到的浏览者。"

"我明白了。"他边点头边说。蒂姆真的在听我说话,尊重我,和在四季酒店时对我的态度不一样:"说说看,你刚才说你丈夫是干什么的?"

终于来了:"我刚才没有提。他是做可视通信的。"

"那是什么?听上去像是女人做的事情。"

"不是女人做的。他为像我们要参加的这类会议提供灯光和技术活儿。他为企业做视屏剪辑,有时候布置好平台挂灯。他做许多不同的事情。"我絮絮叨叨地说,把布鲁斯的无业现状根据他之前做过的事情改编了一下。

"天哪,女人,你不得不承认,那有点儿无用吧。"

就是这样:在华尔街上混的人倾向于认为任何不掌控百万美元

的工作都是不值得做的。有人治疗胰腺癌？啊，那不错。在卢旺达的一个女子学校教书？挺好的。但要干一份真正的工作。

"好吧，这对他来说也许不是理想的工作，但他无暇分身。我们很快就有了孩子，我的工作更赚钱。"

"那是当然。我不是想以高人一等的姿态来对待你，只是你似乎更有可能和企业大亨在一起。我明白你为什么不在家带孩子。你有太多可提供给这个世界的东西了。"

"实际上我喜欢孩子，"我说，"我也喜欢这份工作……"我的声音越来越小，然后我叹了口气，因为我看到西蒙发现了我们，他正以能量爆炸的方式从小路上走来。他靠近的时候显然在喘气。

他前进时头顶上冒出汗珠。他是个喜欢待在冷气房的人，而今晚空气闷热。在西蒙令我尴尬前我先发制人："蒂姆，你记得西蒙吗？他在费金管理股票。"

我看到蒂姆脸上露出一丝气恼的痕迹。我肯定他们之前从未真正见过。"是的，很高兴能见到你。"他语气平淡道，"我只是来这里感谢你的女下属为我们做了非常出色的工作。希望你能好好守住她。"

"是的，"西蒙说，"她今年会给我赚不少钱。"

我们都厌烦地僵在这种不舒服的氛围里。

"好吧，"蒂姆终于说，"我该乘飞机回家了。我真的只是想亲自对你表示感谢，伊莎贝尔。记住我说的关于亨利偷你点子的话，这种事再也不会发生。"

克拉丽斯现在加入了我们,迫切地想要被人看到她正和博伊兰以及西蒙在一起。这是个真正的权力人士的聚会,她比飞入油炸店的海鸥更能闻到机会。尽管博伊兰正试图离开,但她不想让他从自己身边溜走。

"蒂姆,我是克拉丽斯·埃文森,费金的高级销售人员。如果需要帮助请务必联系我。"

她从上衣的袖扣里掏出一张名片,动作利落如魔法师。她把卡片放进他手里时修剪完美的指甲略微压了压,我看到蒂姆脸上飞快掠过一丝厌恶。他越过西蒙,经过克拉丽斯,抓住我的肩膀,在我的脸颊上印下一个大大的吻。他是故意作秀。

"就像我说的,干得非常棒,伊莎贝尔。回纽约后给我电话,我们再一起吃午餐。"

他在鹅卵石小路上嘎吱嘎吱地走远了,把空玻璃水杯连同克拉丽斯的名片放在一个服务生的托盘上,那张名片放在杯底,刚好用来吸水;我们都目送他离开。他到这里来是为了我。我的 CeeV-TV 点子让他的基金赚了几百万,这会让他的投资者心情大好。蒂姆知道他来这里会让我高兴,如果我对他高兴,我就会把我的下一个好点子在第一时间告诉他。

"真没风度,"克拉丽斯嗤之以鼻,"他今天甚至都不在受邀之列。"

性感女郎 Naked Girl

　　她中等身材，但一旦穿上精致的高跟鞋就很显高。她那如瀑布般的姜红色卷发垂至肘部，抹着适合去夜店的香水。这楼层的男人们时刻关注着蒂芙尼·安蒂诺里的一举一动。也许是因为她那套在无袖真丝衬衣里美妙的双臂像冰一样发着光，又或者是其他什么原因。

　　每当蒂芙尼早上七点半走进办公室，其他穿着阿曼尼西装的女人便显得像图书馆管理员。我们的衣服无论从款式还是色调上都毫无个性。而她的穿着总带有一点狂野的味道。大家最喜欢打的一个赌是猜她是否穿了内裤，我没有告诉任何人，我经常选择自认为正确的答案。蒂芙尼是一个扰人思绪的尤物。

　　我不确定她的穿衣打扮是否有错。作为一名销售助理，她的工作是帮助销售员，同时确保贸易收支对等，她很少需要面对面与顾客打交道。所以她并不需要穿公司制服。她的领口开得很低，而我的领口拉得很高，她的衣服很贴身，衣服的材质是可以水洗的人造面料。她随意对待公司的着装要求，但这个着装要求也十分含糊，所以也可以勉强说她没有违背。玻璃天花板俱乐部憎恶她的穿着激发了本已分泌过多的雄性激素，交易大厅的其他女人抱怨她时，我们都听到了。很难相信一个女人的穿着会给别人带来那么大的干扰，以至于要大动干戈到开会讨论，但我们就是为此目的到这里来的。

自从第一次聚会后我就再也没有和玻璃天花板俱乐部的其他成员碰面。她们碰面时我恰好不在，这对我来说是为自己频繁缺席辩解的最好借口。边吃午餐边谈论着装要求对我来说似乎没什么伤害，于是我就去参加了。

就在我离开办公室之前，我看到三个男人用荒谬的借口来接近蒂芙尼，而其他人都在旁观。她的搭档是马尔库斯，所以她就坐在我背后的斜对角。我全都听到了。

"我晚上要带顾客去一个潮的地方，你肯定知道有什么好去处。"

她连珠炮似的给出了一个好建议，他则趁机约她一起去，而她以自己已经有其他安排婉拒了。第二个人问她擦鞋的人去哪里了。第三个人想知道她昨天穿的那套衣服是从哪里买的，他也想给自己老婆买一套。"老婆"这个搭讪借口都被大家用烂了。通向她办公桌的那条柔软光滑的毛毯都被踩薄了。

玻璃天花板俱乐部成员对蒂芙尼和她造成的干扰持不同意见。

"听我说，那是人家身材好，"艾米说，"在她背后嚼舌根是嫉妒和气量小的表现。"

我们坐在一家叫拉古丽的法国小餐馆里。尽管是二月，它那沉重的玻璃门一直都是开着的。餐馆里很暖和，共进午餐的女士成群结队，她们往彼此手中塞着购物袋，购物袋里装着精挑细选的礼物，同时在冬日的雪花中献上飞吻。她们穿着剪裁精致的香奈儿套装，除了套装四位数的价格，它们看起来和这里的工作服并无二致。我也注意到了午餐女郎和工作女郎对待她们的钱包有多么不同。午餐女郎拿着昂贵的印花手包，看起来似乎里面装的东西不多，她们细致地把包放在桌子上，头尾相接排放成一个近乎完美的"X"形，当手包主人需要从包里拿东西时，她只需把一只湿嫩的手伸进包里，然后什么卡呀、口红呀、手机呀，都能轻而易举地掏出来。而工作女郎则把包当成行李袋。我们的包随便放在地上，包里被文件、商务名片和电子产品塞得鼓鼓囊囊，而我的包里有时候甚至装着乐高积木。我们需要从包里掏什么东西时，会把包里的东西倒腾个底朝天。如果我们把包放在拉古丽精致的亚麻布餐桌上，上面会留下脏痕的。

安静的分析员爱丽丝·哈灵顿说："蒂芙尼给女性带来了不好的名声。谁会认真对待一个穿着那样的开衩裙走来走去的员工呢？"她说的是蒂芙尼今天的服装，荡妇一般的拖地黑色长裙，隐约可以看到她裙下八厘米的细高跟鞋。当她转向一侧时，裙摆打开，只差一点儿就可以看到她的内裤了，这裙子倒是很好地展现了她的美腿。

我们正在幻想那个画面，阿曼达进来了，向我们大叫："太好了，你们都在。"

午餐女郎们不约而同地转头，然后像受惊的鸟儿一样交头接耳起来。她们有一种奇妙的能力，可以面不改色地表达不满。

"波多含气矿泉水。"阿曼达在离我们还有三桌的距离便朝服务生大喊点单，意思是她想要碳酸饮料。近来，她越发把她那布鲁克林的特色演绎得淋漓尽致，实际上她是想大张旗鼓地向大家炫耀她新富阶层的行头，即便她实际上还算不上是富人。虽然我出生在布朗克斯区，但是很小我便学会改掉自己的口音。阿曼达则相反，她坦然接受自己的口音，对此，我很是佩服。

"那件黑色吊带裙？"她问，提到蒂芙尼时她翻了翻白眼，"那裙子怎么了？"

"废话，"艾米说，"如果我们都像她那样花那么多时间在健身房而不是在日光灯下工作，我们也可以像她那样昂首挺胸地显摆身材。我讨厌那些告诉别人该怎么穿衣打扮的女人。我向你们保证，抱怨者往往都是相貌不如人家的人，看看白雪公主。"

"我提议把交易大厅的空调温度调低，那她就不得不把自己裹得严严实实的。"我信心满满地说。

"这个主意好，那垒球运动服呢？"阿曼达问道，"是不是不能再穿了？"

每年秋叶落尽时，西蒙·格林都会发起一场垒球比赛，由投资银行家（一群傻子）对战研究、销售和贸易小组。这是一个"强制性的娱乐活动"，每个人都得参加。其实中央公园就是个很好的场地，完全可以让在20街区开外工作的300来号人聚在一起野餐和玩垒球比赛。但我们拼车赶到位于纽约市和康涅狄格州格林尼治之间的一处地方，因为很多对冲基金银行家居住于此。大家对西蒙位于此处的海滨豪宅惊叹不已，都在想自己需要卖出多少货物或者完成多少银行订单才能买下这种地方。

西蒙的豪宅非常豪华，约九十亩的精心修剪的草坪俯瞰着长岛海峡。两栋九百三十平方米大的白色木瓦屋，两栋房子中间是英式花园：一栋住的是西蒙和他那谜一般的妻子，另一栋住的是他母亲。

犹太人都把母亲照顾得很好。远处，从一直开放到十月的泳池望去，似乎要与长岛海水连成一片。虽然这地方看起来很漂亮，但西蒙从来没有邀请我们去他家做客，所以房子就像博物馆一般仅供观赏。我们的餐前小食是火腿和奶油三明治，晚餐吃装在泡沫塑料盒里的炸鸡。

女投资银行家穿着布鲁克斯兄弟牌卡其裤、开司米羊毛衫，佩戴着珍珠。她们不参加比赛，只站在边上，一边和其他人聊聊战略，一边啜饮白葡萄酒。银行里的男同胞则穿着当天工作的西装，但不再戴领带和穿西装短外套，就穿西裤和袖子被卷得老高的衬衫。他们手机开着，在高大的垂柳下徘徊，一只手指塞进耳朵里，隔绝假想的声音，时不时动动塞进耳朵里的手指，让我们以为他们还有生意要谈。

这些操盘手可不在乎穿着是否时尚，他们随意穿着短裤、高尔夫运动装或二十世纪八十年代的布鲁斯·斯普林斯汀T恤衫，他们身上的衣服是直接从抽屉底下搜出来的。他们自带手套。我们的一些操盘手以前是职业选手，所以比赛并不公平。当我在队员签到本上签到时，我非常想念我的孩子。出席重要会议离开家是一回事，和同事打球则另当别论。

最后一场比赛中，我们的前全国曲棍球联合会投手转身和一号守垒员嘀嘀咕咕了很久，这表示肯定发生了什么事情。他们俩一如教堂里淘气的男孩般咯咯笑弯了腰。那个投手有几次准备投球又莫名其妙地停了下来。最后我发现了原因。蒂芙尼刚加入他那一队，并被分配到第三垒。她面容严肃，弯身至腰部，左右摇摆着，等待着接投来的球。真有趣，我心中暗想。她知道这会儿赛场上没开打吗？但当她弯腰时，莱卡紧身短裤（不用说，没有穿内裤）就从臀部滑了上去。但这并不是他们咯咯笑的原因。她穿了件吊带上衣，随意在脖子后面打了个蝴蝶结，结果上衣缩到了胸骨部位。而且这件令人震惊的上衣没有后背，就那么吊挂着，她两边的乳房几乎全露了出来，诱惑满满。要让上衣不掉下来，她胸前要么有隐形带子或弹簧勾着，要么就是胸部下有东西把它勾住。让大家百思不得其解的是衣服后面没有绑带，它怎么没飞走呢？

"用双面胶粘住的。"阿曼达说。

"胸罩下有某种松紧带。"艾米实事求是地猜想。

从那刻起，再也没有办法让任何人把注意力集中在比赛上了。投手给蒂芙尼投了几次球，试图让那件该死的上衣移动，大家都目不转睛地盯着。当我看着蒂芙尼镇定自若、高视阔步走过场地时，我不得不佩服她的勇气。蒂芙尼不会有意识地遮住自己的胸部，或拉拉短裤。她似乎也没考虑到温度只有六十华氏度。蒂芙尼知道大家都在看她，而她享受这种注视。

球赛快结束时，一些同事的妻子开始陆续出现，表现得为这次顺路来访花了不少时间精心准备。她们妆容精致，头发蓬松清新，裤子上的熨痕清楚地体现出男性操纵的职场给她们带来的压力。她们知道自己要精心打扮，因为第二天早上大家会对她们品头论足。她们中的大多数我都认识，我正在和安妮卡·赫伯特聊天，她是化学分析师莱恩的妻子。

"那么，这是谁的朋友吗？"她问道，用戴满首饰的手指指着蒂芙尼。

"不，她是我们的同事。"我回答道，同时注意到她脸上的担忧。

这些家庭主妇对丈夫工作场所里的狐狸精无能为力。每次她们来到交易大厅我都可以从她们脸上看到担忧。她们对和多少人一起工作,大家座位的远近和我们晚上外出娱乐的一切都了如指掌。即便是最稳定的夫妻关系,这也不是最对等的。当她们的丈夫交易着全球范围内成百上千万金额的生意时,她们则开着新款越野车来往在学校、足球场和健身房之间。这产生了一种奇怪的权力制衡,尤其像安妮卡这种曾在商界待过,而现在变成住在郊区的家庭主妇的女人。我想这决定仍使她难以释怀。

"别担心,安妮卡,她只是在交易前台帮忙而已,"我说,安慰着她,"她没有和你丈夫共事。"

"她有男朋友吗?"她满怀希望地问。

"不确定,很多男人给她打电话,但她似乎还是单身。"

"她混得不错。"安妮卡心平气和地说道,斜睨着即将消失的夕阳。她转向我,耸耸肩。"这么说吧,我老公和一个万里挑一的美人一起工作,难道我不用担心吗?"她说道。

"我也和她一起工作。"我回答道,虽然我的话起不到什么作用。

"为什么你觉得我不必提防她呢?"

"你老公是个好男人,你比她聪明,这是其一。"

"这已经是两个理由了。"

"这是综合想法。"

"但我担心的并不是莱恩。"

我知道接下来她会怎么说,每次我和这些家庭主妇一起,她们最后都会拉着我八卦。她们的丈夫不会告诉她们谁和谁鬼混,在她们看来,最有可能从我这里套到消息,但我从未把私下得知的偷情行为告诉过别人。

"我的意思是,她上班的时候也穿成这样?"

"并不总是。"我们两人都望过去,再次充分欣赏了蒂芙尼今日的着装。

"她人不错。"我说,"真的,充满自信。"

安妮卡摇摇头:"我也充满自信,或者说曾经是。"

"你从来没有那么自信过。"我又一次朝蒂芙尼点了点头。这使得安妮卡大笑起来,也使我哑然失笑,最后安妮卡问道:"我们俩在这里干什么?"

当晚结束,蒂芙尼得了"裸女郎"这个丝毫不令人艳羡的绰号,到第二天开市时,这个别号就被大家用惯了。

"裸女郎在一号线"的声音在我背后不停回响。

这意味着蒂芙尼要接她的一号电话线,有人找她。这个绰号并非恶意,蒂芙尼似乎也乐在其中。对她而言,这个绰号值得拥有,这是在这个平淡乏味的地方对她的认可。

阿曼达和爱丽丝继续游说玻璃天花板俱乐部要插手蒂芙尼事件。她们认为蒂芙尼印证了公司老古董对女性工作者的偏见,即我们虽然装点了交易大厅的景致,但那些真正的工作,动辄上亿的贸易交易实则是由男人来完成的。他们把她当成吸引顾客的诱饵,客户饭局餐桌上诱惑顾客的年轻撩人的花瓶,而其他大佬们则负责谈生意。她可以轻啜红酒,不停地抚摸她那头长卷发,微笑着听他们讲玩笑,最后给他们安排车辆送他们回家。

"向人力资源部投诉,我们至少可以在这点上达成一致吧?"爱丽丝问道,显然对我们周而复始的谈话不耐烦了,"就规范大家的着装提些意见。"

"这真是太好了,女员工投诉另一名女员工的着装,"艾米说道,"男人喜欢看我们内斗。门儿都没有。"

阿曼达打断她。"也许应该单独给她发一份备忘录,也许她不知道什么是职业装。"

阿曼达使用"备忘录"一词激起了我的记忆火花。"难道是你?"我问道,"那个备忘录是你写的。"

阿曼达大笑起来:"哎呀,怎么可能是我,我都忘记墨提斯备忘录这事了,但说真的,我觉得它棒极了。不管是你们中的哪个胆小鬼怕暴露自己,只要知道我赞同你的所作所为就好了。你们也该知道我阿曼达认为那个裸女郎应该收到一份个人备忘录。"

我环顾餐桌,维奥莱特·霍斯一如往常地安静,脸色发红,但绝不可能是她。艾米也在环视四周,所以我觉得也不可能是她。爱丽丝太缺乏幽默感,不可能写出那样的东西,然而往往我们认为最不可能的人是最有可能的。我一直盯着她直到我意识到其他人都在盯着我。

"开什么玩笑?"我大声道,"不是我!"她们最好确定不是我做的,我是绝不可能做那种事的,"无论这个墨提斯是谁,她应该是要投诉裸女郎的。"

"墨提斯是一个充满智慧的女神,机智、狡猾、睿智。"爱丽丝说道,她正在网上搜索关于墨提斯的信息。她边说边打开手机上的一封邮件。"我相信墨提斯并不是我们中的一个,因为她刚才又发了一封邮件。"我们都坐在这里动嘴皮子的时候,墨提斯已经开始行动了。

她话音未落,我们全都抓起手机,打开收件箱中的墨提斯备忘录。她好像可以解读我们脑中所想,就像墨提斯全程就坐在我们身旁。

> 收件人:所有雇员
> 发件人:墨提斯
> 主题:请穿好衣服
>
> 如果你妈妈没有在身边告诉你,你的短裙多长适合,或者袒胸露乳是老鸨做的事情,那么就由我们来告诉你。如果你的穿着不得体,那别人是永远不会尊重你的。男同胞和女同胞们,听好了。袜子搭乐福鞋,西装和夹克搭配是有道理的。如果你要出去参加活动,给我们所有人行行好,换一套得体的衣服。我们不想连续两天从同一套衣服里看到你色情满满的屁股。

阿曼达大笑:"那么已经有人替我们投诉了。"

拿自己做交易
Trade You

礼拜？我是不做礼拜的。我一觉醒来觉得汗腻腻的，因为我昨晚穿着黑色莱卡紧身跑步服睡着了。实际上我昨晚并没有跑步，我原本想去，整装待发，临走时给欧文读了一本书，那本书实在太无趣，结果我们俩都睡过去了。我们昨晚睡在我的婚床上，都汗流不止，布鲁斯没有和我们睡在一起，今天是凯文学校的环境日，我分配到了一项宗教任务，而布鲁斯要学习当环保人员。此刻，全身黏糊糊的我认为这不是个好差事。

自佛罗里达之后我便一直避着亨利，起初几天，我的电话都是直接打到蒂姆的办公室，我想那是对亨利的一种惩罚吧。蒂姆暂时卸掉了亨利的一些职权，想要提醒他谁才是老大，提醒他该怎么办事。我和亨利的寥寥几次交流都是硬生生的商业对话。这种对话类型很符合他的性格，生硬到根本不会让我们想到曾睡在一起或彼此认识。亨利可能会去教堂，我不想和他碰面。

"布鲁斯我们换回来吧,我不想去教堂。"当我在布丽吉德房间的地板上找到布鲁斯时,他的一半身体藏在爱探险的朵拉的睡袋里,主要是因为睡袋的长度只到他腰间。他嘟囔了两声,但没有翻过身来。他肯定用土豆先生当的枕头,因为那玩具的耳朵就陷在他脸下。我穿着莱卡紧身衣滑进睡袋,紧挨着他,我们把整个睡袋塞得满满实实,欧文看到了眼前的好时机。

"我也一起。"他说着便爬到我们上方。

"小家伙,你总是让我动弹不得。"布鲁斯说着把我们的小宝贝抱进他肌肉发达的手臂里。

我把鼻子凑到他耳后,说道:"亲爱的,我一早起来,比起唱大卫与哥利亚,我更关心不断消失的两极冰帽。"

布鲁斯试着翻过身来面对我,但只能用轻微,几乎是痛苦的动作才办成。他的脸碰着我的脸,此刻在睡袋外面的欧文跨坐在我们俩身上。我想靠近布鲁斯给他讲点好笑的,但是我看得出来他不需要笑话。

"你说什么?"

"我们换任务吧,我去参加环境日,你去教堂。"

"但是学校节目要两小时,"他说,"你上班会迟到很久。"

"没事,我可以打电话请假。"

"不换,凯文的环保工具都是我做的。如果弄坏了怎么办,你又不会操作。"

我突然对这个男人涌起一股浓浓的爱意,他不仅发明了这个环保机器,并且真的希望它能成功运行。每当他投身到什么事情当中去时,我便为之着迷。

"我学得很快的。"我带着些许决心说道。我知道布鲁斯是对的。

"我不想你到学校后一直查瘾莓（对黑莓设备的昵称），心不在焉的，这就不是真的陪欧文了。去教堂只要四十分钟，接受考验吧。而且亲爱的夫人，我已经告诉凯文我会陪他去了。"他说道。

布丽吉德出现在卧室，头发乱糟糟的，她那清澈的浅蓝色眼睛似乎在尖叫："请爱我。"当她看到地板上的情景时神情有些失望，因为她看到她衣着邋遢的家人陷在爱探险的朵拉和捣蛋鬼狐狸之中。她叹了口气。"给，妈妈，这是去教堂的鞋子。"她边说边把鞋子塞给我，她退后一步，等着惊叹我怎么用魔法把我的大脚塞进这双滑稽的鞋子里。今天的鞋子是红色的，闪闪发光的漆皮踢踏舞鞋。它们是买来搭配我那件万圣节桃乐茜戏服的。我从睡袋中挣脱出来，听天由命地把脚塞进鞋子里。

"好吧，欧文，布丽吉德，该去教堂了。"我叹了口气。

当出租车在中央公园和麦迪逊之间的街区中转弯时，一列黑色SUV运动型多功能车迫使它停了下来，这些车危险地抢占位置，只为接一群不到一米高的人。我急忙打开车门。

布丽吉德第一个冲出来，纯棉紧身裤在脚踝处拢成一团，她那美国女孩玩偶被她像报纸一样掖在腋下。我心里暗想，真该花时间好好打扮下这孩子，把她的头发理顺，给她找一件适合的礼服，这样我看起来更像是一个尽责的妈妈。我三十七磅重的儿子欧文一直吵着要我抱他，因为我们快到门口了，我就答应了。他早晨的头发散发着一股草莓酱的味道，令人陶醉，我不禁对来这里不再那么排斥。接着我就看到亨利的凯迪拉克直接停在门前，那个地方是不允许家长停车的。看到那个"POLO V."的车牌我就知道是他的车，是的，他现在是马球玩家了。

我要求欧文："抱紧妈妈，非常用力地抱紧妈妈。"

用儿子当掩护，我装作跟在布丽吉德后面跑，冲过那辆保罗威特，但我错过了最佳时机。

"贝尔！"我靠亨利太近了，实在不能假装没有看到他。

我冷漠地转身："嘿，吹牛老爹。"

"鞋子不错啊，卡西迪——呃，麦克尔罗伊。"

我的心一顿。我不用低头看也知道他的意思。鞋子。这就是著名的看门人换鞋桥段。早上因为布丽吉德跟着我，我忘记要换鞋子了。我直视他的双眼，目光扫过他那时髦的西装，衣服的颜色衬得他的头发更加乌黑，还有他那价值2.5万美元的好莱坞式笑容，我努力回想他歪牙时候的样子。

"呃，这不是我的鞋子。"

"它们是的，好漂亮。"布丽吉德说道。

"妈妈！"欧文哀号着想进去。

我穿着红色漆皮鞋。亮红色，有鞋跟。亨利站在那里，和他穿着剪裁精致的卡其色衣服的儿子一起。其中一个伸出手向我问好。这两个孩子是机器人吗？

"这双鞋子不是给我穿的。"我底气不足地说，边弯腰把欧文放到地上，边握住他们的小手问好。

两个小家伙都安静地、满脸疑惑地看着我。

"是我给她挑的鞋子。"布丽吉德实事求是地向亨利的两个儿子道明真相。我的孩子想要得到大家的认可。

"是的，鞋子是你挑的。"我直视亨利大儿子的眼睛告诉他，"布丽吉德在鞋子这方面品位好极了。而这双鞋尤其特别。穿上它们我可以跑得飞快,这样我来做礼拜就不会迟到了。"

我决然地转身,飞快地避开亨利,坦然接受公园大道女士们的眼球。就让她们尽情地盯着我那双花了9.99美元的鞋子吧。我记得我甚至还用了一张优惠券。

"贝尔,做完礼拜后来见我。"亨利在我身后喊着,"我车上有你可以穿的鞋子。"

"你有鞋子——女鞋?你到底想告诉我什么?"

"不是我的,你知道,是我老婆的,她在车上放了备用物品。"

亨利指着驾驶座上发型齐整的菲律宾司机。司机稍做操作,后备厢就神奇地打开了。亨利弯腰探进去,掀起磨纱皮皮盖,里面露出的简直像一个迷你商店。在亨利车的后备厢里有几个精巧的定制架,上面摆放着七双鞋子。不仅如此,里面还有五件叠放整齐的羊绒毛衣、几条休闲裤、一个珠宝盒、几双跑鞋、毛领、头饰、化妆工具箱、瑜伽毯和梳子。布丽吉德,我未来的购物员,非常震惊地站在那里,想要伸手去摸。我不能表现出自己也被惊到了。

"她要去野营吗?"我问。

"不。"他简洁地答道。

我伸手摸了摸一双周仰杰牌的天价鞋。它们还没有被穿过。谁会花700美元买一双鞋子,然后把它们当作一盒多余的舒洁面巾纸放在车里？我把鞋底翻过来。

"鞋号是7.5码。吹牛老爹你应该记得，像我们这种鞋号10.5码的女孩是很讨厌那些穿7.5码的人的。"

"我记得，10.5码太小了。"他现在笑了。还能让他笑感觉真好，我松了一口气，转身骄傲地踩着我那双红鞋走进教堂，觉得自己的最佳状态又回来了一点儿，一切最终都会好的。但是当我蹲坐在地板上，想要趁机关掉手机时，我不由自主地打开了另一封墨提斯备忘录。这是第10封。

收件人：所有员工
发件人：墨提斯
主题：同工同酬

相信大家都想赚满钵，但愿那些决定奖金分配的人依照大家的工作表现来分配，而非根据性别、种族、肤色、教条、花在高尔夫场上的时间，或看钢管舞女郎的时间来决定。

我一打开这封备忘录就希望自己从未打开过。班卓琴琴手开始用低沉洪亮的声音唱着什么人是他的阳光，唯一的阳光。而我在奖金季即将到来之际，深受这封愚蠢的备忘录的折磨。

谨慎试探他人看法
Putting Out Feelers

为什么只有我觉得这个墨提斯很荒唐？她这是在发动战争。而我们这几个女高层将会被视为敌人。"我很讨厌这种挑拨离间式的策略。"在中央车站边喝不适合这个季节的冰三月玛格丽塔时，我对玻璃天花板俱乐部的成员们说。这天大部分时间我都在和来自达特茅斯工商管理班的学生以及来自新泽西童子营的孩子们交谈，他们让我对人类未来的走向感觉好了些。"我们也许不需要墨提斯的帮助就能解决这件事。"

艾米皱了皱眉："贝尔，有时候我真不知道你的谬论是从哪里来的。"

"来自她的银行账号，"维奥莉特说，"但我不怪她。"

"我真是爱死了你们谈起我的时候好像我不在现场似的。难道女人不都是在别人背后嚼舌根的吗？"

"我们没时间偷偷摸摸，"维奥莉特说，"也没空当墨提斯。"

不知道为什么，点酒这个主意虽好，但真点了也不怎么样，因为没人喝一口。玻璃天花板俱乐部成员和费金的每名员工明天都会得到各自奖金的通知。这种焦躁不安、如坐针毡的感觉让大家针锋相对。最新那封墨提斯备忘录发送的时机简直不能更差。

今年春天我将会去商学院为公司招聘新女员工，我会让她们相信我是完美的成功女性的代表。玻璃天花板俱乐部希望我在未来的招聘中更加透明，即使这意味着会使同行的某个银行家觉得尴尬。

"听着，"艾米边说边定了定发型，"一旦那些孩子知道付房贷、买车、生儿育女是什么感觉，她们的想法就会改变。如果她们想要赚到可以在这座城市立足的钱，她们就得有所付出。也许伊莎贝儿和同行的小伙子应该给出一个更现实的陈述。主题不是'努力工作，最终成为富人'，而是'努力工作，在变富的同时也饱受煎熬'。"

"那么金手铐的主题怎么样？"维奥莉特问道，"你知道的，当收入达到六位数，然后是七位数，你就再也没有心情做别的工作。因为没有什么是值得做的，它们只能让你赚到你现在工作的零头。"

"我只知道今天我与之交谈的年轻人问了在他们那个年龄段我甚至都没有想过的道德问题，也许未来一代明白的事情更多。"我从座位上站了起来。

"你去哪里？"艾米问道，表现得她似乎真的喜欢我。

"听着，我有三个被我疏忽的孩子，晚上要为猎豹评估一堆房产产品，还要为奖金发布日进行准备。今晚肯定没得休息，坐在火车站喝冰冷的海滩饮料是不能帮我把事情做完的。"

"可你不卖房贷啊。"

"是的，但我不想一直那么傻。不停地有人向我咨询它们，所以是时候准备些明智的答案了。"

这些女人用好像我抛弃了她们的眼神看着我。我有一种每天早上离开孩子们去工作的奇怪的错觉。

我推开酒店大门，走进纽约雾蒙蒙的空气中。我东走西逛，经过许多街区，朝家走去，再次想起维奥莉特的意见，当求职者权衡公司的时候我是否该说实话。如果我说真话，还有谁会在高级银行工作呢？说真话会让我变成叛徒。

再过几小时就是麦克尔罗伊家的分红日。今年我实现了全垒打——投资紧急生物和 CeeV-TV 股票将得到回报。分红日意味着我存在电脑里的曲线图——代表着我们想在郊区舒适生活所需的钱——变得更"黑"而非更"赤"。我们即将能搬到更舒适的地方。我幻想着孩子们去一所体面的公立学校上学，而一旦布鲁斯最终想到他的志趣所在，他就可以放手去做，我也可以，把这几年当作我们去某个金钱无忧的地方生活应该付出的代价。

我的黑莓手机嗡嗡震动着，伴随着收到邮件的提醒声，我注意到里面也有亨利的邮件，心里感到一丝愤怒。我都还没有到家呢，没准他就要我做那些抵押债券的推荐了。这将是个异常漫长的夜晚。

他问我的问题是没有投资者愿意花时间去调查的。他想知道在每个文件包里具体有哪些抵押贷款产品，以及它们代表的实体房屋。为了得到这些信息，我拜托了很多人，而现在我得评估。我必须去了解很多客户甚至都不会去看的东西的最新情况。我们对棕榈滩那晚的事情还是只字未提。随着一周周过去，我的孤独感似乎也在加深。

我站在哥伦布圆环广场，点开了他的邮件。蓝色街灯在我背后的树上闪闪发光，给我的屏幕投上了一道神圣的光芒。邮件上写道：

在我的海洋，你是那滴染蓝全部海水的墨。

我呆站了很久，忘了呼吸。

硬塞的搭档
Ticker Tantrum

时钟上的第一个数字没变成5我是不容许自己起床的。尽管今天是分红日，我还是严格遵守这一规则，于是我一动不动地躺着，当时钟从凌晨4：59变成5：00时，我一跃而起。布鲁斯又一次不知睡在了公寓的哪个地方。在那些我不用外出陪客户的晚上，他饭后都会去健身，直到我把孩子们都送上床才回来，然后他喜欢在后面的女佣房洗澡睡觉，在那里他不会吵醒任何人。我们已经有一个月没有做爱，但是我现在没空担心那个。

仅仅四小时前我还在研究抵押贷款资料，当时我眼里好像有棉花黏着，那瓶滴眼液也用光了。当时我差不多已经完成了任务，可以给蒂姆和亨利发邮件，提交我认为买卖证券投资组合的最佳方案。那也是我发给亨利的唯一一封邮件。全都是关乎生意的。

我越想亨利那条信息越觉得他是发错了。也许他是想发给他那个穿丁字裤的老婆而误发给了我？也许他有一个情人？但是，昨晚我还是忍不住反反复复打开收件箱，反复阅读他的信息，尽量不让自己认为他能变成完全不同的一个人。

即使天还很早，布丽吉德已经为我挑好了鞋子，一双好穿的棕色乐福鞋。我女儿肯定也感觉到今天是严肃的一天，所以选择让我打扮成法学院学生。她把鞋子放在床脚，我倾身向下靠近她。她甜甜的呼吸喷到我脸上让我冷静了下来。她圈住我的脖子，但今早我没空进行我们之间爱意满满的鼻式亲吻。

格林要在豪华酒店分发行政奖金，我想要看起来干练但不炫耀。我没有时间处理女儿给我拿的棕色乐福鞋。我心不在焉，甚至都没有假装为布丽吉德穿一下。我选择了一双不会冒犯任何人的可汗高跟鞋，布丽吉德皱着脸，眼里闪着抗拒的泪花。当我没有纵容四岁的女儿，把那双乐福鞋扔进橱柜里时，我觉得自己有点冷酷无情，但是今天我必须冷酷无情。不知为何，我当着她那泪流满面的小脸关上浴室门时说了句："这不是我，真正的妈妈很快就会出现。"她一脸迷惑，但为了我们俩我必须相信这是真的。

不管人们怎么说爱因斯坦或其他天才睡得怎么少，四小时的睡眠对任何人来说都是不够的。我灰色的面庞反映了我的身体状况。我涂了一些古铜霜，希望可以让我看起来更具活力些，但出来的效果是有点黄。我戴上保守的珍珠耳环，涂了淡淡的睫毛膏，选了一套合身的西装。我看起来还不错，是我想要的效果。我拿出无度数的眼镜，我视力很好，但戴眼镜会使我看起来更有头脑。

尽管三个孩子都起床了，已经开始了打闹，布鲁斯还在后面的卧室呼呼大睡。公寓需要一整天的时间来收拾，现在才早上六点。几乎没有哪个抽屉没有东西冒出来，没有哪本书读完后放回到了书架上，甚至似乎没有哪罐食物放进了冰箱或扔到垃圾桶里。我们的生活都只处在中途，衣服差不多要拿到洗衣篮去洗了，盘子也差不多要拿出洗碗池了，衣柜的门也关到一半了。我冲到门口，以免我又深陷尿布、早餐、叽叽喳喳地吵着要我陪着走去学校的声音，或者夫妻之间的拌嘴中。就像奔赴前线的士兵，我现在不能考虑家庭，至少到今晚之前不能。

我走过米白色的林肯中心，脑子里演练着我这一年来取得的成就。当我穿过中央公园，靠近曼哈顿清晨最充满活力的早餐就餐点时，我对西蒙的演讲就像我自己的独唱曲一般在我脑里回响着。

公园大道的洛斯丽晶酒店有三个门卫替顾客开黄铜门。那些早餐餐桌是按身份地位来安排的。私人会面在后面，看客和旅客在前面，中间的是那些中层权力经纪人，而真正的掌权人坐在边上，他们可以被看到但不会轻易被打扰。昂贵的古龙香水味和新鲜浓郁的咖啡味充斥着房间。我在这里看到的另一个女人是《纽约邮报》的八卦记者，她坐在可以随时关注谁和谁在一起的位置，早晨7：30，整个房间充满了睾丸素的气息。

威尔·马克尔，一名便衣侦探，把我拦下来问好。他为身份不明的对冲基金经理做间谍，告知他们哪个总裁和哪个总裁在聊天，是否有任何收购和交易的可能。

我没怎么搭理他，因为我看到了格林，他独自坐在后面，准备着开始这次的奖金谈论会。

格林喜欢在中立的地方讨论金钱，这样可以免得人们透过玻璃办公室进行窥探。他也喜欢在比较公开的场合，以避免高声争执和难堪的场面发生。格林已经成功爬上那些难以企及的权力席位。

尽管大腹便便，他还是相当敏捷地站起来为我拉开了椅子。我大脑处于极度警觉状态。大部分女人也许会认为这表示他有风度，但我深知我与之共事的男人只有在紧张或犯了错时才会这样做。只有在需要什么或因某事歉疚时他们才会表现得彬彬有礼。格林握了握我的手，他的手心满是汗。我的手则是冰凉而坚定的，我很庆幸刚才路上我清理了一下大脑。我已经知道我需要燃烧所有的脑神经来对付他，而格林也没有浪费时间。打着蝴蝶领结的服务生尚来不及为我们倒上一杯橙汁，格林便开口了："我有个机会要给你。"那橙汁里的果肉那么大，几乎要冒出来再次变成一个完整的橙子。

我根本不饿，对香甜美味的松饼没有胃口，但为了表现得放松，我塞了一块进嘴里，太甜了，我不太喜欢。

我摆出那样啦啦队队员的脸回看他："一个机会？费金就是一个大机会。"

我一边假装用活泼、轻松的语气回答，一边抚平膝盖上的餐巾。我的手机在震动，我弯身关掉它，我始终在和格林进行眼神交流。不巧的是，我逮到他的眼神滑向了我的乳沟。我坐直身子，调整了一下自己的休闲夹克衫。

"你的生活方式变了。"他开始说道。

"有吗？"我对这种惯常策略再清楚不过，即用一个意外的开场白来开始一场艰难的谈判。我现在处于高度警惕状态。

他接着道："我的意思是，你有三个孩子，而这是一份要求很高的工作。"

"我很擅长这份工作，而且我的三个孩子都很大了。"我小心翼翼地说，因为我不知道他的思路会往哪儿走。

"你工作确实做得很好,但是想想孩子们承受的痛苦。"

我开始乱了阵脚,这和我预料的完全不同,我试着保持冷静。

"你的意思是……"

我觉得自己脸颊发烫,脑海中突然闪过布丽吉德早上的目光。那就是我看到的孩子们在遭受的痛苦吗?

他继续说道:"没有人能在同时操持好一个家、养育三个孩子、在费金当总经理的情况下还能保持全力以赴,即便是我也不能。我的妻子基本上就待在我们佛罗里达的家里,我的孩子在念寄宿学校,这样我才能正常工作。但是你要照顾三个孩子和你那个我忘了名字的老公,你不太可能做到。"

"他叫布鲁斯,他在家里几乎承担了所有传统家庭主妇的活儿。"我撒谎道,"我的空闲时间和你的一样多。"我又撒谎了。

"所以我要帮你一个忙,给你找一个搭档。"西蒙继续道。

"一个搭档?"我声音微弱。

我暗示自己等等,等数到一个非常大的数字后再反击,但我一刻也不能等。我一直都在等。在这里我没法遵守五秒等待时间原则,因为我的心要爆炸了。

"我的丈夫就是我的搭档。"我心平气和地说,"给我安排另一个搭档就是告诉我,我的收入将会减少。对你而言,打击你产量最大的生产者是没有意义的,因为这样你会使她失去再次生产的动力。你是一个聪明人,不会那么做的。"格林试着打断我,但我不给他机会。"我之所以来费金·迪克逊这样的地方是因为我可以独自操作,一分耕耘一分收获。费金允许我这么做,也能给我相应的报酬。我已经把我得到的一半给了一个操盘手,他们中的一些人可以做好本职工作，而大部分人则不能。如果我理解正确，你的意思是要我现在将我一半的收入再减掉一半，给某个……寄生虫？"

"你甚至不知道我在考虑的人是谁。老实说，贝尔，这个人可以无限量地增加你的收入。"

"西蒙，你现在就像给另一个销售员推销想法的销售员。歇歇吧，就让我猜猜这个人会是谁，因为我知道他肯定是个男人，他也没有任何人脉和客户。我说得对吗？"

格林有些慌乱，但仍然坐得笔直："是的，他是个男人。"

"哪个男人？"我说，但听起来像是嘘声。

我的声音不由自主地变大，服务生赶紧跑开，没来给我们的咖啡续杯。我挣扎着要镇定下来，但是做不到。对于这点我此前没有丝毫准备。我以为我早就预料到这场会面可能带来的每一个转折，但没有意料到这一幕的发生。

"西蒙，搭档意味着平等，但是我想不出哪一个男人可以拿出和我对等的账户。如果我没有创收是一回事，但我一直在创收。你几年前给我的是最差的账户，但我将它们化腐朽为神奇。你还没告诉我你考虑给我的搭档是谁。"

"斯通·丹尼斯。"

原来是那个抢了布丽吉德芭比娃娃的头，还在我们办公室的假日聚会上想要揍我的家伙。我不认为这个人有什么客户和职业道德，他和我们一起很久了，足以拥有以上两点。这就是西蒙眼里和我旗鼓相当的人。

我们的对话已经远远偏离我们最初聚在这里的原因，那就是讨论奖金。是时候控制话题走向了。我可以晚点儿再和他谈论搭档的事情。我需要在对话中占据上风。"西蒙，你应该知道我是你过去一年里最大的创收人。我希望得到对等的报酬。"我语气异常冰冷，足以扑灭怒火。

"好吧，你确实有几个最大的客户，你会如愿以偿的。"

"是的，但请告诉我，你记得那些账户分配给我时，它们还不是大账户，是我把它们做大的，最重要的是无论我做到哪一个阶段，我都可以把它们带走。"

西蒙和我开始和对方死磕，我们的怒火在许愿烛两边来回窜动。我们俩都擅长用文明的语气简练地说着打趣的话。他试着让我相信斯通可以进一步增长我的账户。

"树上低垂的果实没有不会被摘走的，"我说道，"而我负责的树不会有轻易可摘的果实。"

"斯通会为你去采摘更高树枝上的果实。"他回击我，脸色从红变白，从局促不安，到变得愤怒。

"不要再用果实打比方了，"我朝他嘘声道，"斯通不会为我带来什么，反而会带走一些东西。就这么简单。"

我们都沉默地静坐了一会儿，我试着让心跳恢复正常，而他的脸色也恢复到更正常的苍白。

"你真的意识到你是在把我的收入减半吗？"我几乎是在低声倾诉，"没有人在工作得很好的时候被这样减少收入。"

"我没有说五五分。"

"那你觉得应该多少？"

"六四分。"

"斯通·丹尼斯凭什么从我的收入中拿到40%？"

"贝尔，他将会增加收入的。你将从更大的收益中拿60%回家。"

"你不会真的相信这种鬼话。"我的声音颤抖得如同一个正在被甩的女孩。

"我相信，不单单你一个人这样，办公室里许多人的账户也将被分。"

"告诉我那些人是谁。"我说，知道里面不会有一个男士。

"那不关你的事，这才是你的事。"格林把他肥嘟嘟的手平放在记满我成就的电子表格上，里面有过去一年我完成的交易和贸易，以及我们到这里来讨论的东西。

"西蒙，我是抱着没有极限来到这家公司的。我梦想可以管理一个部门，但这被工作的现实环境慢慢消磨掉了。我便换了另一个梦想，希望用我的大脑来挣钱，用我的精力来快速实现梦想。我遵规守矩完成了工作，你却不时地对我更改规则，变换边界线，让事情变得更加难以实现。我的工作是单人工作。除非——"

我被一个可怕的想法打断了。这是单人工作，除非他们想让我把我的账户给斯通后将我炒掉。他们现在不能炒掉我，因为我为公司带来了太多利润。但如果有人知道我是怎么做的呢？如果有一些人在我负责的账户上也有了人脉怎么办？要是我变成可以舍弃的棋子该怎么办？我更加慌张。

"听我说，"西蒙说道，试图让我冷静下来，"我知道斯通玩得很开，他愿意带客户去脱衣舞俱乐部，愿意和那些将来会经营公司的年轻分析师喝上一杯。如果我不给他任何机会，我怎么能理所当然地付他薪水？他将要和一个购物狂结婚，很快也会有孩子，如果他看不到工作上的上升空间，他就会走人。"

"是啊，那真是一个可怕的损失。"我咕哝道。

是时候要和西蒙斗智了。

"你听说过集体诉讼打败高盛的案例吗？"我问，"或者美林证券不得不以5000万美元来解决诉讼？又或者摩根士丹利案件？"

"哦，不就是一群秘书试图提高她们的薪酬？"西蒙翻了翻白眼，"没错，我听说过。"

"你肯定也意识到，在费金，我们也是以同样的文化运作的，我们遭受同样的打击不过是时间的问题。"我很小心地把自己放在"我们"这一边，好似他的决定对所有人不利。

西蒙过了一会儿才开口，语气放软了："那些女人都以你为首，你要给她们树立一个榜样。在这件事上和我斤斤计较早晚有一天会伤害到你自己。"

我想我刚刚应该是被威胁了，但我并不确定。我柔声道："谁将是马尔库斯的搭档？金呢，难道他不需要一个搭档？"

"我想我们是来谈论你的奖金的。"西蒙反驳道，摆摆手表明这次讨论结束了。如果我想拿到薪酬，就得少管闲事。于是我照做了。但事实上我并没有。

几小时后我坐在办公桌边做算术。西蒙已经给了我过去一年的薪酬。每一分奖金都精心记录在我每夜做的电子表格上，几周后将以支票的形式给我。数额差一点就有300万美元。我将把支票拿到银行，交给出纳员，她可能从不会深究这个数目。她可能会想我是不是中了彩票或是不是有一个有钱的老公。我将会因为自己想从银行账户里需要得到什么或不需要得到什么的扭曲感而感到尴尬。我想这一切和成长环境有关，我从来没有得到过什么新的或完好无损的东西，或不用用报纸包着三明治而是可以去买学校午餐，或哪怕是密封塑料袋装三明治也好。也许是因为我不知道布鲁斯将会花多少钱，或者他是否将会再次工作。我不知道为什么我觉得我们需要这么多钱，但我的确是这样认为的。并不是要买游艇或一栋新房子，而是当另一半无法给家里带来收入时，有钱会让自己拥有安全感。

当天结束时，有三个女人被迫和三个年轻男人结成了搭档。在给其他女人安排搭档时，西蒙不能用给我的同样的借口。其他两个女人，即艾米和维奥莱特，没有孩子，没有老公，也没有其他西蒙所谓的会妨碍她们创收的威胁。当然，伯尔斯桥对这件事有他的看法。

"亲爱的女友们，"他说道，"你们真是产量丰盛的姑娘。西蒙不想面对股市上一些丰收的庄稼长得更高时，另一些播种者和收割者却颗粒无收的困境。如果他们无能是因为他们把种子都撒在了外面，那他最后看起来就会像个白痴。不能怪那个家伙，你们这些女人需要备胎。"

"男朋友，"我对他叹了口气，因为我知道他是半开玩笑，"我这一阵子都在证明我可以同时当妈妈、当银行家和做销售。而其他女人没有孩子。女人和你之间有什么区别？如果有一天你想走人，有什么能阻止得了你？你管的账户能有什么损失？你的账户不是还没有人知道吗，所以你为什么不要一个搭档呢，马尔库斯？"

"亲爱的，我缺少的是两个卵巢。你们这群女士是他的眼中钉。他不想依赖你们。就那么简单。"马尔库斯捏了捏我的脸颊，"你既聪明又有钱，为什么担心那些无足轻重的事情呢？"

当他说这话的时候，早上布丽吉德在门口眼睛哭得又红又肿的样子闪过我的脑海。

如果我赶紧回家,我可以抓起我们的泳衣,把她带出学校。这样我们俩就可以在文华酒店屋顶的室内泳池游泳,叫一些便当午餐,穿着厚厚的浴袍,表现得好像我们是从得克萨斯州来此游览的。我们可以用假声来扮演马可·波罗,向那些胆敢走进我们的人泼水。我没有告诉任何人我要去哪里,并把手机设置成语音邮箱模式。我从办公桌边站起来,走了出去。

内部消息
Inside Information

第二周我的工作进程放缓了,因为亨利带着一家人去加勒比地区一个叫内克尔岛的地方度假了。我盯着网上那如天堂般的地方的图片,得知顾客需要租下整座小岛才可以到那里度假。我本以为亨利离开曼哈顿会让我觉得轻松,结果我在网上浏览他度假之地的图片。也许这种高级假期正是我和布鲁斯以及孩子们所需要的,有耀眼的阳光、可供徒步的小路,还有沙滩床和鸡尾酒。

伯尔斯桥窥见我屏幕上的图片,立马谈起我那令人心动的假期计划。

"这地方不适合带孩子去。"他躬身在我椅后,向我提出有用的建议,"而且如果他们叫你询价,就表明他们很欢迎你。不是有一条准则吗?如果需要问价,实际上你是付不起的。"

裸女郎想要知道他在谈什么,于是坐在了我桌上。她竟然坐在我桌上,而且倾身靠近好靠近我的屏幕。她双腿交叠着,我们靠得太近了，以至于我就这么盯着她大腿上的一颗痣。

"你可以把孩子带到那里去。"她信心满满地说，把她姜黄色的卷发绑成了一个松散的发髻。从她刚刚的肢体语言，我开始觉得这位裸女郎和伯尔斯桥可真像。"但要带个保姆，那可不是'孩子俱乐部'，我想你明白我的意思。"

马尔库斯和我盯着她，但是她还没有把话说完。

"我在内克尔岛找到了生命的意义，就在一张浮在水上的床上。"她像在做梦似的叹了口气，又把头发放了下来，这让马尔库斯烦躁不安。

"你真的去过那里？"他问道。

"旅程时间虽短但我确实去过，"她说着翻了个白眼，好像这个问题让她觉得很无聊，"我当时是乘船旅行，我们在那里待了两晚。"

我选择忽略所谓的"我们"是谁。"像游轮那样的船吗？"我问，并想着没有承载五千名旅客的船会停在那种脆弱的礁石附近。

"像游艇一样的船。"她说道，"对了，如果你需要问价的话，你是承担不起的。"她松开双腿，漫步走开了。

关于亨利的小片段会时不时地出现：有时候一天一次，有时候三天一次，每次都像隐形导弹一般在半夜击中目标。我发现自己从沉睡中醒来，本能地期待着什么，如果我的丈夫成功地爬到了我们床上，我的双眼就会在熟睡的他和电话之间移动。一个在我的床上，一个就在我的床边，只有一个渴望被触碰和点亮，而它不是布鲁斯。

打开邮件时我的脉搏加快了。我还活着，心跳骤停，鸡尾酒派对顿住，存在于似忘非忘的那一刻。每一条信息都让我感觉进入了一个童话，将我从疲于工作和照顾孩子的生活中解救出来。我重新变成了从前那个我,那个时候并没有过去很久。

我知道自己正涉入危险境地。但我把亨利假设成的那个人其实是不存在的,我告诉自己我仍在安全地带。阅读单方面的来信并不完全是参与某件涉及背叛的事情。

如果亨利和我仍在一起,我现在是否已经放弃了这份工作?我现在会是在一个小岛上喝着气泡饮料,把我们的孩子从脚到脖子埋到沙子里吗?

我在浪费时间。和亨利纠缠不清已经变成一个新的习惯。收件箱不停地发出砰砰声提示有邮件进来,而我竟然还在做白日梦。是来自亨利的信息:

> 我刚在沙子里找到一条腿,蓝色的,脚上套着一只黑色的塑料靴子。我猜我们并不是第一批到访的人类。好消息是我找到了最完美的石头给你,而坏消息是我想亲自给你。

我提醒自己得结束他的这种小游戏,但他的邮件瞬间让我开心了起来。我觉得好似少女般充满了能量。难道我对关注已经到了如饥似渴的地步,以至于这些邮件都能让我开心些许?即使斯通正在他的废纸篓上剪指甲也没有那么让我烦心了。他以一种不寻常的方式开始了我们的伙伴关系,除了墨提斯备忘录外,他对一切事情都表现得漠不关心。他和办公室的其他人打赌是谁写的墨提斯备忘录,有一次他对我说,说我的说话方式和墨提斯备忘录的书写方式简直一模一样。这个臭崽子试图跟我玩把戏,居然还把我搞得心烦意乱,我也太没出息了。

砰！又一封亨利的邮件。我打开它时屏住了呼吸。上面写道：

我一直在看互换的内容，有关长寿互换。你对此有什么看法？

长寿互换？我对货币互换懂得倒是很多，也帮蒂姆做了一些，但是长寿互换？我觉得这和打赌某人寿命长短有关。一个人是怎么可以做到前一秒还在小岛上幻想着我，后一秒就想弄明白如何从预测人类的寿命期限来投机获利的？

我将要给互换桌拨电话，但又瞥到斯通在弄他的指甲剪，我对他的存在感到非常气愤。尽管他离我只有三米远，我还是给他打了电话，并看着他让电话让人难以忍受地响了五次。他有来电显示，所以他知道是我。他在把自己的手指头剪到完美无瑕时才放下指甲刀，接起我的电话。

"嘿，斯通，"我说道，"修完指甲了吗？"

他一言不发，于是我接着又说："你对长寿互换有了解吗？"

斯通站起来，小心翼翼地把指甲剪放进抽屉里后，终于转身面对我。他身高约一米八九，总是把剪裁讲究的衬衫袖子卷到肌肉发达的肱二头肌处。揉自己那头蓬乱的头发是他最喜欢的消遣。他似乎觉得自己长得还不错。

"呃，一概不知？"

"好的，那么给我一些关于这些事情的好想法。我今天要早点回家。"

"好的，那写备忘录的时候也需要我做帮手吗？"

我盯着他，他也盯着我。"不是我写的，再说一遍，那些备忘录不是我写的。而且我也不清楚为什么你会认为自己有资格说这种话。"

他的二号线灯闪了闪，我们把目光投向座机。是他的未婚妻。已经好几周了，他没给客户打过一个电话，没做过任何研究，也没有开始做任何生意。他看起来很有钱的样子。他因为无法回复未婚妻而面露苦色。

"噢，"他问道，"是给美洲豹吗？"

"是猎豹。斯通。你现在和我负责的最大客户名叫猎豹。"

"好吧，随便什么。"

我为亨利拟定的那些次贷方案吸引了从猎豹那儿纷至沓来的订单。我一天要给首席营销官写好几次上面有猎豹账户的订单。马尔库斯、艾米和金后靠在座位上对我充满敬畏，因为我对缓慢发展的股票市场动作减少，却在新次级房贷债券这个闪亮的新玩具上忙个不停。

克拉丽斯因为我的佣金一直上涨而嫉妒不已，我的佣金比任何人的都高。伯尔斯桥一直在偷听我说话，想要弄明白我是怎么卖掉这多的债券。但我有着伯尔斯桥和克拉丽斯所没有的东西，即我有个在债券领域的伙伴，她也明白我们两个联手利大于弊。大部分债券操盘手是不会和像我这样来自不同部门的人分享他们的工作和财富的。我的伙伴从事定息债券工作，她如女神一般，叫凯瑟琳·皮特森，她也是抵押贷款行业中最有经验的女性之一，到目前为止还没有和猎豹做过生意。虽然我整日和猎豹做交易，但从来没有涉足债券交易。

几周前，我去找凯瑟琳，告诉她如果我们一起分佣金，我可以把她纳入账户之中，这样我们就不需要分给斯通。她爱极了我的想法，我们俩便开始了我们自己的合作关系。我把她当成这次搭档事件上对付西蒙的最佳挡箭牌。他万万没料到会在不由他负责的部门中产生两个女性搭档。

费金·迪克逊还没有发明这种新型的抵押贷款模型，但高盛集团已经开始运行了，我们就像华尔街的其他几家公司一样，非常迫切地想要迎头赶上，所以西蒙和金不介意谁在卖这个东西，只要能完成就可以了。这就是为什么我得以允许卖本不属于我们这层楼的东西。在我看来，亨利很有远见，而且对这些东西买不够似的。凯瑟琳和我很高兴可以成为他所选中的经销商。

在费金，有一个团体叫基本策略小组。他们理应评估如我卖给亨利的那些抵押贷款包中存在的风险和利润。如果我让他们来评估我售卖的这些产品的风险，他们会给我一张清单，上面含有十几二十项能满足客户需求的资料包，然后我就能回家，带我的孩子去滑冰，或者给他们吃不是用微波炉做出来的食物。但使用这个小组存在一个问题，那就是我不信任他们。基本策略小组的家伙也会给我们公司的操盘手提建议，这些操盘手就像我世界中的麦克弗森国王，有着他们想要和不想要的投资头寸。他们很容易向我介绍一些自己想要脱手的东西让我的顾客去买。这样凯瑟琳和我就要上交他们的利润，他们便会给猎豹加入一些垃圾，而亨利可能也会因此遭受损失。唯一不被他们拉下水的方法就是我们自己做。我一边和凯瑟琳平分那些活，一边幻想今晚肯定是充满了咖啡、计算器、性饥渴的丈夫以及一群不想去睡觉的孩子，但是对我来说，这仍是一个好交易。

债券女郎
Bond Girl

因为马尔库斯·伯尔斯桥的球扇向上吹着风，我只好把成堆的文件的边缘压在我的桌扇下面。所谓球扇是指角度对着一个男人私处吹的风扇，很明显，这种设备在其主人愤怒的时候非常必要，而伯尔斯桥现在就很愤怒。

裸女郎今天的行动非常不便，因为她的裙子就像是直接缝在身上的。但她还是摇晃着站起来，这样才可以斥责马尔库斯。

"那该死的风扇吹出来的风把我的裙子都掀起来了，让我显得很骚似的。"她几乎是用吼的，方圆六米的同事都抬起了头。

"你穿着这么一条窄裙子，"伯尔斯桥反击道，"是没有空气能吹进去的，亲爱的。我一点都不用担心。"

"也只有你会把摇曳的裙子和冷空气结合在一起。伯尔斯桥，我此刻所想的可比平衡你那愚蠢的交易爽得多。"

马尔库斯和蒂芙尼像在家里吵嘴，就像她再也不能令自己选中的男人分心了，于是作为报复，就算电话响个不停她也不接，或者开始谈论他不会回应的色情话题。

看到伯尔斯桥那件托马斯粉红色衬衫下弥漫开的汗水弧线，我猜他可能赔钱了。他坐立不安，残暴地敲打着电脑，而电脑上几个图表正呈戏剧性地向下倾斜。

马尔库斯身体的任何部位都很大。他的手指如此之大，有时候会不小心同时按到两个电脑按键。他的衬衫领口宽度是特制的，裤子的大腿部分也因为腿部的肌肉而紧绷着。他在得克萨斯大学时是防守前锋，这一点从他的体型中可以看出来。那一刻，我恨不得关掉他的风扇，并告诉裸女郎：如果她正儿八经穿衣服来上班的话，就不会觉得这么冷了，一边把一个硬盘压在自己的文件上，以防它们被我背后的龙卷风吹走，同时告诫自己还是别多嘴为妙。

我的文件大部分都是债务抵押债券，这种晦涩难懂的东西也是亨利一直在购买的。在像这样悠闲的午后，我一直请凯瑟琳教我这种东西。

我踩着高跟鞋噼啪响地从花岗岩大厅走到电梯处，我要去十一楼，就是抵押贷款女神工作的地方。凯瑟琳是一名高级常务董事，一个紧张如机器般的女人，人们都敬畏她的完美和美丽，正因为此她获得的佣金是最高级别的。这个邦德女郎坐在一排杂乱的办公桌中间，散发出一种近乎超凡的沉着冷静。她的指甲从没有缺口，桌上也从来没有一张纸，她的垃圾桶没有大多数人丢下的香蕉皮、咖啡纸杯或者撕碎的票根。凯瑟琳的垃圾神秘地不见踪影。

她轻便地穿着圣约翰针织西装和低跟鞋子，在债券的领地她是最资深的女性，也是这一排桌旁的操盘手唯一畏惧的人。

当我走向她时，我注意到她是这个楼层一百八十号雇员中唯一一个从不脱外套的人。当我离她近在咫尺时，她仍紧盯着桌上三重叠加的屏幕。我还是不能自在地就这么重重地一下子坐在她旁边。于是我等着她注意到我。

但没有。

我只好移了移她旁边的一把椅子，主动坐下了，闯入她的空间。而她如同修女一般，在虔诚地思考着她眼前一列列复杂的数字。

"嘿，凯瑟琳。"我说道，然后等着她回应。

每年，费金会安排一些女总经理和女高级常务董事开会。全世界13566名雇员中我们仅占1%。凯瑟琳·皮特森在这些会议上见过我，但是每次都是我来这里找她。尽管为了共同为亨利提高销售我们已经通话多次，但此刻，她的目光仍然越过我的肩膀凝视着，似乎正试图找到我。

我再次告诉她，我想以更聪明的方式谈论按揭证券市场。我告诉她最近堆积在我办公桌上的综合性产品中，有一些让我看起来很像是在时代广场玩"三牌赌一张"的家伙。她没有微笑，没有大笑，也没有转身。她只是容忍着我，因为我们将一起在猎豹上大干一场，我们需要彼此把工作进行下去。

"告诉我你所知道的一切，伊莎贝尔。"她慎重道。我们的对话一直都是这么开始的。就像一个心理医生想要让话题继续下去，想要如何开口，她在等着我回答。

"下面就是我所知道的，"我说道，"每一个借钱的人都有一个信用评分，评分范围从300到850不等。如果个人延误偿还期限，他的评分就会下降。一旦少于620，别人就会认为借你钱是有风险的，于是你就变成了次贷。任何发给你的贷款都是次贷。"

"那么，然后呢？"凯瑟琳轻声问道，无动于衷。

"嗯……"我继续道，"那种抵押贷款的利息率对于有良好信用的人没什么吸引力，也会高于他们能接受的利率范围。大部分高风险漂浮式抵押贷款利率更高。如果借贷者无法偿还通货膨胀带来的那部分，那他就得重新抵押或出售房子。虽然很多银行借钱给那些可能还不了钱的人，但那些银行预计这些房产将会升值，所以如果他们收不回借贷，他们就会取消抵押品赎回权，从而得到会一直增值的财产。如此一来，银行的风险将会降至最低。"我停下来呼吸。

邦德女郎忍住了一个哈欠，继续向前放空她的目光，于是我向前探身，对着她的侧脸说道："为了吸引投资者，以及进一步降低银行风险，房地美设计了一种叫 CMO 的债券，即担保抵押债券，这就是将债务进行合并。抵押贷款本身是抵押品。这些债券被放入的评级部分或评级类别是基于附属债务的风险有多大来决定的。"

"好的，"凯瑟琳柔声道，"谢谢你给我上的历史课。我感觉有点无聊，但是你也许是这里少有的能对我讲这些事情的人之一。还有别的吗？"

"接着就是我理不清的地方，"我继续道，"所以银行就想出了一个聪明的方法，让其他人投资抵押贷款市场。他们发明了 CDOs，即债务抵押债券。它并不是把相同风险范畴的抵押贷款捆绑到一起，而是实行实际的抵押担保债券，也就是 CMOs，并把它们汇聚在一起，在已经难以理解的市场上又加了一层复杂的东西。"

"不清楚。"凯瑟琳简单说道。

"那么,"我叹息道,"一些蠢货认为相对于接受抵押贷款本身,接受没什么价值的抵押贷款的债券,把它们送回到评级机构,同样的东西便可以更顺利地进行重新评级,他也可以更容易卖出这些东西。很多赖债的贷款貌似可以被评为3A,而以前从未接触这些的投资者,现在就像在巴尼百货商店年终清仓大减价时那样大力购买这些证券。"我呼了一口气。

凯瑟琳转向我,得意地笑了:"你终于明白了。"

在我开始推销这些东西之前,我尝试向没有在华尔街工作的人解释。我一开始是和我的女儿布丽吉德练习的,她最初非常专注地听着,注意力集中地睁大双眼,同时抚摸我们家的狗汪汪。最初一分钟她咧着嘴笑,两分钟,她咯咯笑,然后脱口而出:"狼吞虎咽,狼吞虎咽,便便!"因为我所说的在她听来就像这样,汪汪看起来充满兴趣。

我紧接着拿布鲁斯做实验,和他说神秘的神话般的像狼吞虎咽,狼吞虎咽,便便的语言。这次我带着感情说。但他目光一直越过我,希望能看到远处的房间墙上的电视。他挠着肚子,打着哈欠。狗走出了房间。

今天我仍然不确定我在卖什么。我唯一看到正在被创造出来的是债务,和债务派生出来的东西,这样解释起来好像这些东西比原始债务更有价值。事实上到目前为止,这个市场已经远离了对我来说还算了解的有形物品。猎豹全球一直渴望拥有这个东西,现在也已经开始销售了。我需要知道其中原因。我承认整件事情感觉是错误的,但是有那么多聪明人认为是正确的,它怎么可能是错的呢?

凯瑟琳言简意赅地告诉我:"我们有六套这样十年3A的。我们能把它们卖给谁呢？"她问道，扫视着她的屏幕，把它们和我带到楼上来的资料做比较。甚至于她愿意理我都是不得了的事情。她似乎不和周围的人一起工作，也不和他们交好。她的朋友比我的还少。

金肯定也担心抵押贷款组。我看见他远离他平时的领地，穿过房间来到了债券楼层，当他看到我与邦德女郎坐在一起时，我可以感觉到他的好奇心到达了顶点。他直奔过来，然后随意地看了看我手上的资料，那是我今天打算为猎豹评估的部分。我全身紧绷，等着他的触碰。果不其然，金把头抵到我肩上，像狗一样嗅探我的脖子。他闻起来像昨晚以来就没有洗澡，我非常清楚我闻起来像廉价的蜡烛。我又用了孩子的香喷喷的沐浴露，金觉得这个发现很有趣。

"马约莉芒果洗发水？"他问道。

"是史莱姆青柠，"我更正他，"把自己洗干净，你才不会变成绿色。"

金一手拿起评级部分文件，另一只手放在我肩上。我很想拍走他那只手。"三个A，这么高。"当他看到债券评级时喃喃道。他把那些文件扔在凯瑟琳的桌上，走之前在我肩上捏了一下。

"我猜他不相信这些评级。"我说，试图像凯瑟琳一样酷，但感觉有点慌张。

"他现在在风险委员会，"凯瑟琳说道，"他显然没有得到这份备忘录"。

她把电脑屏幕转到我面前，让我阅读墨提斯最新发来的电子邮件。

收件人：所有员工
发件人：墨提斯
主题：保持适当关系

我真是越来越厌烦当你的保姆了，请注意，不要和下级上床。记住了，唯一能让你吸引比自己年轻漂亮的是你那优越的地位和你的银行账户。一旦你被起诉，你的地位、账户余额、身体部位都将会缩水。成熟点吧。

到目前为止已经有十一个备忘录了。仍然没有人被抓现行，也没有人声称自己就是墨提斯。我很惊讶凯瑟琳竟然坦承自己打开了一个墨提斯备忘录，并丝毫不介意公开向我展示，我们就像闺蜜一般。

"你不应该让他那样碰你。"她简单道。

"我怎么才能做到让一个级别这么高的人别碰我又不会被解雇？"我问。"另外，如果这个抵押贷款真的如它看起来那般糟糕，相比好色的男人，我们都有更大的问题。"我话题又重回到出现在她桌旁的初衷上。

"我听说执行董事会有些人不满意我们通宵照看的那堆商品。"

凯瑟琳淡淡笑着，注意到我还在谈原来的话题。"如果那些承付款项开始违约，这将是一个令人抓狂的责任，"她坦诚道，"但事实是，如果我们违约的话，整个美国银行体系将会崩溃，所以这是不会发生的。"

"是的。"我疲倦道，心里想的却是自己非自愿持有多少费金股票。被自己公司摧毁将会是致命打击。"但只要它们不跌，我们就没事。"我咕哝道，不知道在安慰谁。

"我们一发明出这些抵押贷款产品就拿出来卖了。"她的语气几近哀伤，"而我们只是最近才看到关于它们的零星消息。再说了，这是我们的工作。其他银行都在这么做，所以我想我们也应该这么做。"

"为了保持竞争力。"我咕哝道。

"为了保持竞争力。"她重复了我的话，这一次我们都直视着对方。

一个名叫蒙蒂的操盘手打断了这一楼层的工作。蒙蒂是一个个子矮小，身体超重的疯子，他正对着电话大喊大叫。

"看看那交易，臭婊子。"

他的脸呈现出有趣的紫色，他尖叫时中间的肚子一鼓一鼓的。

"他为什么发火？"我问凯瑟琳，尽量保持冷静，表现得更像她。我觉得仿佛又回到了初中时代，为了讨某人喜欢而试图成为一个不一样的自己。

她用那修剪完美的手中的一只拨开脸上优雅的秀发。

"第三天了。灾难日，没有一单交易和账号对得上号。"

"嗯。"

这指的是在结算和付款日，账号和交易对不上时，因价格或该交易是否真实存在而发生的争吵。如果操盘手和会计不能把它算出来，那它将是一个代价很高的问题，但蒙蒂寻求一致的方法很糟糕。

"认同这项交易，你这个妓女，否则我跑过去把你两个奶头钉起来。"

蒙蒂喘着气。他把电话用力摔到座机上，从座位上跳了下来。其他男人则弯腰大笑。凯瑟琳瞥了一眼蒙蒂，然后瞥了一眼我，然后眼光回到了她的屏幕上。她的眼睛是深深的、悲伤的棕色，我想知道她是不是服了什么药物。

我知道我和她见面时间有限,但我必须把我所有的抵押担保贷款证券的问题解决掉。我忽略了那人制造的噪声。

"那么所有这些编造的钱是如何转嫁给大众的?"我问道,"如果他们无中生有,从粉饰的价值上赚钱,这将给普通人造成什么影响?"

"对于人行道上的那些普罗大众,"凯瑟琳说,"哪些会认为华尔街是贪婪的?那个人其实也想分得一杯羹,靠着几乎是负利率在借钱。他不是完全无辜的。那些从未想过自己能拥有度假别墅的人,现在有两栋别墅。在沃尔玛购买晚餐食品的女士正往她的购物车里扔一台iPad,甚至一套餐厅设备。"

她从来没有对我说过这么长的话。"人人都为钱疯狂,"她继续道,"他们借来的钱。"

"但他们是因为这个才变坏或贪婪的吗?不,真正的原因是因为有人正给他们建议,说他们可以负担得起这种东西。他们以为比自己更了解这些东西的人正在告诉他们去奋力追求。"我说。

凯瑟琳耸了耸肩,在键盘上敲打开来,用如音乐会上钢琴家的灵巧技艺完成那些小型电子交易。

当我回到座位上时,伯尔斯桥正对着电话大吼大叫,他的几只股票出现跳水。裸女郎发现电视上在重播巴尼。她摇摆着那件狭窄的衣服里的身体,双臂环抱着自己,像个倾斜的圆柱,正和马尔库斯斗嘴:"我爱你,你爱我,我们是幸福的一家人。"

当他发现我正越过他的肩膀看他那正在崩溃的投资时,大为恼火。

"你到底死哪儿去了？"他咆哮道，把他那些巨大的手指盘绕在一起，"你有展示要做，不知道是哪个操盘手不停来这里找你。"他拿起电话台的电话，再三考虑后又把电话狠狠撂下，听筒裂成了两半。是的，他绝对是赔钱了。然后我突然想起：伯尔斯桥一直在给自己的户头购买危险的抵押贷款产品。

那天晚上我不停地讲着这件事，我需要倾诉。我和布鲁斯说话时，他把成堆的尿布丢到房间那边的尿布垃圾桶里，每次都直中尿布垃圾桶的小开口。他从这一动作中得到了乐趣，等待着，直到欧文给了他一满桶的弹药。他告诉我这对他来说就像一个狂欢节游戏，当爸比的意外惊喜之一。

"你还有哪些当爸比的乐事？"我问，"我是说你这么幸运，可以陪孩子进行玩耍约会，可以时刻看到我们的孩子。"

"你见过我去参加玩耍约会吗？"他边问我边把另一堆尿布丢进尿布垃圾桶。

"好吧，我意思是我知道你和欧文经常去公园。"

"没错，只是公园而已，但如果他在和其他孩子一起玩呢？所有妈妈去吃午餐或到某人家去休息时，她们也不会带上我们啊。"

"什么，没有叫上你们？"

"贝尔，想想看。哦，那个爸比，来我公寓吧，我们孩子午睡的时候，我们就有时间单独待会儿了。这难道不奇怪吗？"

我从未想过会出现这种情况，感觉有点想保护自家老公，觉得他就像是午餐室遭受同伴排挤的小朋友一样。"那其他全职爸爸都做什么？"我问道。

"我现在就是那种人吗？全职爸爸吗？一个在家的全职妇男。我并没有停止工作，贝尔，并没有完全停止。我也做其他事情的。"

我思考着他的话，好奇他所谓的其他事情是什么，但知道最好不要问。"你为什么不把孩子们玩耍约会的例外情况告诉我？"我问道。

"因为你对家里的事情几乎都不闻不问。"

我坐在那里静静地看了他一会儿，沉思着他和我对他所扮演的角色的不同看法，这就完美解释了为什么他仍然觉得我们需要平摊家务，或每当他清空洗碗机时，我应该以我完成紧急生物或 CeeV 贸易时他感激我一样以同样的热情感谢他。

我张口正想说些什么，但他把碰过尿布的双手放在了我唇上，让我噤声。"对爸爸们来说，外出工作有点孤独，仅此而已。"他生硬道，我想我听到他的声音有些颤抖。

我突然很想和这个男人上床，即便他满手都是细菌。他又开始扔尿布了，我开始填补我们之间的沉默，跟他胡扯，跟他讲工作，讲浮华而烦琐的抵押贷款市场，我很高兴孩子们在客厅里玩滑梯玩得不亦乐乎。当他完成投球练习后，他倒在了地板上，开始做俯卧撑。抱怨和絮叨不是令人感兴趣的事情，当他对聊天话题感到无聊时，他就会这样做。

"贝尔，我只知道这个。那个帮我理发的男人你知道吧？"他呼出一口气，"他在迈阿密有一个可以度周末的地方，我们的保姆……哼——"

"是看护。"我轻声打断他，看到他的短裤垂到腹部下，我有点压抑。我还没有给他换新短裤，他那么帅，不该穿成这样。

"好吧，随便你怎么称呼，"他又做了三个俯卧撑才继续道，"我们的看护付了自己在布鲁克林公寓的首付，我们给她的工资远远不够。你知道她的首付是多少吗？"他喘息道，"3000美元。"

"就这些？"

"一个漂浮式抵押贷款。一年内，她每月得支付近5000美元，我不认为她的收入会有大幅提高。她根本就买不起这样一个地方，银行却拨给她抵押贷款。她没有弄清楚状况。"

"到底哪种银行会提供那种贷款？"

布鲁斯的脸因谴责而变得扭曲："那种想要重新包装然后以闪亮的3A评级重新销售它的银行。"

一滴滴的汗珠落到我们淡黄色的地毯上，我强忍着想拿一条毛巾放在他下面，打破他的运动节奏的冲动。但是这一刻我不想像凯瑟琳一般行事。

我很高兴能与我的丈夫沟通，即便只是谈论这些东西，即便他对这些东西不是很了解。"好像每个人都可以坦然面对自己的高债务"，我说道，"他们认为所有东西都会涨价，所以他们现在买的房子是一种投资。他们觉得自己要发大财了。"

"你没有把人类当成个体来看待，"他对我说，"你把所有人都进行归类，你一直说'他们'。"

"我没有。"

"你刚刚才说，"他边做着某种三头肌屈伸边呼气说，"他们认为自己要发大财了。他们指谁？其他想买房的美国人？他们也想分享这个梦想，但这不是他们这些买家的错。错的是那些向他们灌输他们承担得起他们可能买不起的东西的人。银行一开始就不应该给他们贷款，这是银行的责任。学了如何分析这些东西的是商学院学生，不是那些航空飞行员、清洁工人、美容师或遛狗的人。他们没有上抵押贷款课程。该诚实的是银行。但是银行不想坦诚,因为既想得到钱,又想得到房子。"

我静静听着,克制自己不去赞同他的观点,克制自己不去想我丈夫帅气又聪明,有时候我忽略了他的看法。

现在布鲁斯停不下来了。"银行完全可以拒绝他们,那些人根本没有足够的收入来买大房子。明知这个人没有能力供房却信誓旦旦地说他承担得起,这就是欺骗。一旦把他压榨到破产,他就不得不上缴房子。一旦银行拿走了他的房子,他们一家就得住在车里。银行就是通过房子来赚钱的。这是犯罪。"布鲁斯翻滚过来,躺在地板上。

"可我卖的东西不是这样的。"我防备道,"它们都是被捆绑在一起的。"

"这就是我要说的,别老想着大发横财。当贸易不景气时,想想普通百姓。有个开货车的家伙已经无力付款了。明尼苏达州一个低收入的老师正努力保住自己的房子,因为她失业了。她不知道的是,除了通过借贷和乞讨来全力保住自己的抵押贷款之外,她也在为像金这样的人买更多的冰镇香槟。如果她没有保住呢?这一点也不会伤害到金的酒窖。所有风险由她承担。而他拿走了所有的钱。"

布鲁斯把手指盘于脑后,做起了仰卧起坐。他已经说完了,现在轮到我焦躁不安了。我的内心深处有什么东西发出微弱的光芒,那是我已知的关于我这个行业的一些真相。那是我现在不得不想的东西。我在他身旁躺下,我们同步做起了仰卧起坐。布丽吉德走过来,坐在了我腰上。我们一言不发地起起落落,各自沉思着。汪汪舔掉了布鲁斯脸上咸咸的汗水。我们一同发出咕哝声,收缩着柔软的腹部。我们不断地重复着这个动作,一边思考究竟什么是真,什么是假。我是在做一份了不起的工作,还是在毁掉人们的生活?我们是拥有美满的婚姻,还是勉强凑合?我们心中充满我们既无法问彼此,自己又无法回答的问题。

妇女问题
Women's Issues

第二天，公司内部邮箱发来一封邮件。发件人是贾罗德，他是一个有大量文身和犯罪前科却出奇可爱的家伙。他给我们办公室五千名员工送信，很爱发表个人意见。

"贝尔·伯顿！"他大喊道，"见鬼的贝尔！"他继续喊，不管我正在打电话，"你最好打开这个……快点！"

我低头扫了一眼他在给马尔库斯看过之后扔在我桌上的象牙色信封。那是卡地亚的信笺，是他们制造的最厚的纸张，后面用火漆蜡封盖着"BG"的字样。这不是备忘录，这里只有一个BG。B.格鲁斯二世是个非常守旧的家伙，什么都用手写。他收电子邮件，却不发，不用手机，而且似乎不喜欢他董事长的称谓。当他参加会议时，他都跟执行总裁和金·麦克弗森坐在一起；当他讲话时，不仅简短，而且因为咖啡因饮料的刺激，都很激昂；如果他不是发言者，他似乎就意兴阑珊了。他仍然在所有关于公司方向或者奖金决策的讨论中举足轻重。如果有哪个部门偷懒，格鲁斯将会公开批评。

没有人能像格鲁斯一样给公司带来那么多银行业务，在标准普尔500指数的500个男性执行总裁中的487人中，几乎没有人没有和他一起打过高尔夫或喝过酒。他有能独自坐在不耀眼的黑墙办公室里为公司印出钞票的名声，而且他的办公室里没有来访者能看到的纸张。他戳着一排闪光的电话灯，以一句"嗯，你他妈最近过得怎么样啊？"接通他同为宇宙主宰伙伴的电话，他的下一句必定是："我今天打给你是因为，我的朋友，是时候从你公司里拿出点现金放进自己口袋了。把股票再卖点给老百姓！"然后他将必定会消失于寻欢作乐中，通常是在靠近某个海滨高尔夫球场的地方。

年近七旬时，尽管他脑门儿秃得发光，喜欢喷大量的古龙香水，以及穿印花丝绒拖鞋样式的鞋子，他还是保持着男子气概。他对谁都不用负责，而我们都要向他负责。他带来了大量的银行交易，他自己分一杯羹，并享受着由费金·迪克逊买单的一流生活。

迄今为止，我和他只有过一次交流，那是我上次晋升的时候。他派了他四个漂亮的行政助理中的一人来交易大厅找我，并随着嗡嗡的门铃声把我带进他的办公室。我站在那儿，看着每一面墙上安装着的电子屏幕，上面要么显示着一个新闻标题，要么显示着世界某处的金融市场。他桌上只有一个烟灰缸、一副扑克、一罐红牛、一支未点燃的雪茄。当我走进去时，他一直没有起身，只是皱起前额，揉着头，打量着我。

"你就是写高产报告的那个？"他问道，指的是我每周写的部门间的投资报告。

"是的。"我说道，怀疑我是否做错了什么。

"你升职了?"

"是的。"

"很好。那是你应得的。"

他站起来,伸开双臂像是想要拥抱我,我不知道如何是好。

"你可真高。"他从鼻腔发出哼声,对我的身高有点措手不及,也因为我的肢体动作并非拥抱的姿势。我尴尬地张开了双臂。

"挺好的。虽然不是那么出彩,但真的挺好的。"他边接受着非常僵硬的祝贺性的肢体接触边说。因为恶心,我的前臂起了点鸡皮疙瘩,而那就是我与格鲁斯的第一次互动。现在在我桌上的这封信将会是第二次。

马尔库斯从费罗德扔下的地方拿起来。"哇,大人物都不写信给我。"他说道,"但是当然啦,我可没有我们这儿的贝尔女士可爱。"

我把未开封的信放下,这样我才能回答还闪着灯的咨询热线。我的三个线路都闪着灯,而我的新搭档斯通·丹尼斯正在跟一个朋友煲电话粥。我朝他翻了个白眼,并指着电话银行语音服务,表明或许接一下电话能加深我们之间的伙伴关系。而斯通茫然地看着我。

斯通厌恶关于我的一切。我忍着不对他大喊大叫,那是当我发现凯文把一整盒的卫生棉条打开,对着我们十四楼的窗户扔出去时所用的自控力。对于斯通,根本没办法让他暂停某种活动,也没有办法给他惩罚。

我接的第一个电话是来自重妲·多尔玛的,她是洛杉矶的次级房贷部门的总经理。她是个尼泊尔的工作狂,曾神秘地怀孕过,从未透露过孩子的父亲是谁。人们只在她生产的五周前才发现她怀孕了。还真是发现得早。

"有什么消息吗？"她问，根本没考虑要自我介绍。

"我周末过得还不错，谢谢。"我回答道。

"不好意思，"她回答道，"我知道我刚才有多鲁莽。你好吗？"

"你是不是刚生了孩子？"我问道。

"两周前——"

"两周——？"

不等我假装一下我们是正常人，也就是问问她宝贝儿的大小、性别或是名字，或对她十四天前才刚生完孩子现在就在工作的事实发表点看法，我们就直奔主题了。

"有人在我们的艺妓中心捣乱吗？"她问道。

几个月前，费金·迪克逊雇了几个失业模特来陪同我们的金主从前门走到高级管理人员餐厅。《商业周刊》为此写了篇新闻，于是那些模特便再次失业了。

"你什么意思？"我回答道。

"那封信，伊莎贝尔，或者你想告诉我你没有拿到？"

"请等一下。"

我放下电话，让重妲等着，接起另一条热线，并撕开象牙色信封。

"贝尔·麦克尔罗伊。"

"伊莎贝尔。我是抵押贷款部门的凯瑟琳·皮特森。我在想你是否收到了格鲁斯的信？"

最后我才知道，我是玻璃天花板俱乐部唯一收到这个东西的人。这是召集公司里最资深的女人去谈论"妇女问题"。已经被抄送一份副本到法务部，这是第一个危险信号。谁发出这样一个正式的邀请，并提到了还有副本？也许公司高层发现了费金·迪克逊也会像高盛和美林证券那样被起诉，也许费金·迪克逊因为种种错误原因登上华尔街日报的头版只是时间问题。

当玻璃天花板俱乐部的成员们听说后，她们都很震惊并同意在一个位于市中心的洞穴似的地方吃午餐，那里是时髦人士的天堂。我周围那些长腿女人，穿得很富有的样子，但可能根本就不富有，然而和我同桌的这些年纪相仿的女人，穿得更廉价些，但其实是富有的。盘子很大，分量却很小，艺术的吃法。吃对这里的人来说是弱项，对我们却不是。酒水开始倒上，菜开始上来，我们开始交谈。我从未见过我们在午餐喝酒，但是我们似乎在庆祝着某件我们甚至无法描述的事情。

"也许，"我对这群人暗示，"在这个新财年，费金正在组建一个多元化的委员会。也许我们正在努力赶上别的银行。"

"格鲁斯在担心着什么，贝尔。"艾米说，"你的任务就是搞清楚他在担心什么。"

"我确定他只是在回应阿曼达发给我们执行总裁的那封信。"我说道。

"是啊，我赞同你的看法，"阿曼达说，"如果我真的发了那封信的话。"

"你没有发出去？"

"没有。"

"那就是墨提斯备忘录。每个人都收到了，可能甚至媒体。"我说道。

"还有谁能比一个以只参加重要会议著称,一个我们都不得不尊重的人来处理这件事更好的呢?派女士们去跟董事长谈谈。然后就能让她们闭嘴了。真是聪明。"

玻璃天花板俱乐部决定我应该把这场午餐关注的重点都转达上去,尽管我不想被视为闹事者,但我是我们中唯一一个能去提问题的。在此之前,我得跟布鲁斯谈谈。如果我们的收入要遭受另一个打击,他真的应该有知情权。我对桌边的人提出了这点。

"你需要老公批准?"

"你就像我们被要求的那样顺从。"

"她老公有办公室工作这样的正式职业吗?"

"她把我搞糊涂了。我是说,她有时那么强势,有时却那么懦弱。"最后一句话是阿曼达说的。

"你们这些家伙就像学校里的恶霸。"我指出,"如果我没有把握,那你们实际上是在骚扰我。"

"女士们,别再说了。"艾米说。"我的意思是,我们不会像贝尔那样考虑问题,因为我们中没有人有体面的婚姻。我们中大多数已婚的,"她反省道,"婚姻都糟透了。"

我坐在那里,惊得哑口无言,不是因为她们想让我去做的事,而是因为我现在才明白她们把我和布鲁斯视为幸福婚姻的最佳典范。

"关注点有建设性意义的吧。"阿曼达边点头边写时我说道。她正在列如何改变未来情况的申诉以及想法。她把草稿传给我们看,确保一切都写进去了。

对我们来说,没有什么真正的职业道路,只有金钱。我告诉自己，我现在知道怎么赚钱了。我有销售技巧，看得懂资产负债表，有了这两项技能，我不至于找不到工作。我仍然相信，银行能帮助人民和我们的国家。贷款能促进经济增长，商业增长就意味着工作，而工作就意味着稳定。虽然我对抵押市场不是很确定，但我信任投资、贷款以及拥有属于自己港湾的人们。身旁的女人不停谈论着，而我想起了妈妈，想起我做得不够的事情。她极度渴望能拥有我们最后终于住进去的那栋房子。我们花了很多年才存够钱实现这个愿望。我明白了。那不是贪婪。那是人类对安全、稳定以及支配自己生活的最基本的欲望。那是知晓你的孩子有一个永远不会被夺走的家。想要这样一种东西并没有让我母亲变得贪婪，反而让她成为一个好妈妈。

最后，我们的清单如下：

- 同工同酬。
- 由于我们的文化氛围，招聘优秀的女性MBA人员依然是个挑战。应聘者对工作时间、缺少女性搭档、在董事会上没有女性代表持保留意见。
- 尽管许多工作不需要我们一定要亲自到办公室，但对职业妈妈来说工作时间还是缺乏灵活性。
- 有直接上下级关系的员工之间禁止谈恋爱。
- 将公民权归还给员工，放弃仲裁条款，让骚扰者遭受起诉。这将会促使公司拥有更加良好的企业文化。
- 风险管理——风险委员会上需要有女性。我们对目前的部长职位不满意。

我们就此搁笔。这些条款对我们公司的生存都是必不可少的，我想不到会有什么员工反对。

我离开了餐厅，有点想回办公室，却向家的方向走去。我在一家全食超市停了一下，买了一车够两个家庭吃的东西。我们的碗柜总是荒谬地空着，布鲁斯从没有抱怨或关心一下这个问题，我们的孩子总是匆匆忙忙地把化学制品食物咽下肚，这让我充满愧疚。

我像住在郊区的妈妈一样，在挤满人的过道上前前后后地推着手推车。我往手推车里堆放的漂亮水果和蔬菜越多，越觉得我在关爱家人。我尽量不去想它们多快就会枯萎，这种由改变带来的兴奋和乐观很快就可能消退。我买了一块牛排、几个小土豆和一些新鲜得像捕鼠夹一样在我手上啪嗒啪嗒作响的豆角。我买了刚出烤箱的热腾腾的面包和一瓶深烟熏色的梅洛葡萄酒。

到家时，看护出去了，我站在覆盖着一层薄薄的油脂的厨房。我们家永远无法达到干净的样子。这没什么，我边想边环视着墙上的蜡笔涂鸦，以及向上翘起的软木地板边缘。我们做得还行，我感觉很有希望。能开诚布公地谈谈我们那种危险、秘密和隐形的操作行为文化，真的是一件好事。

收件箱里有一封来自亨利的邮件，我无视了它。

我像有四条胳膊，腌制、剁菜、蒸煮和炒菜。我拔开酒瓶塞子给自己倒了满满一杯塑料鸭嘴杯的酒，我大口饮下。我把开水倒入水槽，趁着这些日子以来的这点时间，弯腰接受水蒸气做了个脸部按摩。当我弯腰时，两只手从后面伸过来把我拉近。

"你提前回家了。"布鲁斯的声音听起来比平时低。

"是啊。今天我遇到一个难题。"我红着脸说。

布鲁斯让我感觉宛如少女,让我释然我还没有变成克拉丽丝那样铁石心肠的人,或凯瑟琳那样的禁欲主义者,或艾米那样悲哀的人。

"我闻到的不是贝尔尼司酱的味道。"他说着,一边将他的头发从脸上拨开,"每当我闻到有什么好味道飘来的时候,我就猜是不是邻居家又做了什么好吃的。"

"是啊,希望他们什么时候能邀请我们过去。"

"是啊,都没人邀请我们。为什么没有人邀请我们呢?"他笑了起来。

"如果是你,会邀请我们过去吗?"我把只剩下渣滓的鸭嘴杯递给他。

布鲁斯似乎真的在思考这个问题:"如果布丽吉德消停一下戏剧化的言行举止没准儿我会的。"

"或者如果欧文能自己换尿布。"我补充道。

"或者凯文不再吃手。汪汪能保证不咬鞋子。是的,将来人家可能会邀请我们的。"布鲁斯往鸭嘴杯里添了些酒,让我先小酌几口,他的手一直没有离开过我的腰。

"我们得给这只该死的狗换个名字了。"我说道。

"汪汪这个名字挺好的啊。"

"是啊,汪汪这个名字就是在明摆着告诉大家,它的主人都懒得给它起个正儿八经的名字。"

"我们是太累了才没想的,跟懒不一样。再说了,凯文说话还不利索。他只会不停地喊'汪汪'。"

"凯文都七岁了。"我愁闷地说。

我们突然发现五年时光已飞逝而过,而我们还没有抽出时间来给我们心爱的狗起个名字。真是可悲啊。

"人们不都说:'时光飞逝如电'吗?"我对布鲁斯说。

"这说法也他妈太过时了。我不敢相信我娶了个说话这么老气的女人。"

"我不是你老婆。你老婆不这么说话。只有我才这么说话,我还做饭。你老婆才不做饭呢。"

"太他妈对了,她不会。"

"今天晚上我来代替你老婆,给她放一晚上的假。"我以琼·克莉佛(美国电影《天才小麻烦》中的人物)的语气说道,"我能帮你把酒倒到一个真正的玻璃杯里吗?帮你拿拖鞋来吗?"

"我们有拖鞋吗?"布鲁斯揉着不是他老婆的女人的臀部。我装作并不享受老公的粗野,"不。我们没有拖鞋。"

"我有没有告诉过你你家黄脸婆会做饭?"我咧着嘴笑,用戴着微波炉手套的手抓住他的肩膀。

"我知道她会,"他说,"但是她不做。"

"你真是个可怜虫,"我说,"这日子肯定很难过。"

"你知道真正难过的是什么吗?"他低头看着裤子。

我们都笑了起来。

肉的香味让我丈夫雄风大振,他像抱孩子一样轻松地抱起我,粗鲁地把我带回到一尘不染、地板上没有一个玩具的卧室,我准许他用他想要的方式对我。我笨手笨脚地想把还愚蠢地戴在我手上的微波炉手套取下来,但他摇摇头表示不要,好像这是他想要的某种家庭幻想。我愉快地放松下来,任由他主导,甚至都没有想过小家伙们会随时高声闯进来。

接下来的时刻,我们处于既脆弱又能好好倾听的甜蜜时段。这也是肉即将要烧焦的时候,所以我得快点说。我深吸一口气,随它去了。

"有几个费金·迪克逊的资深女性受邀去见B.格鲁斯。"我说。

"B.格鲁斯?有一段时间没有听到他的名字了。总之,B到底是个什么鬼名字?"

"那不是个名字。那是个首字母。"

"就像做填空题一样,比如波罗门,或者巴拉克·鲍勃,或者巴特曼,或者——"

"或者布鲁斯。是的。我们能继续刚才的话题了吗?"

布鲁斯转向他那侧,他的肩膀弯成一个角度,肌肉绷得像二十几岁的男人。他皱着脸:"所以有一个会面。你们会一起吸食大麻,然后想出新的赚钱方法吗?"

"不,有毒瘾董事长的是另一家银行。这个家伙上瘾的是咖啡因和能用处方买到的东西。总之,格鲁斯邀请我吃午餐,讨论公司里的女性问题。这很重大,因为他不太开会的,当他开了,那会必定是重要会议。我在考虑要像一个孤身奋战的队员一样毫无保留地说出心中所想,并把自己暴露出来。我想得到你的同意。"

"我的同意?你也需要那个擦鞋家伙的同意吗?女士,我就是只被碾压的虫子。你不需要从我这儿得到什么。"他说。

我甚至都没有做些表面功夫,告诉他他不是毫无价值的,以及其他那些让我违心到觉得难受的安慰人的话。我只是径自继续说。

"我想真正跟他道明现状,跟他解释那里的女员工是在什么样的环境下工作。他一直待在办公室里,离开了交易大厅那么久,没法完全理解。我也想给他提几点建议。我的意思是,他可能并不欢迎,但如果他欢迎呢?高层管理者崇拜他,他们会采用他的建议。如果这次会面真的富有成效呢?我冒着那么大的风险,呃,你知道的,会有些反响的。"

布鲁斯沉默了一会儿:"你刚才是用了有成效这个词吗?"

"什么?噢,是啊,我猜是的。"

"那太愚蠢了。"他微笑道。

"是吧。我本来就是个傻瓜嘛。有成效这个词很适合我。我的意思是,看看我,我还戴着微波炉手套呢。"

布鲁斯安静地上下轻抚着我赤裸的臀部。他似乎专注在我大腿到腹股沟的一颗痣上。他温柔地脱掉我的微波炉手套,把我脸上的几根头发拂向后,说道:"贝尔,最近有些时候,我不再了解和自己结婚的那个女人了。在许多穿着西装的女人当中,你闪耀得就像个活泼的天使。我并不是一个相信一见钟情的男人,但是天哪,你美得超凡脱俗。"

他很久没有这么温柔地跟我说话了。我知道我也应该说些同样恭维的话回他,但我没有。我也知道接下来的无论是什么,都不会美好。他将会说我变了,他跟我在一起有多不开心,或者我这个妈妈当得有多糟糕,而且如果不是因为有他的话,我们的孩子就会被送去社会福利系统了。按照商业规则，现在是阻止对话朝否定方向发展的时间了。但现在我不想当那个总经理女士，也不想当亨利真正的情人，我想当布鲁斯的妻子。

"你在疯狂的职场向上爬时，我为你加油，"布鲁斯说，"我听你讲了一些内幕，但尽量不去评判。宝贝，是你让我们轻松承担起了房贷；没有你的收入，我们的孩子不可能上得了那么好的学校，如果我否认这些，我就是在骗你。失去我的男性地位是一回事，而我现在已经可以接受了。"

布鲁斯依然看着我长着痣的大腿，依然轻抚着我。他突然拍了拍他有六块腹肌的完美小腹，我注意到他那里是那么结实。我的丈夫一直在锻炼和节食，而我甚至都没有发现。

"我可以应付得了那个，我还是比较靠谱的，"他说道，"但是生活习惯呢？"他将深绿色的眼睛转向我，直直望进我眼里，"我们的生活并不奢侈，贝尔。你从来都看不见孩子们，你从来都看不见我——像这样，就是这样。"他拉下被子，把自己全部露出来，想让他的观点显得有趣，然而并不那么有趣："你知道无论你要去做什么我都是支持的，即使那会以我们的这种生活方式作为代价。无论你想在那场会面上说什么，那就说吧。"

我很累，我的晚餐即将报废，但我对他无法抗拒。我无法抗拒午后阳光下铺着干净床单的巨大白床上的丈夫。我知道他对我的爱岌岌可危，我也知道许多事情我还可以扭转。他以他独有的布鲁斯的方式给了我批准。

内部规则
Tribal Knowledge

电梯载我到高级管理人员餐厅，随着楼层上升，我越来越冷静。我已经演练了要说的话，我只要进行到底就好。为了坚定决心，我没有看任何来自亨利的消息，并让斯通和凯瑟琳去回他的每一通电话。如果亨利知道我要做什么，他会说服我别犯傻。

我进了高管人员餐厅的一间私密的侧间。这个房间臭名昭著，还有另一个名字——BJ舞厅，因为这里会提供除了食物以外的无限量的午后娱乐。

房间里有一个圆桌，上面铺着白色亚麻布，桌上摆着十二套银制餐具，中间有一束简单的插花。窗户上覆着轻纱，隐约让日光透进来。格鲁斯的位置上放着一把银制的雪茄刀、一根雪茄，在原本放汤匙的位置放了个烟灰缸。我走到他旁边的座位，以此确保我能接近这个人。

那里已经站着一名准备要招呼格鲁斯的客人的女人。她是贝莱斯·基戴尔，费金·迪克逊的一名法律顾问，严格意义上来说，她掌控着人力资源部的一切事务的最终决定权。当她看到我要坐到哪儿时，好奇地挑起了一边漂白的眉毛。

"噢，座位是被分配好了的吗？"我当面问她。

"当然没有，麦克尔罗伊女士。"贝莱斯脆声答道，尽管我能看出我的莽撞举动令她吃了一惊。

我扫了一眼桌上嵌入式的麦克风。它们是固定设备，没办法判断它们是开着的还是关着的。我猜我们正在被录音。

"贝尔。"贝莱斯用她不标准的南方语调热情地叫我，并绕过桌子来与我握手。贝莱斯思忖了片刻，如何以一种听起来不那么防备的方式开口。

她的头顶只到我肩膀处，我微微曲身与她握手。对我来说要对一个我不喜欢的人微笑很难，但我尽力而为。贝莱斯是一个极为出色的律师，也是一个彻底的叛徒。每次我休产假，她就会给我宣读一份演讲，大意上是说费金应给予我一份工作，这点没错，但是从法律上说，费金应给予我的不是我留下的那个职位。每次我被迫坐在那儿听时，我的头都埋得很低，在潜意识里对自己无节制的生育行为进行抨击。贝莱斯在华尔街取得成功的方法就是让自己成为男人中的一分子。就好像她无法理解为什么有女人既想当母亲又想要一份伟大的事业。对她来说，这应该是非此即彼的问题，她会通过一种微妙的非诉讼的言语让你知道。

现在，其他女人开始陆续进入房间，时间刚好在正午时分。她们是成群结队来的。她们围站着，噘嘴示吻，互相奉承了一会儿，但她们不是来谈天说地的，很快就安静了下来。大多数人没有与格鲁斯打过交道，好奇心和天生想讨别人喜欢的渴望让每个人都很快坐了下来，把餐巾折好放在大腿上，等着大事发生。

尽管 B. 格鲁斯二世，今天的主要人物还没登场，但贝莱斯招呼大家可以开吃了，于是大家开始顺从地夹起沙拉。大家交换着来自芝加哥、波士顿和西海岸的贸易故事。一名服务生徒劳地想要倒酒，却没有人要。我推动着盘子里五颜六色的小豆荚，当听到脚步声靠近时，我心跳加快起来。那是看守格鲁斯办公室的女人中的一个，随后就是他本人。

他似乎比我记忆中要高，也更健壮。我听说他现在有一张跑步机办公桌，他可以整天边走路边在电话上安排人员。他给了我们一个总统式的挥手和炙热的眼神接触。他巨大的笑容使经过昂贵牙科矫正的牙齿显露了出来。那口牙显得略黄，我暗自思忖，格鲁斯可以充当好无数种形象：退休的零售管理人员、四十七街上的珠宝推销员，或者明星运动教练，但是世界上最大投资银行之一里的最厉害的交易能手？你肯定不会猜到这个。

"我的女搭档和出色的女合伙人，"他欢呼道，"集聚一堂了。"

我们咯咯笑起来。他动作敏捷地走向圆桌旁他的指定位置坐了下来，又讲了几个笑话以抬高我们的身份。

"我之所以请公司里最资深的女性聚在一起是为了讨论一下关爱女性的问题。"他说道，"我看到私下流传的几封我不喜欢的备忘录，我觉得讨论一下玻璃天花板是一个好的出发点。"我脸红了，然后我恨自己脸红了。

"然而，"他继续道，"既然你们都坐在了这里，那很显然，在费金没有所谓的玻璃天花板，否则你们就全都在楼下做速记了。"他为自己的幽默而狂笑。我扫视了一下房间,想着这里肯定有人太年轻了,甚至都不知道速记是什么,但是不,将近三十七岁的我几乎是这里最年轻的。"所以,现在,让我把讲台让给你们,大家尽管畅所欲言。"

接下来是一阵不自在的沉默,趁着这个时间,他拿起雪茄,深深地吸了一口。我们处在等待中时,他漫不经心地把雪茄在指间转动着。

"我只想说,"来自公关部的一个女人高声道,"费金的工作对我来说是一次超棒的经历,我想告诉其他女性这儿有多棒。"

我冷冷地看了这个女人一眼,她的工作就是对一切事情以及没有为银行盈利中心出力的人做出倾向性解释。她那位于上东区的宽大公寓全赖于她到处都有的圆滑关系,她今天帮不到我,我开始怀疑她是否就是因为这个原因才被邀请来这儿的。

"还有这儿的精英管理制度,"一名英国银行家夸耀道,"如果我待在之前的银行,我不可能走得这么远。"

我无法相信。我竟被抛进了鼓舞士气的动员大会的观众中。我必须大声说出来。"让我们来说说为什么招募女大学生这么困难吧。"我脱口而出,打断了女人们意欲超过彼此的虚假赞美,那些对给了她们黄金门票的人卑躬屈膝的女人。

贝莱斯已经准备好了。"我们已经着手调查了,觉得原因出在我们投资银行的两年计划政策太短了。一旦我们有远大的前景,我们就能更长久地留住她们,而不是逼她们离开去拿MBA。"

"所以你认为她们不愿从事这些工作是因为我们的政策只有两年吗?所有的顶级投资银行对大学生都只能提供两年期的培训计划,

但是我们的许多雇员甚至都撑不过两年。她们感觉在这里遭受了虐待。她们看到执行委员会上没有一个女人,所以她们在这里也看不到多少自己的未来。"

"胡说八道。"格鲁斯从雪茄中抬起头来。丢下这个不屑的词后他起身走到餐具柜边打电话,对方大概比我们有趣得多。餐桌谈话还在继续,而他在打电话,他的无礼让我叹为观止。他似乎在努力达成某笔交易。

"把出价抬高到50万。"他说道。

"哈?"他反驳道,看起来像要把雪茄碾碎。

"好吧好吧,那就70万,要不他们就去市中心做他们的垃圾交易吧。"他摔下电话,回到桌边。

"我们讲到哪儿了?"他突然插嘴,"有人提出'楼下的迎宾女郎'的问题。好吧,从模特介绍所雇来的女性担当的是陪同的角色。那已经是旧新闻了,而且某些媒体已经澄清那不过是个错误。"他说道,"下一个。"

真离奇。我们没有人提到楼下女孩的只言片语。我好奇他是否经过事先演练,而没听清真正的问题。

"我们可不可以成立某种指导小组来帮助新来的女雇员适应公司环境?"我无力建议道。

"正如你刚才听到的,我们实行的是精英管理制度。"他大怒道,"你来公司的时候也没有一个朋友,而你还不是生存下来了。"

"话虽如此,但女人会对楼下乱成一团的状况有点敏感。"我说,"她们是被周围的行为击退的。如果有人能指导她,告诉她,如果有男人跟她说,冷的时候可以在胸上贴上创可贴,这样他就不会看到她激凸的乳头时,她可以控告公司呢?如果她们感觉得到支持,那么也许她们就会留得久一些。而不是觉得好像她们做错了什么而辞职。"

我试图使他震惊。他必须知道费金没有我们自己的集体诉讼案要对付是多么幸运。我用难以觉察的方式威胁他,而他不喜欢这样。

"但像你这样的女性没有辞职,"格鲁斯大笑道,"这正是麦克弗森和我喜欢的在这里工作的那类女性,是我们需要的那类人。让那些半途而废的家伙滚回家去吧。"

有人来救我了。是凯瑟琳。全世界最完美的证券操盘手和我孤独地站在了同一条战线上。"我的搭档只会在色情酒吧款待我们共同的客户,这让我感到很不舒服。"她说得很快。我万万没料到会从凯瑟琳嘴里听到"色情酒吧"这个词。

"你为什么会感到不舒服?"格鲁斯问。

"因为我的搭档想去袒胸露乳的酒吧,但我不想去。我之所以去只不过因为一起招待客户会显得更有团队精神。我认为我们应该以适合职业生意的方式招待客户。"

虽然她没有脸红,但我看到她脖子上有一条青筋凸起。不只凸起了一点点。我还不知道她也被分配了一个搭档。我奇怪为什么她没有跟我说过,然后我记起她什么都不和别人说。

"我怎么听起来这更像是你自己的问题。"格鲁斯说,"你为什么感到不舒服呢?无论客户想做什么,那就是你应该做的。是的,那肯定是你自己的问题。"

她面部有些扭曲,就像她刚体验到某个意外的东西爬过脸。她那完美的微笑有了一丝不自觉的抽动。

"也许费金至少可以采取高尚一点的做法,而不是把费用都用在脱衣舞夜总会的报销上?"我用职业的声音建议道。

格鲁斯准备好了回击:"无论报销与否,人们都是要去的。男人都想去那里玩个尽兴,经营这些账户的大部分都是男人。他们可不想去看芭蕾舞。这些男人整天辛勤工作,一直处于高压之下。让他们纾解一下压力有什么坏处?没有什么比我们以这种方式招待客户时更能增进关系了,无论是在银行业务中还是在交易中,猜猜是谁跟我们的交易大厅建立的关系?猜猜你们要跟什么建立关系?是你们的银行账户。如果有些女人那么敏感,那她们永远无法融入这个行业,而且不属于这里。"

眼见对话太狭隘,一个叫凯莉·卡鲁索的明星外汇操盘手转了话锋:"告诉我应该怎么处理这种情况:我与一名男同事共同管理一个重要的波士顿账户。在这个账户上我更资深一些。一天,我与账户人通话时,他们说了些什么我们在费金的高尔夫户外活动中玩得很愉快的话。而我对此一无所知,而且我不会打高尔夫。显然,这是背着我做的,因为那是在波士顿一个只有男性参与的俱乐部举办的。"

"噢,是吗?那你有什么不满意的?"格鲁斯笑道,然后变得严肃起来,"听着,女士们,我只想说,我们一定要和睦相处,尽我们所能成为最高产的人。如果这包括调整你自己,方便你跟坐在你身边的人更好地协作,那就那么做。"

"没有人应该为了拥有一份工作而丧失道德准则。"我反驳道。

"今天我可没听到任何哪怕是一点点像是道德或伦理的问题。"他把椅子向后推,在昂贵的地板上发出刮擦声,然后继续说,"我的大门一直敞开着,如果有人想找我单独谈,我随时欢迎。"

说完这句话，他从椅子上起身，碰都没碰午餐就离开了。那支雪茄或者说是他的安抚奶嘴还在他手里被爱抚着。他离开了？这才刚开始呢。我看着我清单上的项目，意识到我们才仅仅涉及了其中一个。他的法律顾问被独自留在了这儿，尴尬地一再擦拭着她红色的眼镜。

"你怎么能昧着良心那样辩护？"我突然对着正合上的门大喊。

没有任何回应，贝莱斯站了起来："听着，每个公司在他们做生意的过程中都会有些问题。尽管有你的批评，我们在这里还是干得好好的。我的大门也敞开着，并邀请你们每个人随时进来拜访我。"

"我们现在都在这儿了，为什么还要去拜访你？我们所有人什么时候才能再聚一室？"我问道，"听我说，你们中有些人从加利福尼亚、芝加哥，甚至是伦敦来到这里讨论这个问题。但根本还没有开始讨论，所以我们现在就来讨论吧，不管有没有管理层在！"我感觉像个社团组织者一样充满了能量。反抗突然成了最佳释放药物，它在我体内涌动着。我期盼着能听到一阵齐声的"太他妈对了"。

然而并没有。

没有人说话，所有人的眼睛都盯着桌上嵌入式的麦克风，它可能正在录入我的每一句咆哮。但是我近乎疯狂，一点也不在乎。

"问问重姐，当她产后四周就回去上班时是什么感觉，"我请求道，"那是不正常的。"

重姐清楚地表示她和我没有关系，并希望我能闭嘴。

"问问基拉，为什么在连续七年赢得《金融机构投资人》杂志的投票后，她仍然没有当上高级常务董事？"

我指的是基拉·古德弗兰德，一名天才会计分析师，她僵硬地坐着，茫然地盯着空间。

我继续说："在整个公司里，没有一个人能像她那样如此始终如一地被外界认可，然而她仍然没有晋升为股东。"

基拉把玩着她的头发，撇开眼神，让大家知道无论我说什么，跟她都没有关系。

"还有凯瑟琳，你是抵押贷款组的主管，怎么会在我们的次贷文件包的证券投资组合方面没有任何发言权呢？在我们的风险委员会上没有女性，执行委员会上也没有。我们告诉客户这些债券的等级都是3A级的，但它们所持的股份像垃圾。它们是怎么取得这些等级的？一旦它们崩溃，谁来承担责任？你知道那将置我们所有人于多大的风险中吗？"

沉默数秒后，我环视房间。大家都定住了。好像我在为一个出了问题的家庭做调解，所有人都因伤痛而扭动着身体，却找不到语言来表达。我们彼此双方都感受不到姐妹之情。我注意到的不只爱的缺失，我感觉完全被抛弃了。个人的搪塞、她们彼此交换的闪烁眼神都说明了一切。没有人想跟我扯上关系。仅仅几分钟，我就从跟她们一样的黄金女郎变成了一个丑陋、咆哮、会传染的疾病患者。我为这些女人冒着巨大的风险，而我甚至都不喜欢她们。

"听我说，我在这里怀孕的时候，"我开始柔声解释，"当楼下的男人每每对我污言秽语时我就会盖住肚子。金一看见我的吸乳器就学牛叫时，我不得不跟他一起发笑。我无视蜜月回来时有人在我的屏幕上录播了撕裂内裤的声音。我只是被这一切耗尽了精力。我不想整天都听着荡妇笑话。我不想在兄弟会里工作。我想要平等的薪资。我想我对我们承担的异常风险率的看法能被听到。我想要这个地方对得起它潜在的可能。你们的女儿将来也会在这样的环境下工作，就像在一个二十世纪六十年代的广告公司里一样，会被人捏屁股，除非我们做点什么来修复我们破碎的文化。"

房间里的女人没有动。她们看起来像迫切想听到更多但知道自己应该离开了。我几乎能听到她们努力让自己别出声的声音。

继续，我对自己说，我也是这么做的。

"你们当中大部分人是从商学院毕业来这里的。你们觉得自己会掌管这里的其中一个部门或通过某种有意义的方式管理这家银行。我了解你们这样的女人因为我和你们没什么两样。现在你们明白了这是个笑话。我们根本没有出路。这就是我们的结局。没有女人能担任真正举足轻重的高级职位。我们都有各种各样的头衔，而这些头衔就像一旦这个抵押贷款外观崩溃，费金·迪克逊股票所值的价钱一样。"

即使凯瑟琳低着头，我也能从她的头发下看到她不安的样子。我觉得她真的很想加入，但很明显，她在权衡后果。

"听着，你们都是出类拔萃的女人，公司之所以聘请你们就是看中你们的创造力和聪慧。当涉及重要事情的时候，你们怎么能表现得那么愚蠢和顺从呢？"我问道。

她们互相之间或跟我都没有进行眼神交流。她们就像是被训斥的受惊的孩子，迫不及待地等着大人离开。一切都取决于下一步行动。

整整一分钟过去了。就好像有人告诉我们定在那里别动，在一切发生改变之前，让人为我们画一幅画来捕捉这重要的一刻。但是什么都没有改变。

一名服务生走进房间，突然停了下来，感觉到刚刚有事发生。有人叹气；有人看表，然后慢慢地抬起头来；有人清清嗓子，走到贝莱斯面前跟她握手告别。我低头看着自己的盘子,而其他人都心存感激地朝门口走去。所有人都一言不发,她们都尽可能安静和迅速地离开。我独自留在装有用来记录声音的扩音麦克风的房间,这里悄无声息。

金手铐
Golden Handcuffs

回到一九九六年我刚到这里工作的时候,我曾注意到一个女人努力让裙子上的拉链不往下滑,把肚子往里吸。她没有告诉任何人她怀孕了,直到她的裙子里面像放了个西瓜。她休完产假回来发现自己的客户都被挖走了,而且也没有留给她太多的工作,于是她辞职了。我预料到当我生第一个孩子的时候同样的事情也会发生在我身上,那时我就做好了准备。我尽可能地让自己成为一个对客户来说无可替代的人。我向客户保证我很快就会回来,我也做到了。我只损失了两个小客户。

当其他银行被控有同样的行径和一贯滋扰的环境时,我都有留意。我查看了美邦银行的"Boom Boom Room酒吧"诉讼案。一个花旗银行老板被指控记录了"喜欢口爆"的女人名单。当野村证券的贸易者直白地告诉女性同事她们应该留在家打扫卫生后该公司遭到起诉,当时我就肯定这个案子会带来一些进展。结果这个案子被驳回。然后一个英国银行,也就是苏格兰哈里法克斯银行以 X 级罪名遭到起诉,我相信对于费金·迪克逊来说,这些细节惊人地熟悉,将迫使我们做出改变,但是诉讼案被再一次驳回。

多年来,指控都仲裁解决了。银行业中大批悄然离开的女性保持着沉默。到集体诉讼案提出之际,美林证券案的原告已经从50人增加到了将近900人。一个仲裁小组发现有一种针对女性经纪人的偏见模式。就如获胜的律师解释的:"这个发现的实质是美林的标准化操作程序旨在歧视女性。"这起案件花费了他们3900万美元。就在同一年,摩根士丹利的一些女性大胆决定退出仲裁,申请集体诉讼。玻璃天花板俱乐部成员都等着听她们的情况是否跟我们相似。然而就在这个故事将要在公开法庭上公之于众的前一天晚上,他们花了5400万美元解决了,而具体情况也没能公开。

几个月前,另一家大银行的一位杰出银行家因为无情地评论女性的胸围而遭起诉。那位女高管勉强接受了130万美元的赔偿。在过去的十二年中,我胸罩下面的胸一直饱受评论,按照现在的起诉赔偿标准,这能为我带来一笔不小的财富。但对我来说,起诉费金·迪克逊的想法很荒唐。迪克逊是我的公司。起诉它就是起诉我自己。

在格鲁斯午餐表现不理想后,玻璃天花板俱乐部对我的态度很冷淡。我回到楼下时,阿曼达、艾米和维奥莱特在一间私人会议室,于是我去那里加入了她们,把刚刚所发生的一切告诉了她们。

"就这样?"艾米问,觉得我在开玩笑,"什么都没谈成?"

"要是我,我就把那该死的雪茄放在他的纸币上碾碎。"阿曼达做了个撕碎的动作。她正围着桌子绕圈走。

"我猜贝尔是像个记者一样处理这件事的,就像把它当作其他女人的想法讲出来的,好像它们是你并不认可的想法,"维奥莱特说,"也就是你一贯设法保护自己的方式。"

"为什么你那么讨厌我?"我问维奥莱特,"那些女人像雕像一样坐在那里。好像连我怎么坐到那张餐桌边的都不知道。好像我是一个怪胎似的。"

我的手在发抖。

艾米站了起来:"这一开始就是个愚蠢的想法。我要回去工作了。"

其他两人紧随其后。我就那么呆呆地坐着,想着要怎么跟布鲁斯说这件事。我当初是不是就不该这么做?

克拉丽丝将她焦躁不安的脸伸进房间:"听说你得罪了我们所有人?"

我向她翻了个白眼。

"感谢你为我留下了更大的升职空间,贝尔。"她夸张地称赞道,而且她是认真的。

那天下午,又一封墨提斯备忘录到了,可能是最后一封:

收件人:所有员工
发件人:墨提斯
主题:白旗

对你们这些人,我已经做完了警告。你们似乎想继续留在这条痛苦的道路上。你们从来不想前进。你们已经铺好了床,所以到床上去睡觉吧。好好享受你们不可翻转的床垫。

斯通在我的电脑屏幕上留了一张黄色的便利贴:"你遇到了写作瓶颈吗?女人帮散伙了?"

我这辈子从没遇到过这样一个金玉其外的家伙,就像一个渴望被炒鱿鱼的小孩。

"斯通,很高兴你在这个东西上签了字。我会把它收进我的纪念册中的。你下一任雇主需要推荐信的时候,我会用到。"

他假笑着,拉出他的脸书页面,开始上传一些无疑属于我的东西。我之前听说他经常这么做。

当我试着想感谢丽萨在格鲁斯午餐中跟我站在同一战线时,她表现得很冷漠,好像她不记得有这种事发生。当我将午餐的详情告诉布鲁斯时,他用近乎鄙视的眼光看着我。他突然间又变得那么疏离,我不禁想我又让他失望了。

几天后,一些参加午餐会的人给我发来了邮件,这些邮件几乎可以被解读为是支持我的。然而她们从没有为因为没有为我仗义执言或没有在那次谈话中补充其他内容而道歉,她们感谢我说了我所经历的一切。有个人这样说道:"感谢你说出了我们所有人都想过却没有说出口的话。"她是从一个无法追踪的IP地址发过来的,我气得都没办法回复。

我把邮件转发给了玻璃天花板俱乐部的成员们,最后是艾米回复了所有问题:"不要再纠结这件事了。是时候都回到工作中去了。把我从邮件名录中剔除掉。"不到片刻,其他人也都这么做了。之前实际上是求着我加入的俱乐部就这抛弃了我。我现在完全暴露了,只想看这件事怎么结束。我完全不知道该怎么办,觉得异常孤独。

标准偏差
Standard Deviation

今天下午，讲台上传来的噪声听起来就像世界杯足球比赛，它分散了整个交易大厅的注意力。一个年轻的操盘手从欧洲回来了，带来了寻物游戏（参加者在规定的时间内寻找指定的物品，以先找到者或先找到的队为胜）的战利品。按要求，他要在两天时间内找到清单上的所有物品，其中许多要在另一个大洲上去寻找。从噪声程度来看，他似乎成功了。他拖着一个轮式包走了进来，包里装的像是一具尸体，但实际上装的是世界上最臭名昭著的性兴奋剂大集合——不是交易性能而是活力性能。他们管这名操盘手叫"得到全体起立鼓掌的新来的家伙"。他只有二十二岁，脸色泛红，故作勇敢。这个家伙在讲台前打开了一张折叠桌。有人将一张桌布递给了他，他像斗牛士一样挥舞过后，将它小心翼翼地铺在桌子上。他拉开袋子拉链时，那些操盘手不停地欢呼着。

我完全借用美林证券诉讼案的措辞敲了一封邮件给艾米。

"'敌意、冒犯的环境。'你是不是受够了这种冒犯？"

这个年轻的操盘手从大袋子里拉出一只长着羽毛的大家伙，欢呼声变成了吼叫声。这个人就是蒙蒂，一个体型肥胖、威胁要将女人身体部位订在一起的家伙。

他们最初将这个新来的家伙送到不列颠岛去搜集某种生殖器形的延龄草。在一片抱怨声中，有人用语音通信系统嚷嚷说这是昨天才从地上拔出来的根。我在网上查到：这个东西是用来硬化伊丽莎白时代的颈部领的。接着，新来的家伙又打开希腊兰花块茎，节目主持人告诉我们，这东西之所以取这个名字是因为它们与睾丸相似。之后，他又去了法国，在那里他得到了一只法国活山鹑。这只山鹑本应拍着翅膀到处飞的，但从我坐的地方看过去，这只可怜的鸟为一群白痴枉送了性命。它死了。那个新来的家伙将鸟放在那里，让它乌黑发亮的羽毛挂在桌子边上，而与此同时，他摆出了包里的其他东西。有一个从生蚝酒吧弄来的装生蚝的大托盘，一碗从某个加利福尼亚有机农场快递来的洋蓟。东西一样接着一样：芦笋、黑巧克力、一个装满小小蓝色药丸的迪克西纸杯。新来的家伙带上塑料手套去戳那只可怜的死鸟，直到弄出血滴到杯子里。谁说的法国山鹑血能壮阳？我觉得恶心但又忍不住不去看。

蒙蒂的礼物让他领悟到：这些人让他出了有史以来最大的洋相。

庆祝活动将以一个快乐的结局收尾。我不确定谁将上演或在哪里上演这最后一幕。看来蒙蒂是在和大家分享：他对自己"雄风不再"的懊恼。为了庆祝他的生日，大家决定以自助午餐的形式来改正这一错误，这顿自助餐也会包含提高性能力的东西。而我专注于另一事实，那就是这个新来的家伙去年春天才从耶鲁毕业，现在竟拿着一只死鸟偷偷过了美国海关。

有几个女性操盘手没有受邀去参加蒙蒂的生日午餐，她们要完成男人们快活玩耍时进来的每一笔交易。这是一个星期五的下午，楼上有一场我必须参加的会议，所以我决定让那些女人跟我一起去。

我转向玛丽，她五十多岁，是一个身材矮小、像修女一样的女人。

"跟我去楼上参加一个学习会。我们将集体讨论动荡不安的抵押贷款市场。"我说。这方面她不需要懂太多，但这会儿她不应该待在这儿。她皱了皱眉头，准备告诉我她不做抵押贷款的，但她把耳机扔到了桌子上。

"去他们的。"她说道。

她走到其他两个女人面前，指向我，当那两个女人也把耳机扔掉时，我备受鼓舞。

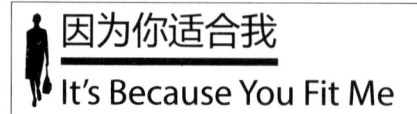

因为你适合我
It's Because You Fit Me

在一个感觉像春天的冬天早晨,我和亨利沿着公园大道向前走着。我们有一段时间没有见面了,他的邮件也变得越来越少。无论我们生活中曾经出现过怎样怪异的短暂偏离,它都在慢慢消退。

我们刚离开幼儿园小教堂。当亨利让司机把凯迪拉克停到路边时,我正朝办公室走去。

"贝尔女士,要不要载你一程?"他用温柔得不像话的口吻问道,"也许还可以去喝杯咖啡?"他棱角分明的脸朝上仰起,迎向阳光,脸上挂着大大的微笑,这让他很有感染力。我知道今早收件箱里不会有一大堆等着处理的文件。我还穿着一双漂亮的鞋子,所以为什么不继续走着去上班,或是和亨利一起走过去?一场咖啡约会?不,那是不允许的。

"在这个阳光洒在身上的早上?"我回答道,暗指我们刚在教堂里所唱的一首歌。

"像这样的天气，你就应该步行，而不是懒散地坐在车上在市区里兜圈子。"我说，"我才不会跟你一起喝咖啡呢，除非你车里有可以调制卡布奇诺的咖啡机。"

"被你说中了。"他说道，敲了敲自己的脑袋，就像他脑子里有个灯泡爆炸了。他打开门，让跨步阶梯从车底下滑出，接着从车上下来了。

"走路确实比喝咖啡好，"他说，"但是也许我们可以既走路又喝咖啡。"说着他递给我一瓷杯热气腾腾、满是泡沫的咖啡。

"所以，你车上真的有一台调制卡布奇诺的咖啡机。"

"不，贝尔。你怎么会有那么荒唐的想法？是我们在教堂的时候我的司机买回来的。"

"只是哪里会用瓷杯打包咖啡的？"我问道。

"那个地方可以自带瓷杯的。我们能不能不要说话，赶紧喝咖啡？"

就像我们年轻的时候喝伏特加一样，我们喝完了美味的咖啡，把杯子递给了那个不知姓名的司机，他从来不做眼神交流。

"你车里是不是还有洗碗机？"我得意地笑着走开了。

亨利从车座上拿起公文包，在人行道上追上了我。我们在带有些许春意的早晨齐步走在一起，脑子里还回旋着教堂里的音乐，血管里还存留着咖啡因，我们似乎在这一刻得到了拯救。

"我得提醒你了，"当我注意到我们在东六十五街时说，"我上班的地方在派克四十七街，而你在麦迪逊二十三街。你可要吃亏了。"

"我还是和以前一样不怕吃亏的，难道你忘了？"他开玩笑道，用胳膊揽住了我。

我脸红了。"正在努力忘记。"我直直盯着前方,这个时间公园大道上到处都是散步的人。等等。我刚刚听起来是不是像在调情?我可没有那个意思。

"你收到我的邮件了吗?"亨利问道,将胳膊从我肩膀上拿了回去。

终于说到这个了。是时候讨论一下邮件的事情了。事实是,如果那些邮件辞藻华丽,我会把它们放到一个特殊的文件夹里;如果那些邮件全是关于工作上的,那我已经把它们处理掉了。我回想他的最后一封邮件,那是三个星期前送达的,我已经把那封邮件的内容记到脑子里了:

> 想要待在那个和天顶齐平的地方吗?想要沿着地平线翻转吗?想去能让你一切都得偿所愿的幻境吗?

那到底是什么意思?

拜托,亨利,我心想,请不要让我对此做出回应。请不要让我告诉你不要再发邮件了。但此刻亨利正皱着脸,完全沉浸在他的所言所思上……货币市场。我们是两个穿着考究正在讨论货币的极客,而不是想着什么时候能把对方的衣服撕掉的情人。既然我明白这一点,就能放松下来。这是工作。

今晨他身上的气味是那么好闻。我走在他的左边,风把他的气味吹向我。他身上从来没有人造男士香水和须后水的味道,而是肥皂和清爽的气息。我讨厌他让我的心怦怦乱跳。

"我想我的搭档斯通已经跟你说过了,"我说,"但我还是最后确认一下吧，你想买一些澳元？"

"是的，澳大利亚是少数几个没有负债的国家，未来还有适合生活的退休金，顺便说一下，斯通（斯通的英文是stone，石头的意思）这个名字起得可真是恰到好处。"

我忽略他对我搭档的挖苦。"所以我们要把澳大利亚拿下？"我问道。

"我们要把"——亨利停了下来，好像鞋子陷到了淤泥之中——"这条裙子拿下！"

他指向一家商店的橱窗，那是家销售漂亮女礼服的法国商店，那种衣服实际上派不上多大用场。他喜欢的那条裙子在晨曦的照射下好像被点燃了。裙子是海泡石颜色的，不是蓝色，不是灰色，也不是绿色，腰以下的部位刚好合适，稍微吸口气，裙子就会往下滑一点。它是设计给那些年轻或没有哺乳过孩子的女人穿的，因为她们有又大又饱满的乳房，能够撑得起丰满的薄纱前沿。这件丝绸织物缝入了重叠的钻石。这对于人体服装模型或裸女郎来说再完美不过。

"看起来像是美人鱼穿的。"亨利神情恍惚地说。他曾经非常喜爱我对水的钟情：我对游泳的喜爱，我对待在水底的喜爱或对一些浸湿形式的喜爱。他喜欢我每天早上湿着头发去上班，喜欢我在沙滩度过一个周末后不洗澡的肌肤。我讨厌将海水从我身上洗去。那是很久以前的事了。

"再也没有时间去过那样的生活了。"我们走开时我说，"你刚刚提到了澳大利亚。我听说那里有沙滩。"

"真的吗？澳大利亚有沙滩？我还真不知道。"

大学毕业后，亨利和我去旅行过一次。我们在新西兰待了两个月，在澳大利亚待了三个月，在斐济待了一个月。我们在第四周的时候就花光了钱，然后就做一些不需要费心的工作。我们种植猕猴桃，摘苹果，为农场主牵羊去修剪毛发，最后还干起了快递。我们刚开始旅行的时候住的是宾馆，最后住在了一个帐篷里。我们那么渴望结婚，以至于心都痛了。爱情可以很完美，完美得令人痛苦。很多个早晨，我都会在他的身边醒来，没办法分辨出哪里是我的身体，哪里是他的。我们感觉就像是一个人。我记得我当时在想还能有什么能让我感觉如此美好？爱情的某些伤痛是否源自余生都要试着去再创造一段逝去的时光。

我们是怎样从那样的情侣变为现在边在公园大道漫步边谈论金钱的人的，我解释不通。我边走边想，哪一个是真实的我，哪一个又是真实的亨利？

亨利问起我的工作，我把玻璃天花板俱乐部的事情告诉了他。他问了一些值得关切的问题，于是我把格鲁斯午餐会的事情也告诉了他，关于我被其他女人抛下、孤立无援那件事，和玻璃天花板俱乐部成员不相信我真的试过大胆直言，以及那件事最终是如何导致我们小团体分道扬镳的。我告诉他在公司止步不前让我多么沮丧，告诉他我跟孩子相处的时间多么少。我告诉他回到家去面对布鲁斯需要多大的勇气，布鲁斯对于格鲁斯午餐会一事对我也一无反应，然后我安静了下来。

"我忘记了，你丈夫是做什么工作的？"亨利说道。

他问这个不是想挖苦谁。这是真的。他怎么能不知道布鲁斯是做什么工作的？还有，我跟他讲了这么多，难道他真正关心的就只有这个？

"他是一个通信技术员,"我说,做好接受对自己丈夫评论的准备,也做好假装他实际上每天都去上班的准备,"你居然不知道?"

"我怎么会知道?因为我一直都认为你是属于我的,而布鲁斯对我来说根本就不存在。"

接下来是沉默。在这个尴尬的时刻,我们的鞋跟走在人行道上发出的声音似乎都太吵了。恰逢此时我们要停下来等红绿灯,站在那儿不动让人尤其不舒服。

"对不起,"亨利说着清了清嗓子,"听起来他在家的时候比你在家的时候多。"他继续真诚地说道,"我觉得尽管他大部分时候都在家,但是照顾孩子的事大部分还是你在做。"

"我刚刚并没有谈论多少我的家庭生活,亨利。我刚刚在谈论工作上的事。"然后,尽管我知道答案会是什么,我还是问了他同样的问题,"那你的家庭生活怎么样?丹妮尔工作吗?"

我知道他妻子不出去工作,但我觉得假装不知道这件事会表现得更尊重。我咽下他认为我是属于他的这种想法:"因为她对我来说是存在的。"

亨利大笑起来。"她不工作,她喜欢玩,"他说道,但口吻里并没有鄙视,反而是钦慕,"她非常清楚自己想要什么,她想要的是一辈子都不要工作。"

这我能理解。当然了,亨利因为照顾一个女人而为自己感到骄傲,这个女人一开始由她父亲照顾,然后又由他接手。他跟我一起永远都没有机会做这样的事,他多么需要成为这种男人啊,真相突然变得如此清晰。亨利让她继续过着她一直过的那种受人照顾的生活。丹妮尔跟我完全是两种人。

"她一定非常开心,"我说道,对她没有一丝嫉妒,"你有没有给她发老婆奖金?"

"每年给她200万美元。她能解释清楚自己所花的每一分钱。"

"不是吧。"

"是的。她用三分之一的钱娱乐,三分之一做慈善,还有三分之一是用来买衣服和礼物。"

"依照我的想象,75万美元能买到很多乐趣。"

"她们去进行超棒的旅行。"

"她们?"

"她的女性朋友们。我太忙了。"

"75万美元买衣服的预算她也能勉强凑合?"

"嗯,她也帮两个儿子买。"

"那很能干。"我赞道,我们俩都笑了,然后是沉默。

"亨利,关于那些邮件——"

他打断了我:"贝尔,宝贝,一切正常。"他转过身来,凝视我的双眸,"请不要让我停下来。我需要这样做。你不必非要去读那些邮件。我请求你不要让我停下来。这不是对你的不尊重。从我们认识彼此以来,我已经成熟了。我不会出轨。我只是……我只是……需要这样做。"

"亨利,就在几周前,我们还在同一张床上睡过,"我指出,"那算什么?我们都不想那样。"

"这跟我想要的东西很接近,"他说,"但这不是出轨。我想我应该让你知道我们并没有做爱,以防你忘不了我。"他笑了,"只是你比较适合我。"

亨利朝远处走去,阳光照射的角度刚好落到他那双乌黑的眼睛上,这让它们显得炯炯有神。如果我们是在电影中,到了这个部分,我们就会去开房,但这是现实生活,我们古怪的现实生活。

亨利捏了捏我的手,逆行冲过麦迪逊大道,消失在一群脸上长着青春痘、背着书包的男孩中,他们还有整个人生在前面等待着。

轧空头 Short Squeeze

交易时钟是由巨大的数字照亮的发光二极管，标注着一笔交易从买家手中到卖家手中的精确时间。每一笔交易的时间都被世界上的每一个时区的时钟记录着。我们让这里的闹钟保持洁净明亮，因为时间就是金钱。当时钟上的时间过了下午五点，我的内疚感便随着那该死的数字的跳动而不断增强。

孩子们在学校的时候，欣然在这里工作对我来说是件容易的事情。但到了中午，想象布丽吉德和欧文已经放学了，我会感觉有点糟糕。到了三点，凯文放学了，我的情绪又会低落一点。到了五点，工作地点的闲聊声和打趣声刺激着我的神经。如果他们找我聊，那谈话最好是有意义的。当我开始想着哪种冷冻食品会被放进我们家的微波炉中时，我就会感觉特别暴躁。从那时起，我一直在计算着时间，离我下班的时间还有多少分钟？我还能赶在他们睡觉前回家给他们讲故事吗？还是我又要错过了？我的这些同事意识到他们浪费了多少时间吗？

墙上的时钟都已经走到了5：15的位置，再过几分钟我就可以离开这里，回到家里，回到孩子们的身边。我将白天累积起来的一叠文件放到一起。我打开屏幕保护程序，祝贺自己今天能够早点下班。不仅如此，今晚我计划做一个超级妈妈——我将招待欧文的幼儿游戏班。

看护给我找了一个幼儿游戏班，去上这个幼儿班的都是疲惫烦躁的上班族妈妈和她们三岁的孩子。一群经常去中央公园同一个游乐场的保姆决定她们的老板应该了解跟自己孩子一起玩耍的小孩子们。通过一种反向关系网，彼此喜欢的小宝贝把他们的看护带到了一起，然后这些看护又把这些孩子的妈妈带到了一起。今晚是这个小群体的第四次聚会，但是麦克尔罗伊是第一次做东道主，实际上也是我第一次参加聚会。布鲁斯去参加了前两次的聚会。

"晚上有玩耍约会？"看到我准备离开，伯尔斯桥难以置信地问道。

"某种上班族妈妈减轻内疚的活动。"

"我们晚上有家得宝活动。"他说道，"我回家太晚，能带孩子去的唯一地方就是家居改良中心。我在过道来来回回地追着他们跑，我们玩寻宝游戏，找那些奇怪的没用的东西，比如柱坑钻啦，轮爪螺母啦。也许你可以试试这个，而不是那个六点的玩耍约会。"

"好的，我会记在心里的。"

"我说真的，列克星敦市大道上的家得宝现在还在营业。有时间可以过去看看。"

这就是我喜欢马尔库斯的地方。这个家伙每年挣几百万，而他一天中最开心的日子是在家得宝消遣娱乐。很难相信他晚上会和裸女郎约会。

"蒂芙尼在哪儿?"我问。裸女郎最近落下了很多工作;没有她在,这里变得比以前安静了。

"贝尔,我不知道,我也不在乎。"马尔库斯以一种能让我相信他的方式说道。

"有什么话你可以跟我说,马尔库斯。"我说,连我自己都觉得吃惊。我想让他知道我是站在他那一边的,我真的理解他。

"她是一个复杂的员工,贝尔。我们就言尽如此吧。"他笑了,那笑容仿佛要永远保持下去。这是他第一次这样笑,没有她在身边,他似乎没有那么焦虑了。或许他的婚姻眼下还是安全的。

当我起身准备离开时,我注意到电脑屏幕下积聚了一块块积尘,这让我心烦。我克制不住自己,从抽屉里拿出化学清洁剂,就在我快要完成这项快速清理工作时,格林向公告板走去。我定住了。拜托,上帝,我心想,今天千万别有事。我只是不想今天晚上的活动被打断。我不希望有任何事情妨碍欧文的玩耍约会和我见他那些三岁玩伴的机会。我想交一些当妈妈的朋友。

我小声跟马尔库斯说:"我应该跑吗?"

马尔库斯模仿格林的书写动作,试着搞清楚那个家伙在写什么。很快,大家就看到了公告栏上的内容:"下午5:30必须参加会议。地点:会堂。首次公开发行2300万股。"

这意味着我们将成为向大众出售2300万股股票的银行家。我两旁的男人拿出他们的计算器 HP-13s,乘以每股0.50到0.95美元的股本额。算出来的结果就是佣金,或者供两家公司争抢的约1000万到

2000万美元。这些数字让人兴奋,整个楼层都闹哄哄的。

"马尔库斯,给我拿一套材料,"我边朝门口走去边说,"我要买金鱼鱼食。"

"贝尔,你不能就这么走了。就在那里待一分钟,亲爱的。露一下脸不会对麦克尔罗伊的银行账户有什么坏处的。"

"我有个搭档。我的搭档可以替我打掩护。"我朝斯通点了点头。

马尔库斯和我都瞥了斯通一眼,他正窥视着一个黑色屏幕所能呈现的有限的映像。不管他在那关掉的屏幕上看到了什么,他似乎都很喜欢。他一边整理着额头周围的几缕乱发,一边微笑着。

"你说真的?"马尔库斯说道,朝斯通点了下头。

"哎呀,"我说道,"我还是再待二十分钟好了。"

我给看护打电话,让她去照顾金鱼、买奶酪,给我自己挤出十五分钟的时间,同时深感愧疚。德克·米拉佐在房间前面踱步,他是投资银行的领导之一,皮肤黝黑,秃顶。他说话的声音太大,动作太快。我的心狂跳,我有一种不祥的预感,同时又期待着。

"他怎么了?"我问马尔库斯,"他在赶时间吗?他让我很紧张。"

马尔库斯沉思道:"嗯,是的,不过也因为他交了一个二十多岁、身材火辣的女朋友。"

"不可能,"我反驳道,"他的婚姻生活很幸福。我见过他的妻子,她五十多岁,长得挺漂亮的。"

"我确定这件事情是真的,"马尔库斯说,"一个长得漂亮,而另一个身材火辣。"

米拉佐开始了他的幻灯片演示,打断了我们的谈话。房间前面三米的屏幕上充满私有标志信用卡的首字母缩写,PLC,私有标志信用卡为个体商店制造信用卡，向那些最没有能力偿还他们的人提供高价信贷。他们要将他们的公司上市，而我去参加玩耍约会要迟到了。

会议持续了七十五分钟，这真的是太折磨人了，我看着大家一个个溜走。每个私有标志信用卡的部门经理都在详细说明他们的潜力和所取得的成就。他们讲完了，我是第一个站起来准备冲向门口的，直到我听到米拉佐说："路演明天在南方开始。"

"女士，坐下，"迈克尔小声说道，"你要在这里度过一个漫长的夜晚。"

南方是我的领地。

路演是银行家、潜在的机构投资者和上市公司高管的营销之旅。这些面对面的会议比那些电话会议更有效。这些会议将留时间给投资者进行提问，让投资者真心信任他们将要投资几百万的公司。一旦证券交易委员会通过每个公司为首次公开发行所提供的烦琐文件，这些路演就形成了。有时候路演只在通知几小时后就开始了。在这种情况下，为了加快速度，旅行的模式通常是乘坐私人飞机。有人告诉我第二天早上七点在泰特波罗机场会见私有标志信用卡的小组人员。我们会去两天。

这也意味着我必须安排好明天的几场会议。时钟显示6：35了，我的玩耍约会已经开始。亚特兰大的资金经理就要回家了，我必须想办法让他们愿意在早上跟我们会面，我必须在他们离开之前说服他们。我在电话平台上快速拨打南方领域的所有号码时内心像洗衣机一样轧轧作响，希望得到回复。我眼角余光瞥见斯通把衬衣塞进裤腰里，只拿着苹果手机朝门口走去。

当我终于设法安排好了第二天早上的几场会议，准备离开时，已经过了晚上七点十二分。私有标志信用卡的 CEO 是一个身着双排扣外衣、身材矮小、肥胖的男人，他邀请我共进晚餐，因为他们都是从克利夫兰来的，今晚没什么安排。而我婉拒了，建议我们一起乘车穿过市中心。这样至少我们在车里可以交谈，到时候我只要从他们就餐的酒店走回家就好了。

"我得收拾行李。"我无力道，没有提明早前我出城所涉及的其他人员问题。

我打电话告诉看护计划有变。我听到了电话那头孩子们的尖叫声。

"孩子们都累坏了，有些胡闹，而我现在要回家了。"她打断了我。

"布鲁斯不在吗？"

"他在，可他就像这些妈妈的侍酒师似的。他把她们全灌醉了，把她们的孩子全都丢给了我。"

"嘿，你可能不会相信。"我总算开始进入正题。

"你很难惊到我。"

"我要出趟差。明早就走。"

"你现在告诉我这个是以为我没有自己的生活吗？"

"我们都没有自己的生活。"我试着开玩笑。但一点都不好笑。"真的，我刚刚才发现。"

看护开始长篇大论说她不可能丢下一切来迁就我。她是用一种评判的语气说这些话的，而她的发泄让我哑口无言。她说的每一个字都是我该受的，但我希望能有个同伴跟我一起接受惩罚。

等她发泄完了，我用更多糟糕妈妈的典型做派打击了她。我告诉她我相信这次出差只要两天，但也可能是三天。电话那端沉默了片刻，这个停顿是为了思考我又一个令人震惊的嘴脸。

看护告诉我，以后我不能再指望她在晚上六点之后帮忙照看孩子。我保证到时候布鲁斯也会在，说这话的时候，我并不知道他这周有什么安排。我只知道，他到时候必须放下一切，为了我们来做这件事。

"我理解。"我告诉她，我的心在猛烈地跳动着。

有那么一刻，我怀疑她会辞职。如果她真这么做了，那我的生活不会再因悬在一根不比钓鱼线坚固的线上而暂时完整，而是会在一瞬间支离破碎。我唯一的筹码就是她跟我的孩子有感情，我给她的薪水很丰厚。也只有这些原因能够让她留下来。

我给布鲁斯打电话，但是他没接，于是我发信息给他，告诉他出差的事，以及在接下来的半小时内我需要跟公开上市公司的管理层谈话。他没有回复我的信息，我想象着他在给其他上班族妈妈的酒杯斟酒，消磨无聊时光，对我充满愤怒之情。对在我客厅里的这些陌生人来说，他一定像个完美的丈夫，也许他确实是，但此刻他让我恼火。

加长豪华轿车停在了莱克星顿大道第五十八街的路边，这条大道上有一条通往马戏团酒店的圆形车道，在酒店外闲逛的人伸长脖子寻找瑞茜·威瑟斯彭、马特·达蒙或任何比克利夫兰来的企业家和我更有意思的人。他们脸上的失望之情显而易见，而我对自己也很失望，因为我将帮一个为通常无偿还能力的穷人提供宽松信贷的公司出售股票，我只能将这份失望远远推开。我们还会让多少做这种生意的公司上市？

我们同意早上见面的时候互相握了手。这些头发几乎全白的男人因为处在大富大贵的边缘而在发抖，而我将会一同随行，去握住他们的手，让他们保持良好形象。过不了几天，他们将会举杯庆祝。他们永远都不会想到我们开会时和行程紧张的旅行中我所经历的焦躁不安。他们永远不会知道这里发生的一切，麦克尔罗伊一家只有团结一致才能渡过难关。

快晚上八点了。当我沿着麦迪逊大道走去，再一次给家里打电话时，电话直接转入了语音信箱。布鲁斯肯定在送孩子们上床睡觉，我又错过了。我应该叫辆出租车的，但是我没有，我让双腿慢慢拖着我回家。我讨厌面对即将要面对的戏码。我选择步行，主要是为了呼气，呼吸那种在曼哈顿可以呼吸到的清新的空气。我今晚真的不想看到肚子里装了几杯酒的愤愤不平的丈夫。

很快我就站在了那个时髦的服装店以及那条美人鱼样式的裙子面前。它还摆在橱窗里，在路灯的照射下，而不是像之前那样在晨曦的照射下，在这个时间点，不知为何，看起来像是有生命似的。

尽管已经很晚了，但店里还有两名女销售员穿戴整齐、挺直腰板地坐在柜台前。在嗡嗡按响门铃之前，我一直在想我为什么要这么做。我想我只是想通过一条裙子改变一下心情，试穿一下它，在经过漫长的一天后感受某种类似乐趣的东西，或者也许我只是不想回家。

"欢迎光临，女士。"一个年轻女人过来开了门，她留着时髦的黑色直发，用眼影粉化了眼妆。当她一脸不悦地站在门口，心里盘算着是否值得让我进去时，我觉得她需要用法式长棍面包填饱她纤细的身体。像这样的商店不是随随便便谁都能进去的。她站在人行道与店门入口之间,我无视了她高人一等的姿态。她上下打量着我。

"我想试穿那条裙子。"我说着指向橱窗,表现得就像我买这样的裙子就像我买脱脂牛奶一样干脆。

当她看到我装着出差需要的所有文件的大包、脚上实用的步行鞋以及身上穿的公司制服时,她一脸的不高兴。这在某种程度上侮辱了她的格式塔。我不是她平常所接待的那种顾客。

"那件裙子?"她大笑道,朝橱窗那边看去,"那条裙子您穿不合适。一点都不合适。而且那条裙子特别贵。"

"哦,好吧,"我说,"但我还是想试试,我有工作。"我可怜地补充道。

我在跟她争辩,试着说服她让我进去,我可能会消费上千美元,我在人行道上如此这般,实在荒唐。

"不,不。也许,你怎么说的来着,也许是在高中?"

她在吹捧自己。不知该如何机智应答,于是我反驳道:"至少我上过高中。"

她又笑了,不知道我刚刚是在侮辱她。她将门开得大大的。

她设法将那件美人鱼样式的裙子从人体服装模型上取下来,带我去楼上一个超大的试衣间,将裙子平放到沙发上。她为自己费了那么大的劲而有些发火,她就站在门口,挑衅我让我试着把裙子穿上去。

"可不可以让我单独试穿?"我要求道。

我已经知道她是对的了,我高中时候的身材还有一丝机会能穿得下,但以我现在的身材?我居然还妄想尝试。在留下我一个人和这条美人鱼裙子搏斗之前，她仔细盯着我的大包看，心想着我是否有密谋偷东西的可能。她花了一分钟的时间确认我偷东西的可能性比较小，这才就此罢休。她又是叹气又是摆手，似乎是在制造风来将我的悲伤吹走。她踩着红底高跟鞋咚咚走下楼去，又跟她的朋友聊天去了。

我小心翼翼地把脚放进裙子里，好像那裙子就是一个装满热水的浴缸。我想过套头穿进去，但是下摆上的那么多层薄纱让我不知道该往哪里伸。后背上有很多钩子，把裙子的背部绕到前面来，我就能很容易地把钩子扣上了，一直扣到肩膀那儿。接着我把裙子转了回去，设法让身子进了裙子，而且在衣服上没有留下任何凸出的痕迹，这让我大喜过望。这个价位，这条裙子应该可以改成一个女人想让它改成的任何尺码。

现在事情更难办了。连衣裙的上身非常修身，我格外用力地往里伸，胳膊也才刚穿进袖子里。虽然我承认这个尺寸不适合我，但是我无法想象自己承认被那个法国婆娘打败了。

现在我的胳膊紧紧地垂在两边，这条裙子没有弹性，很难调整。这不是一件可以剪块布塞进去的裙子。我往后退，站了一会儿，尽管我现在行动不便，但我还是能看出这件衣服的华丽。这不是一条裙子。这是件艺术品。这条裙子是某种灵丹妙药，像我这么实际的人是不会要的，但现在我似乎要想。我认为买像这样裙子的人要么是在热恋中，要么是在气头上，也许我两者兼而有之。

我侧步朝手机走去，由于袖子太僵硬，我甚至不能把胳膊靠到一块儿，但我还是设法把手机调成了相机模式，定了时，靠在放包的架子上，然后往后站等着拍照。拍出来的照片出乎意料地好看。

也许是灯光让人显瘦,也许是没有人知道裙子后背处的钩子没办法完全扣上。我拍了一张可以做《诱惑力》杂志封面的照片,尽管这是幻想,但这是异乎寻常的一天的超棒纪念品。

我现在开始脱衣服。我把一只手伸到背后,小心翼翼地解开下面的钩子。这条裙子似乎黏在了我人高马大的身体上。如果我不撕破它,我就不能把这条裙子再转过来。

"镇定。"我告诉自己,我只是需要另一个人的帮忙,而那个人在楼下。我卑微地叫她。但是没人回应。我转动试衣间的门把手,但门被锁住了。那个贱人把我锁在里面防止我偷东西?我大声呼喊。

毫无反应。

那两个女人不知为何异常兴奋,又是大笑,又是尖叫,我认为这和我没有关系。我伸手想去拿手机,试图给店里打电话。我先打给了电话号码查询服务获取号码,一个电脑语音问我我所咨询的商店的名称,我意识到我根本不知道这家店的名字。我看了看那标着15000美元的价格标签,但上面并没有印商店的名字。我转接到人工服务。我可悲地试着把我的情况告诉一个毫无疑心的客服,告诉他这家商店在麦迪逊大道上的大概位置。

"这是一家服装店。"我说道。

"女士,我这儿有好几张麦迪逊大道的服装店清单。"他耐心道。

"这家服装店在东七十街上,"我说,"是个法国名字。"

"女士,没有商店名字或地址,我很难找到这个地方,而且我也不会说法语。"

当电话号码查询服务的那名男客服提出要为我拨打911的时候,我开始号啕大哭。我说没关系并挂掉了电话。我再次坐下试着让自己平静下来。我看到亨利发了一封邮件给我,因为此刻我无计可施,我打开了邮件。

> 我们不能做到承诺的那样,我们所承诺的是真实的东西,真实的人,而不是一个美好的想法。

这一次我没有足够理智阻止自己,我回信了。我用一根手指慢慢打着那充满隐喻的信息,感到愤怒在翻涌。

> 上次我查看邮件的时候,我是真实的。不真实的是你,而我有那么一刻掉入了你那小美人鱼的幻想之中,我被缠在一个伪装成裙子的美人鱼的梦里。好吧,这条裙子不适合我,它太小了,现在我被缠住了,没办法出去。

我附上了就在几秒钟前拍的照片,我不再思前顾后。我按了发送键。这是我第一次回复他的私人邮件。

过了一会儿,我扭动着身体朝门口走去,开始重重地敲门。那两个法国女人比之前安静了些,我很惊讶她们听不到我敲门的声音,也不来看看我。我继续用手掌敲打那该死的门。不知道从哪里来的眼泪顺着我的脸颊流了下来,我感觉如此释然。

"嘿!"我喊道。

我没有听到回应,却听到嗡嗡的门铃声,这表明前门开了。我吓坏了,以为她们可能准备下班,忘记了楼上还有一个快到中年的丑妇在试一件本该再年轻十岁的女人穿的裙子。终于,我听到了走上楼梯的脚步声，这让我知道终于有什么地方的什么人记起了我。甚至连门都没敲，就听到门锁发出咔嗒声，然后销售员走进试衣间，后面跟着亨利。

"这是你女朋友？"法国女人问道，好像那么出挑的亨利会被像我这样的女人追到手是件非常不可思议的事情。

"就是她，"他说道，打量着我乌迹斑斑的脸，"剩下的事就交给我了。"

"亨利？"我疯狂地试图遮住我的背，它正暴露在一个三向镜中，"你刚刚说我是你女朋友？"

"她没理解我用了过去式。"

"听着，亨利，我可不是想假扮落难女子来勾引你。我……我……"我对他吸了吸鼻子。

亨利将我转了过去，娴熟地帮我解起钩子："贝尔，说你是我女朋友这样的话是为了好玩。没什么大不了的。"

"不要觉得我是为了你才试这件衣服的。"我一边竭力镇定一边说。

"哦，那是当然。我知道。"他说道。我从镜子里看到他在咧着嘴笑。"不管怎么说，我收到你邮件的时候距离这里只有五个街区。"

"我也许最终……能自己解开那些钩子。"我说道，同时想到亨利已经脱过我的衣服上百次了。他肯定也在想同样的事情。

"是的，但我知道我在这里做什么，"他说道，"我对这片领地很熟悉。"

"现在它范围可扩大了不少。"我说道。

"地形上有一点变化，"他俏皮地回道，"如果你要问我的话，我会说实际上比以前更好。"

有了孩子的女人真的很喜欢别人告诉她们,她们的身材还保持得很好。亨利的手在我的颈背上停留了一会儿,我感到一阵欢喜涌入心中。

我朝镜子里看去,他看起来好像还是二十几岁,好像我们还是去澳大利亚的那对情侣。由于用力或尴尬而引起的脸红也让我看起来更好看了。

"我刚才只是好奇这件衣服我穿是否合身。"我无力地说道,还是有一点吸鼻子。

"合身吗?"他解最后一个钩子的时候问道,让我从束缚中解脱了出来,也让我得以重新大口吸了口气。我将自己从袖子里拽出来,把衣服握在胸前,竭力保持端庄。

"不合身。"我最终回答道。

"然后"——亨利假装咳嗽来掩盖他现在正在笑的事实——"我们从这堂课中学到了什么呢?"

我不知道我是在笑还是在哭,呼吸又变得有点困难了。我向后倒在了铺满薄纱层的地板上,裙子从前面掉了下来,我穿着配套的黑色蕾丝内衣坐在那儿。这一刻,在灯光下,穿着这套内衣,镜子里的人看起来居然身材绝妙。亨利在这完美灯光下将我身下的裙子捡起,抱在胸前,小心翼翼地把它挂到十厘米宽的架子上,他将手伸向我,把我从地板上拉起来,抬起我的手,把我的工装裙给我套头穿了上去,并拉上了拉链,扣上了上衣的纽扣,在我脸颊上深深印下一个吻,然后离开了。

痛苦指数
The Misery Index

试完衣服之后,我回到家发现布鲁斯把家里弄得像个犯罪现场似的。他像是要传达给我这样一个信息:"我把每个打翻的鸭嘴杯,每个空酒瓶都留在了原地。我想让你看到你错过了什么,然后我想让你清理干净。"

我在黑暗中坐了很久,努力试着去调整呼吸,停止喘气。我喉咙里像有大团大团的凝块令我窒息。我尝试某种脆弱的冥想方式来让自己镇定下来。我需要空气。我唯一能专注的画面就是一小时前亨利解开那条裙子,将它从我身上脱下的场景。当事情不按计划发展时,他是那么有掌控力和责任心。跟亨利在一起的时候,不必什么都由我一个人来处理。如果我当初嫁的人是他,那将会是什么样的呢?这是我第一次觉得我会更开心,和他那样的人在一起会更轻松。这是我第一次任由自己的思绪朝危险的地方发展。

我的心跳开始减慢。我必须解决面前的问题。我必须重新掌控形势，那是我的生活。我要先着手的明显是混乱的客厅。我必须消灭掉这个快令我窒息的地方，我要用派素清洁剂来清理。

在昏暗的灯光下，我摸索着脱掉鞋子，然后开始有条理地捡起葡萄干、脆米饼，还有咬掉的苹果碎片。我穿着长筒袜的脚粘在了一些半干的酒上，我将灯调亮了一些，把枕头拿起来拍了拍并抖干净。我在木地板上都喷洒了醋和水混合物，带着坚定、愤怒的力量清理着地板。想不用吸尘器和不吵醒任何人，我只能这么做。九十分钟后，这个地方变得闪闪发光，我希望到了早上布鲁斯提也不要提我错过的那个夜晚。

我把包里的东西拿出来，然后打包出差要用的东西，把接下来两天每个人的日程表打印出来。我拿出付给看护的现金和为布丽吉德的玩耍约会所写的便条。我戴上手套给仓鼠笼消毒，这个仓鼠笼散发出的气味就如纽约地铁6号线最后一节车厢一般，整个过程中，我任由那些啮齿动物在它们的健身球里疯狂地跑动。我把所有三个孩子上学、玩耍和晚上穿的衣服都摆放出来。我把苹果和生胡萝卜切碎，把它们装在十五个小零食袋里，因为我没有忘记我是布丽吉德明天课堂的健康零食妈妈。我叫醒汪汪，给它洗澡，它以疑惑的眼光看着我。我什么都记得。我只是不能在这个世界规定必须去做这些事情的那个时刻去做所有的事情。

凌晨一点的时候，我开始做头脑中的任务列表上的最后一项：我需要提高丈夫的幸福感。他没必要为我所不能控制的事情而跟我置气。尽管他并没有燃起我的欲望之火，而我真正想的是睡觉，我还是强迫自己去跟这个男人做爱。我发现了一瓶维多利亚的秘密的芳香泡沫剂，上面硬邦邦的，但是还能用。我把整瓶沐浴液都倒进了浴缸里,洗了一个让我闻起来像法国妓女一样的澡。我刮掉了腿上和腋窝里的毛,穿上上面还带有标价牌的意大利蕾丝样的东西。我懒得去把标价牌剪掉,直接跳上正在睡觉的生气的丈夫身上。他身上散发着体臭和酒精的味道。

"干什么?"他问道,眯着眼睛看我,不确定他是否喜欢他所看到的。

"快点,趁你老婆现在还没有改变心意。"我说道。

他头发直立,宿醉的脸上表情模糊。这不是做爱,但我强迫自己认为这就是。

"呃,我头痛。"他说。

"这可是女人的底线,真正的男子汉不会这样做。"我回道。

"不要这样,贝尔。"

"如果我告诉你我也是一名医生,你会不会吃惊?"我说道,"这是免费治疗你头疼的偏方,同时,我所做的也是,你怎么说的来着,上门服务。今晚是你的幸运夜。"我沿着他的身体一直往下亲。

"你以为所有事情都能通过做爱来解决。但并不是那样的。"布鲁斯对着天花板说道,不跟我进行对视。

"做爱可以解决很多事情。"我边亲他边说道。因为去健身的缘故，他的身材变得特别完美。

"停，"他说道，把我从他的肩膀上推开，"停下。"他真的是认真的。

我笨拙地倒在他身边，试着去撕掉硌在我身侧的标价牌，结果在紧身胸衣上撕了个大洞。

"该死的。"我说，等待并希望他能模仿一下我们的某个孩子，假装用孩子的声音说妈妈说了脏话，或任何能让这一刻变得有趣的话。

他挠了挠头，好像在想该说什么。我现在不想谈论沉重的话题，布鲁斯从来没有拒绝过跟我做爱。这是每次能按下我们复原按钮的东西，但是这次它失效了。我的医用包里没有其他补救措施了。我也望着天花板。

"你不想挽回我们共同拥有的这个脆弱的东西吗？"我柔声问道，对自己刚才说的话感到惊讶。一旦提出感情存在问题就很难再逃避。这个时候，我期望他能说我们很好，说他只是累了，说他需要一天的时间从招待一群陌生女人和她们的孩子中恢复过来。但是他没有。

"我不想你因为愧疚而跟我做爱。"他咕哝道，然后转过身去。

追求回报
Chasing Returns

"我猜你今天不会工作？"我两天前柔声问过布鲁斯。那晚之后，他就再没跟我说过话。布鲁斯已经掌握了对待四岁小孩的冷战方式。

撇开布鲁斯有限的赚钱能力，他以前是一个不会赖在沙发上、会卷起袖子来干活的男人，但现在，他对我来说就像是一个小男孩，没有责任心，只专注于他的外表。我们家电脑上的历史搜索记录显示的全是自我提升的网站，为了以防万一，他还买了蛋白质奶昔。我不介意他挣钱挣得少，我介意的是他在经过的每面镜子前都要展示一下自己的肌肉，对我的性欲置之不理，活像某个烂俗的情景喜剧里的游手好闲的爸爸。我特别想知道他到底是怎么回事，但他把从我嘴里说出来的每一个字都当作是一种侮辱。我们是几乎不能忍受对方的室友。

今天早上，在我离开公寓前，我看到了搭错的睡衣，孩子的头发像在风洞里吹过一样，而我的丈夫像周末早上做饭时那样根本不考虑时间安排。很显然，他们上学都会迟到。

背景里放着艾米纳姆的说唱歌曲。装着鸡蛋和煎饼的盘子放在欧文正在用吸管喝的一瓶果汁旁。培根肉、马铃薯煎饼和鲜榨橙汁分开摆放着，而凯文四仰八叉地躺在桌上，手还放在裤子下面。布丽吉德用一张湿纸巾擦着欧文头发上的果汁，实际上，没有一个人在吃东西。

我以为布鲁斯已经决定留在家里带孩子，让我出去挣钱。这我可以接受，但是我只希望他跟我商量过。这对我来说真的没关系吗？我不确定。我希望能告诉别人我老公有工作，因为我请了看护、遛狗的人和一个偶尔来上班的家政，所以我需要知道他所扮演的到底是什么角色。今早全职奶爸的那一幕本应会温暖我有些冰冷的心，但最近我处于一种暂时的焦虑状态，而布鲁斯对此根本毫无帮助。

看着厨房里的那一幕，我多想成为一个酷妈，一个轻松、有趣的女人，举着双手，伴随三岁小孩听不懂的歌词摇晃战利品。我多想成为会跳扭臀舞的妻子，跟每个孩子击掌，亲吻他们额头，然后摇摆着身体出门。然而我在为一个年近四十的不成熟的丈夫发愁。这让我心跳加速，一些会让我后悔的话几乎要冲口而出。但我忍住了那些尖酸刻薄的话语，默默转身，走出门去。

自从那晚我试穿美人鱼裙后，亨利就对我有所疏远，我把这怪到不景气的抵押信贷市场头上。他有大量库存，买家却寥寥无几。他没有给我发过一封调情邮件，倒是给我发了许多商业邮件。我想说这让我松了口气，但我更多感受到的是孤独。他似乎遇到了麻烦，而且冷漠疏远，想要接近他就得越过那个亲密地带。

过去三周，我在亨利的办公室见过他四次，他的办公室坐落在一栋线条明快的玻璃和铬合金大楼的四十九层的一个角落里。透过地面到天花板的玻璃，他的私人办公室俯瞰着北边的麦迪逊广场公园和西边的哈德逊河。他办公室内部的两面墙是由铅粉色橡木制成的，上面还挂着几幅画，那些画即使是像我这样一个文化程度不高的人都能辨认出是出自谁的手笔。亨利的办公室里摆放着他孩子的专业摄影照片，这些照片都是在沙滩上照的，家里的每个人都穿着白色和浅蓝色的衣服。一切一目了然，也很完美。唯一一张他妻子的照片很有品位地摆在一个低架上。她穿着婚纱羞怯地把目光瞥离相机，好像在憧憬着她跟亨利未来的生活。她穿着一件我永远都不会脱下的童话般的丝绸婚纱坐在那儿。

亨利的办公室里有一小瓶果汁清凉酒，一个私人洗手间，办公室的角落里还摆放着鲜花。我一天中大部分时间都在忙交易琐事，在他的办公室里，我欣赏着这里的井然有序：他办公桌上一小叠文件摆放得整整齐齐，三个大屏幕在播放着海外市场情况。当我瞥向他的所持股份的屏幕时，我看到它上面列着 CeeV-TV 和紧急生物的符号，还有我帮忙放进他的文件夹里的许多名字。我对亨利感到感激。也许他不能像个男友一样对我忠诚，但作为一名客户，他似乎只和我做交易。

我们今早见面是为了帮他减少他的抵押股份。我们不遗余力地检查他的存货清单，用的是大部分投行在飞速推动商品过程中懒得费力去做的逻辑方式。我们讨论交易另一端的真正的人，试着去猜他们偿还某项贷款的能力，以及亨利在投资中赔钱的概率。亨利已经放弃了标准普尔和穆迪投资服务公司，它们已经抨击过那些貌似垃圾的债券的3A评级。我多次带着大量沽盘参加会面，却找不到一个买家。

下午,我将把不受欢迎的沽盘带到交易台,操盘手们将会试着以任何价格给它们寻找买家。很有可能买的会是我们自己。

在这个周三早晨,我和亨利的秘书擦肩而过,她从来对我都没有好话说。

"又来了?"她边翻着白眼边说。她是个骨瘦如柴、像个模特似的女人,乌黑的长发,皮肤像是从来没接触过紫外线似的。她名叫奥珀尔,尽管我们几乎每天都说话,但她总是停下来努力回忆我是谁。我直接走进亨利的办公室,坐在我惯常的座位上。在我面前的墙上挂着一幅罗伊·里奇特斯坦(美国画家,波普艺术的代表人物之一)的真迹。蒂姆·博伊兰把他家里的个人艺术收藏品轮流拿来装点猎豹的墙壁。一周前,这里还没有里奇特斯坦的这幅画。奥珀尔跟着我进来,装模作样地问道:"想喝点苏打水吗?"

"不用了,但你能告诉我亨利什么时候会到这里吗?我今天早上只有两小时。"

"威尔金斯先生会在十分钟之内回来。"奥珀尔把一只手放在自己的腰背部,把臀部挺向前,走回到自己的办公桌。

我在他豪华的办公桌的远端啪的一声打开手提电脑。开始用一种色码系统根据价值将亨利的存货清单归入三栏。经过几次这样的会面后,问题的严重性,试图将无价值、骗人的抵押贷款变成某种有价值的东西的徒劳是显而易见的。亨利和我似乎在某种末日慢舞中。因为这是我的工作,又因为这个问题是我们一起造成的,所以我们要一起渡过难关。

亨利轻声走到我身后,在我感觉到他正越过我的肩膀看着他的电脑屏幕上的红色斑点前我就闻到了他的气味。他叹了口气,把他的法式袖口朝手腕下拉了拉,一个一个地解开了,把它们放在我的屏幕旁。

"贝尔。"他简单打了个招呼。

"嗯。嘿,"我柔声说,立即直奔主题,"看这个。"我把让我头痛的抵押贷款给他看,但没有转身,"美特尔海滩一个价值24万美元的度假公寓。但它并不在海滩上,而貌似是在一条高速公路上。这就是所谓的第二个家。等级是B-。买家是个美发师。"

"把它放进垃圾篮。"亨利叹气道。

"有谁会想要在高速公路上拥有第二个家?"

"那是你的美国梦,"亨利柔声说,"你们这些人就是什么都想要。"

亨利似乎忘了自己简单的根基,错把自己妻子美好的童年当成了自己的。他在计算中把我抛在了身后。我变成了在高速公路一侧拥有第二个家的美容沙龙的业主。也许我是。她和我之间的唯一不同在于我受过的教育让我明白我能真正买得起什么。怎能指望她会抗拒狡诈的抵押贷款经纪人向她兜售一个梦想家园的诱惑?很显然借贷者捕食的是那些无知和被误导的人。我怎么会卷入这种事当中?

"这是个不知道在内布拉斯加州什么地方的一个价值15万美元的房子。"我继续道,"两个所有者都没有工作。家里有五个要赡养的人。我都能猜得到地方司法官会把哭泣的孩子从房子里撵出来。"我眼睛发涩,我们带着近乎惊奇的心情默坐了片刻。我从没料到情况会如此发展。我看着亨利的脸,不相信他认为这个游戏已经完结。还是说他认为?对我来说,这些抵押贷款永远都是电子数据表上的线条，我想要相信他也这么看。我想要相信当他把一组组贪婪和谎言填满他的文件夹时他不知道自己在买什么。

亨利放弃了试图躬身在我肩上看我在看的东西。他跨坐在我身后，和我共坐这把宽大的椅子，让我们生分是如此之难。

"你得把自己和这个分离开来。这不是现实。"他实事求是地说。

"但这就是事实，"我说，"再向上抬才是不现实的。"

"没有人认为它完蛋了，贝尔。每个人对我们的评级机构、放贷银行和为了让人人都能有一个家而鼓励低利借款的政府都那么信任。"

他轻轻地把我的手从键盘上拿下来，把它们放在我的大腿上。他让自己的双手去击中刽子手的目标，飞快地把贷款项目拉进红色的文件包里，好像摘浆果一般，不过是烂的。我看着他把内布拉斯加州那个很快将无家可归的家庭放进红色文件包，但至少我看到他停顿了一下，表现出了些许尊重。

"你怎么能那么做？"我柔声问，"我们怎么能不停地做这个？"

"我在迅速撕掉邦迪创可贴，还有，是的，我讨厌这让你这么难过。"

亨利觉得他在屏幕上找到了更为让人开心的新闻："3A级信誉，价值250万美元的佛罗里达大厦，降价3%出售。"

他把它放进黑色文件包，我探身把它抢过来拉到红色里面。

"看清楚，"我说，"这个人曾经有钱过，但现在最后一搏想抓住点什么。他的个人信用等级非常糟糕。每个人都知道佛罗里达是不会要你受到破产保护的房子的。他已经完了，而他的贷款就是垃圾。"

我拉起另一条。"在华盛顿州的韦纳奇,牙科在购买牙科设备方面拓展面过宽。他们是为穷人服务的。"我读道。

"真是能让人发财致富的最佳客户啊,"亨利讽刺道,并把它放进红色文件包,"他们也不想想,哪有什么流浪的农民工想买牙齿复合材料的?"

"你听起来真像个混蛋。"

"但至少我是个追求幽默的混蛋。我们在这里努力要做的是找到一个解决办法而不是拯救人性。我们也做不到。"

"别人的债务让我深受困扰,亨利,"我说,"直到深夜我都在想着这些人和这种状况。这些原本只是电子表格里的数据的人们现在萦绕在我心头,挥之不去。"

亨利把手放在我背上,抚摸着我。我真的不该让他这么做,但被人触摸的感觉很好,他可能是现在唯一一个不生我气的人。

"看看这个,"我说,"一名前图书管理员在这栋房子里住了三十二年,为支付医疗服务费再次贷款,现在却被解雇了,没有了收入。"这些交易另一端的人性危机使得团结一致更加困难。银行所招揽的巨额债务对那些无法偿还的人们造成了影响,为什么没人谈这个呢?想要在工作中提到这件事势必会表现得像个叛徒。报纸上很少提及此事。亨利和凯瑟琳·皮特森是我唯一的倾诉对象,而凯瑟琳不愿谈及此事。那就只剩下了亨利了。

他继续用他张开的双臂在我身边拖拽着鼠标,就像一个父亲在帮孩子控制着游乐园里的木马,木马上上下下,几乎要撞上了。

消费
Consumption

回到办公室，我发现买债务抵押债券和抵押担保债券的人甚至比一周前更少了。股票市场盘中波动幅度大得异乎寻常，却以接近开盘时的价格结束。

我刚开始工作的时候，证券交易委员会实施了一项名为"报升规则"的规定，这项规定自二十世纪三十年代起就遍布各地了。任何想要卖空，即赌股票将跌的商人，在股票价格报升之后只能加入到一个空头里，表示卖空的价格必须略高于最新的成交价。这大幅地降低了股票暴跌的机会。如果一只股票价格上涨一次，就意味着有一个买家，那么其他人无须拥有这只股票即可售出。现在股票可全天候未经担保出售，没有任何外来的条件可以阻止。我想起在一个新闻节目上看到的穆里尔·希伯特的演说，她是第一位在纽交所占有一席之地的女性。她谴责这项"报升规则"被取消的可能性。市场上混乱越少就意味着交易越少，但是没错，似乎只有这个女人预知到维护市场秩序比往自己账户里捞更多钱更有价值。不到几个月，这项"报升规则"就会被抛弃。

我发现我们所持有的无担保的空头数量，即售出的没有人实际持有的股票，上升得很快。股票市场似乎泰然自若地准备放大招，却不是什么好招数。

为了继续保持市场活跃，费金·迪克逊把亨利和其他金融机构投资人持有的债务抵押债券和抵押担保债券买了回来。诚然，我们给他的比他想要的少，但那仍然是一大笔钱，我们可能只剩下毫无价值的债券了。我试着让自己冷静下来，哄骗自己说：就算悲剧发生了，这些东西有3A等级、有保险，还有后盾，但当我看着这些屏幕时，我的心情仍然无法平静。

在亨利巨大的交易量下，无论股票被买入或卖出我都能赚到佣金，这应该能使我、斯通和凯瑟琳感到高兴。我想着多得像卡车一般被退回的库存，以及有多少其他次贷人员面临着同样的问题。那些真正的大银行，如美林证券、贝尔斯登和雷曼兄弟呢？他们是如何处理他们的库存的？如果每个投资者都想要卖出这个东西，而我们必须同时给他们每个人还款那该怎么办？费金的账户里有这么多钱吗？哪家银行有？银行并不真的坐拥金库里的现金。我们拥有的是电子票据和当需要时有能力给出现金的承诺，但如果所有人都同时提现呢？

凯瑟琳·皮特森并没有对事态的转变感到恐慌。无论我何时到她的虚拟金钱领地，那层楼都有等着航班被取消的紧张的沉默的人们。每个人都想要得到某个负责人的保证，但是没有人负责。那层楼的交易者屈服了，他们迟钝的古怪姿态看起来像是被逼的，几乎是忧郁的。蒙蒂的生日派对似乎已经是很多年前的事情了。紧张焦虑使得人们战战兢兢，除了凯瑟琳之外，但当我试着见见她时，她声称自己很忙。

当我复查麦克尔罗伊未兑现的账号时，我们偿债能力的欠缺几乎到了令人不可思议的地步。我持有不允许出售的费金·迪克逊股票。我在尚未终止的 CeeV-TV 交易中有头寸。我的工资是由一家在资产负债表上有极大风险的银行支付的。如果费金要支付每个要将次贷卖还给我们的人现金，那将对我们自己的股价造成什么影响？

所有的员工都被要求假装一切交易如常。当有客户打电话来咨询我们的偿债能力时，我们有一个关于保险和后备支持的官方说法，并且重复告诉他们没什么需要担心的。紧张的气氛犹如一根绷紧的吉他弦。

我迫切需要跟现实世界中的人谈谈，某个工作与这一切无关的人。我需要一个教烘焙或经营面包店的女性朋友，可是我没有。我认识的最接近这个需求的就是伊丽莎白了。她为一家我根本不明白她在做什么的新兴企业工作，但我极度渴望交流。她是我大学时最要好的朋友，几个月前我提出聚一聚，但她拒绝了。我请求她再给一次机会，希望她能接电话。

超前交易
Front Running

星期六早上,伊丽莎白在我们俩都能接受的场地给了我一点有限的时间。她不是一个会在沾染细菌的室内体育馆或者冰冷的运动场里度过一个漫无目的的下午的人。我们在一个高端的早午餐餐厅见面,里面都是看起来像刚经历过欢爱的光鲜亮丽的人们。只有我带着孩子来光顾这个地方,就像每个孩子的父母可以料想的那样,这注定要失败。

我推着婴儿车从一个狭窄的门中挤过,捕捉到欧文脸上困惑的表情。他似乎在说,这不是中央公园啊。我自觉有点被伊丽莎白设计了,而欧文也许觉得有点被我设计了。他脸上的表情像在问我到底在想什么。

还有另一个小细节使得这个计划注定要失败:在上午十点约见。我的意思是,没错,伊丽莎白可能刚从她男朋友的床上起来,但我们麦克尔罗伊一家在三小时前就已经吃过了早餐,之后又吃了上午点心，一小时内就要准备小睡一会儿了。我们不吃早午餐的。我们甚至不知道那是什么。

伊丽莎白嫁给了她的工作，这份职业的内容包括提高社交媒体对她的客户公司的兴趣。因为她敏锐的直觉和洞察潮流的能力，她报酬丰厚。她在人类思想和人类多变的欲望方面是个专家，她之所以在这方面如此擅长，是因为她从未停止过对男人的研究——她的数据资料都是原始的，正因为她的诚实，她这个朋友才显得尤为珍贵。

"伊莎贝尔……好像……一个月没见了！"她大声宣告，好让所有用餐者都知道。她倾身向前吻了吻我的脸颊，超薄的羊绒围巾掠过我的脖子。那感觉像是一条价值千元的围巾。

"差不多半年了吧。"我说，把她超酷但还是漂亮的模样尽收眼底。她也在打量着我的模样。

"那是什么？"她指着我的小肚腩处问道。瑜伽裤能瘦身，但把长款白衬衣会紧贴在弹力纤维上。这不是我的最佳扮相。

"这条裤子显胖，所以我是为了你穿的。"我冷淡道。

伊丽莎白跟我的孩子们握了握手，似乎丝毫不知道他们不是成年人。她从不给他们带礼物，也不会贴着他们的肚子发出很傻的声音。她甚至从不会跟他们说他们长大了些。她是我最好的朋友之一，却可能不知道我孩子的名字。我为此而爱她，因为她是真的只在乎我。

"他叫什么名字？"我问，伸手暗示我已经看透了她的整个样子。她跟我一般高，她的皮肤是能显出异域风情的橄榄色，她牙齿洁白，充满活力，总是晃动着一些极好的珠宝首饰。她在周六穿着价值三位数的牛仔裤。你不知道为什么它们要花那么多钱，但它们看起来就是比较好看，而且像伊丽莎白这样的人知道怎么穿它们。当我们都还是单身，每当我们一起走进一个房间，所有人的脑袋都会转向我们，因为我们高挑和年轻。现在，当她站着拥抱我时，屋子里的人不出所料地都转过头来，但是所有的眼睛都是看向她。我并非不高兴她独领风骚。我只是注意到了。

"费利佩？他呀，真有点令人难以抗拒。"

"他是'有点'令人难以抗拒，还是事实上十分令人难以抗拒？"

她昂起头。"是有点令人难以抗拒。"我们都笑了。

伊丽莎白把三个小孩的香槟倒进易碎的高脚杯里。欧文坐在我大腿上，没有去摸或敲任何东西。就好像她以无视孩子们的方法对他们施展了魅力。我想把胡乱丢在婴儿车后面的亮红色塑料鸭嘴杯拿出来，并且暗示我们逐渐偏向摄入对婴幼儿不利的双酚A，但是我犹豫了。这餐桌看起来太完美。一切都是洁白和易碎的。一株完美的高茎百合立在桌子中央，没有一只小手伸过去抓它。如果我不是穿着瑜伽裤，或者我可以把马尾上的发束拆开，这样我们可能甚至看起来像是摄影作品中的两个妈咪。

我把一篮子牛角面包分发了一圈，没有扯东扯西而是直奔主题，把抵押信贷市场的事情告诉了她。她点了点头，并问我有没有对这件事感到丝毫吃惊。她表现得像是我应该早已预见这一切的到来。不。我让她感到无聊，而事实上她毫不在意反倒宽了我的心。如果现实中的人并不把此事视为危机，那它可能就真的不是。

我接着聊起玻璃天花板俱乐部。我不能放过跟我信任的人分享这一切的机会。可当我深入探讨格鲁斯午餐时，她又一副意兴阑珊的模样。

"贝尔，"她打断我，"你在描述的是这个城镇里的整个初创科技场景。只不过我们拥有的是期权而非真金白银，另外我们也许没有你的员工衣着得体，但这有什么新鲜的？人们需要对威胁到他们优势的存在做出反应，所以他们就作弊了。有大额金钱处于危险之中的商业变得自大了。这有什么新鲜的吗？你何苦庸人自扰？"

"我之所以困扰是因为我在那儿工作。我在那个地方有股票，而且，好吧，我为此感到羞耻。"

"是什么让你认为金融业跟美国的其他行业大相径庭的？"她回答道，"是什么让你觉得我不能跟年轻人一样理解同样的事物？我对我的公司感到羞耻吗？并不。我让这些乱七八糟的都见鬼去了。"

"美国还有什么其他行业对这种行为这么保密的？我的意思是，我们的合同确保了你将永远不可能在报纸上看到这种新闻。"

"也许报纸并不想刊登这些故事。也许那是写出来的最老套的故事。也许这太无聊。听着，我知道你们这些华尔街的人错失了优秀的女人，因为她们无法应对这种环境。我们也有同样的问题，但是你猜怎么着？忠诚的那些留下了，我们希望留下的那些留下了。"当说到"留下"这个词的时候，她用黄油刀指着我。

"你的语气和B.格鲁斯二世如出一辙。"

"他还活着吗？"

我叹了口气："伊丽莎白，别人那样对你说话你不难受吗？"

"那样是怎样？没有人用什么特别的方式跟我说话，因为我是他们的老板。他们都像是二十二岁的孩子。我就是个父母留下来管他们的看护。"

"所以这就是不同。如果你没办法当老板呢？如果你知道你比那些比你更高级别的人优秀,但是你永远得不到晋升呢?"

在我们对话的过程中,三个小家伙的头一致地转动着。是什么使得我的孩子突然对大人的对话感兴趣了?他们为什么表现得这么规矩?

"我是这么看的。"她把运动夹克的袖子挽起,把头发从一边拨到另一边。旁边桌的两个男人几乎是张着嘴。有一个甚至把手机掉到了地板上,就在她脚旁。我朝他翻了翻白眼,尽管手机是掉到她那边,但把它捡起来用力放回到他们桌上,无视他感激之情的是我。

她刚好用这个时间来思忖我刚才说的话:"我们俩都在真正开放的环境里工作。甚至连一面隔墙都没有,对吧?人们在这样的环境下工作会放下防备,然后他们的集团意识就会变强。"

"集团意识?"

"是的,就像非洲那些在其他大象孤儿群中找到新家的大象孤儿。它们之所以变得野性是因为它们没有父母。"

"大象!"欧文尖叫道,开始晃动着脑袋,就像有个沉重的象鼻在他面前摇摆。

"大象孤儿?"我无精打采地重复道,"这是借口吗?"

"能给我一杯香槟吗?"她问服务员,"还有其他人要吗?"她眼睛都不眨一下地看着穿着瑜伽裤的我和我衣冠不整的孩子们。"有人吗?"她甚至不是在开玩笑。这就是我想要征求建议的人,一个向未成年人提供香槟的人。

"这样想吧,"我再一次尝试,"我手下这些持有MBA学历的女人,她们毕业于杜克、哈佛和沃顿商学院,她们潜力无限,我们雇用了她们,培训了她们,然后就因为一些蠢蛋做了些什么,我们就只能看着她们手拿着丰厚的支票离开，从此再也不在华尔街工作。我从未在那个女人身上得到过任何好处。我花了时间来培训她，我用尽我非常有限的精力来指导她，从某种意义上说，她离开了，我花的钱就打了水漂。雇用一个这样的人对我来说值得吗？这些女人对公司大有用途，她们本可以成为风险委员会上一道理性的声音，而且她们可以帮助提升银行的整体文化，但男人们把她们当作性爱工具，于是她们逃跑了。"

"等等，所以你的问题是，你应不应该雇用这类型的姑娘？那你刚刚自己已经回答了。"

"所以我永远都不该雇用女人。"

"永远都别。"

"伊丽莎白，让我歇歇。"

"她们该死的爱发牢骚，她们要生孩子，她们爱争吵。以后只雇男人吧。"

"你只雇男人？"

"我雇的几乎都是男人。男人或者女同性恋。我不打算撒谎。我只是和这两个群体相处冲突比较少。他们工作得很好。他们渴望前进，而且对谁拍了谁马屁一点都不关心。"

"够了。你是说他们不介意被骚扰吗？你现在到底变成什么人了？"

"我是说他们没有那么敏感。他们很专注，不会分析每句言论的每个细微差别，寻找某些骚扰的角度。我说的是你想说却不敢说的东西。看看我刚才给你的关于成功女性的描述。你就是其中之一。我也是其中之一。但你也像那些屈从的女人中的一个。或者说你已经越过她们了？"

"你真是刺痛了我的耳朵。"

"贝尔，看清楚现状。我们是有野心的，但我们不过度敏感。男人跟我们一样。他们知道如何与我们共事。男人是不会变的。改变对他们来说已经太迟了。女人就需要处理好这个。我能够前进是因为我选择了一个一般公司只有二十个员工的行业，而且规矩很少。而你在一家大银行工作。你讲得就像你突然要实施什么从未被实施过的东西。任何增长型的产业都太过忙碌，无暇坚持繁多的规则和礼仪。随之而来的那点捏捏屁股的行径是免不了的。"

我坐回到人造皮草座位，在伊丽莎白的喋喋不休中思考着。如果不是我爱她，我现在可能就会恨她。但她还没说完。

"听我说，如果你想要经营什么，你就必须得从小处着手，并且亲力亲为，说到小处，我有个工作要给你。"

伊丽莎白接着跟我说了她公司里的一组人，他们创造了一项高速科技，这项科技可以允许交易者在他们交易前一毫秒内看到股市订单。伊丽莎白的团队到时就可以在交易执行和订单抬高价格前加入进来买入该股票。他们实质上是以少了一点点的价格，快了一毫秒的速度买入股票。一旦大订单以更高的价格完成，她的组员就卖出，并赚取他们的最低利润。如果你一天做上百次这个操作，利润就会积少成多。对我来说，这听起来像是超前交易；对我来说，这听起来是违法的。我不相信她的公司拥有经纪人或经销商的官方许可。他们的确没有。他们是以服务外包的形式将业务包给了一家有许可证的银行。她的社会媒体公司的这项副业，现在正以匪夷所思的速度大肆敛财，以至于我将超前交易称为他们最大的利润中心。

"我在担心市场，"我告诉她，"有太多的人发现了像这样的漏洞。我对让某个人的奶奶支付超过她原本应支付的哪怕一点点金额，并忍着不指出差别这种事情没有兴趣。有太多的信贷和借贷服务了，人们在做着超出他们承受能力的事情。"

我其中一个孩子终于洒了点东西出来。布丽吉德从她的牛角面包上扯下许多碎屑，并看着它们像零碎物一般飘向玻璃杯底。但是现在她的玻璃杯在餐桌的侧边。凯文尝试着帮忙从婴儿车上抓一片新的尿布来擦拭这一片狼藉。结果可怕的一幕发生了，我们只能离开这里。

当我拾掇好自己，从桌上起身时，我回头看着我那美丽无情的朋友。旁边一桌的一个男人的所有肢体语言都在暗示着他准备要和她搭讪了。对他来说，我的孩子们和我越快滚蛋越好，当他看出伊丽莎白实际上不是哪个孩子的母亲时，我看到他脸上如释重负的表情。他激怒了我。她也激怒了我。我想跟她说点什么。

"我正在跟亨利来往哦。"我说道，爱死了我能震惊到她的感觉，爱死了我能告诉某个知情人的感觉。

"什么？什么？"她背向那个爱慕她的男人，把所有注意力都给了我。

"来往？是跟你肉体上的来往？"

我得意地笑了。"我也许可以。"我向往地说。

"跟我说说。我上次听说他有个厌食症老婆，还有一双不老实的眼睛。"

"我跟他的账户有来往啦，你这个傻瓜。他为我最大的客户工作。我对他的私生活一无所知。"我撒谎了，但只是一点小谎而已。

"所以你们两个有真正的交流?"

"只是关于市场的交流。只为了工作。"

"不。我不能让这件事发生。不。这里面有太多渊源了。他还是那么帅气吗?"伊丽莎白抓着她的外套,比起跟邻座调情,更想要救赎我。

我笑了,有点脸红:"嗯,他保养得很好。"

"但是帅气呢?"

"好吧,是的,帅气。"我承认道。

"他腰间也有那些跟我们年纪相仿的男人开始长的厚厚的赘肉了吗?"

我大笑:"显然没有,他的腰部很结实。"

"你明天就辞职。"

"你刚说的那些女人可以搞定一切的强硬说辞呢?相信我,我能搞定。"

"真的吗?"她把手放在我肩上,却沉思着看向街对面。出于某种原因,我觉得我要哭了。这是一种肌肉记忆反应;这是靠近某个在我和亨利亲密时就认识我的人的反应，那时候她和我都富有，还没有参与到这难以理解的商业之中。我只为那种情绪稍稍感伤了一下。为了将眼泪逼回去，我开始扣紧东西。一个母亲所拥有的最棒的一项才能就是能够单手扣上婴儿背带、婴儿车手柄，和孩子的外套。我良好的动作技能在当妈后得到了很大的提升，扣东西是很棒的填充对话的素材。当你需要转移目光时就可以这么做。

她不肯放过我的肩膀。尽管我身体前倾，而且不看她，伊丽莎白还是紧紧抓着我。我的孩子们抓着我小腿的不同位置，我身体每个可以碰的地方都被触碰着。这既有爱又让人窒息。

我想着我现在的生活，以及从我和亨利在一起以来我变得多么不同和成熟。我们在一起的生活就是我曾经在一部电影里看到的那样。我想我喜欢那部电影的大部分，但是它从我的记忆中淡去了，只剩下亮点和不足。那些亮点和不足在强烈程度上已经极大地缩小了，变得越来越不可辨，直至整个记忆将在时光流逝中慈悲地消失。

"我没事，"我低声对伊丽莎白说，"只是有太多要坚持住的了。"

她的成功秘诀
How She Gets By

我邀请凯瑟琳下班后一起见面喝一杯,这是我这周第三次邀请她。凯瑟琳似乎并没有对我不断重复的邀请感到恼怒,但就是一直拒绝。

"我只是想在远离办公室的地方跟你谈谈,"我说,"我有点慌乱。"

"我不喝酒,"她回答道,态度相当友好,"而且我喜欢把工作留在上班时间。"

大多数人会因为被她拒绝感到生气和气馁,但越了解凯瑟琳,我越知道没必要。我想着她的办公桌,她干净、奇特的生活,还有她对所有事情的尽善尽美。失控不是她的风格。像我这样的请求就是她计划里的一个偏离。我需要说服她,向她展示这个请求有多简单,而当我这么做时,她又拒绝了。

"但是为什么呢?"

"是关于女权的吗?"她叹气道,"你想要我加入那群抱怨者?"

"不，那些女人对我很失望，我们已经解散了。在格鲁斯会议后，它就解散了。"

"非常虎头蛇尾啊。"她说道。

"甚至连墨提斯都觉得我失败了，不再发备忘录。我的确什么都没做成，对吧？"

"你做得不错。"

"我发誓，凯瑟琳，这群女人似乎都认为我很难开口。但你当时在场。你看到每个人有多紧张。"

"你说得对。"

"我没做错什么。我不后悔。"

"我们本来都应该支持你的。我们只是吓到了。"

"唉，得了吧，"我说，"到最后只有墨提斯是我的朋友。墨提斯毫无保留地说了出来，即使她是躲藏在一个无迹可寻的服务器后面这么做的。你知道哪里不对劲吗？"我问凯瑟琳，"我居然想念她。想念那些勇气可嘉的邮件。我喜欢想象在一个遥远的办公室里，有一些女人，我可以和她们做朋友。"

"别跟我说些稀奇古怪的。"

"我只是有点奇怪，但是总之，我想跟你谈谈别的事。"

凯瑟琳耸耸肩："我晚上七点要做瑜伽。"

"我会走路送你去做瑜伽。"

"我在家里做瑜伽。"

"那我送你回家。"我说，都懒得和布鲁斯汇报一下时间。

在回答前，她稍作停顿考虑了一下。

"好吧。"她说道，叹气的样子让我觉得她感觉对我有愧。

我不确定我将从凯瑟琳身上得到何种安慰,但她有一种智慧,我想要那种智慧给我洗礼。

不到几分钟我们就一路从市中心走到索霍区,这给了我们时间来交谈。

"所以"——我清了清嗓子——"当我今天和亨利·威尔金斯交谈时,呃……"

"我知道你要说什么。"

"我要说什么?"我颤抖着问。

"你要告诉我,他被这个市场吓坏了。"她冷静地说着,拉起羊绒外套的衣领。她看起来就像君王一样,而我像是她毫无条理的官员。

"不只股票市场,凯瑟琳。是整个美国的金融系统。"

"你冷静一下。"她几乎是对我发出嘘声了。凯瑟琳停下脚步,环视四周,好似想看看有没有人听到我刚才说的话。

"你是想说威尔金斯感觉一些银行可能会倒闭吧。"她波澜不惊地说。

"这是有可能的,对吧?"

凯瑟琳在回答前沉思了片刻:"联邦储备局将会开启贴现窗口,把钱借给我们。他们永远不会让我们倒闭。每个对冲基金、每个共有基金、这片土地上的每个老奶奶都会向银行提款。没有人想看到银行业陷入恐慌。最坏的也就是政府介入。"

凯瑟琳表现得很随意,但我可以看出她已经仔细想过了。就像在工作中,她从不朝我的方向看,总是看向前,好似在克制自己。从我们办公室出来的整条路上,只有交替的"走"和"停"的标志让我们放慢脚步,我们讨论了每一种灾难情节的可能性。

"贴现窗口是为商业银行服务的,不是投资银行。我不认为政府会救援一群富人。"我说。

"如果可怕的事情发生了,情况会变的。将在瞬间改变。"凯瑟琳冷静地答道。

"尽管如此,亨利确信费金、贝尔斯登,甚至雷曼兄弟正在找人来收购他们。他认为我们没办法再孤军奋战,我们有那么大的现金需求,我们的钱快花光了。他认为摩根士丹利可能会倒闭。"

"那可能是真的,"她说,谨慎地调整了一下她的皮手套,然后沉默地思考着,"那个叫威尔斯金的家伙天生就极度喜怒无常。你确定他不是在卖空?"她停下来,仔细地看着我,她对他似乎有所怀疑,"人们从我们崩塌的股票中牟取了很多钱。如果亨利是他们中的一员,我一点都不吃惊。"

我思考着这件事。如果亨利在费金·迪克逊的股票中短仓呢?如果他是在恐吓像我这样的人恐慌性地抛盘来制造这样的灾难场景,使股票崩盘,进而从中捞取暴利呢?

"最坏的情况也就是,费金·迪克逊找到了收购者,然后生活继续。"她说得好像她已经使自己信服了。

"无论这些谣传是真是假,我们的股票都正在崩盘。"我指了出来。

"杀跌的都是卖空者和傻钱。是恐慌。在疲软时买入。"

"没错,但感觉并不傻。"

傻钱是傲慢的街头行话,针对的是个体投资者,像旅鼠那样的盲从者和对金融一无所知的人。他们看到有人在卖股票,就觉得是买入的好时机。

"可以说是聪明的做法。对冲基金使生活缺少了金融类股票。他们先造成个体恐慌，致使他们跑去清算自己的退休金账户，然后让灾难发生。这个灾难能把我们所有人都拉下水。"

"所以这怎么可能是你能控制得了的？为什么还要操心呢？"凯瑟琳用咒语一样的声音问道，好像在恍惚出神。

"因为这是我们的公司，我们的国家，我的家庭，许许多多的家庭。这是我们的钱和我的工作。无论这件事是什么，与之同流合污让我很不安。我曾认为我们是在做好事。现在这一切都感觉很肮脏。"

凯瑟琳再次看着我，把一边眉毛扬成一个完美的问号。

"你可真是个复杂的生物啊。"事实上，她是微笑着说的。

我没有告诉她的是：亨利叫我退出。如果我马上退出，我可以在两周内兑现我的部分贬值股票，拿到在 CeeV-TV 的收益，然后一走了之。但我不想。亨利可能在卖空我的股票，他的商业嗅觉那么敏锐，他总能在竞争中先人一步，这些想法令我困扰。亨利认为普通人要完蛋了，但如果他就是破坏分子之一呢？

我们一路朝鸽房林立的特里贝克区走去。那里的人看起来又酷又有艺术气质，如凯瑟琳般的漂亮女人则一脸茫然。我们穿过索霍区时我注意到了，但什么都不想说。

"到楼上来。"她说，突然转入一栋镶着格栅窗户的不起眼的大楼，通行需要经过一个电子键盘。

她像拔花瓣一样把手套从每根手指上脱下。她碰了下电子键盘，然后只听到嗡的一声，我们可以进去了。

"你住在这里？"我的声音有点尖，这令我尴尬，我希望自己的心能不跳那么快，"我以为你说的是索霍区。"

"惊讶吗？别告诉任何人。我需要隐私。我住特里贝克区。"

"我只是认为你应该住在这儿北面的哪个地方。"

"我们都会有这种刻板的印象。你可能需要开放思维,伊莎贝尔小姐。也许这下你已经开悟了。"

我现在乘的电梯大得能容纳下一辆大众汽车。电梯打开后是一个白色空间,地方很大,几乎是空荡荡的,只有几张白色沙发、一株白色兰花和几根已经燃烧着的白色蜡烛。这个地方没有一个明显的中心位置。没有一本杂志、一本书,或一个被遗忘的咖啡杯。我仿佛置身于一个正在施工的极简约的温泉浴场。

凯瑟琳在墙上按了什么按钮,一扇白门滑开了,露出白色衣架,上面大约挂着十件衣服,全都是黑色的。她机械般地脱下外套,将帽子放在一个空架子上,还要帮我挂外套。在她挂的时候,她似乎在嗅衣服上是否有臭虫和孩子留下的味道。无论凯瑟琳做什么,我发现与其说是感觉被羞辱了,我更觉得有趣。她脱掉鞋子,让我照做,递给我一双白色丝线刺绣的亚洲风拖鞋,我不敢拒绝。

我想要跟凯瑟琳说"好地方",但这地方感觉并不好。它只让人觉得大。

"好大的地方。"我脱口而出,"你刚搬到这儿来吗?"

"是我六年前离婚时买下的,"凯瑟琳说,"这就是我集中精力的方法。"

"我过去的生活行不通,充满混乱和冲突。我总是落后于人,"她继续道,"我总是感到恐慌、受阻和困惑。然后我遇见了某个人,他教我释放自我,让我把目光集中在真正有价值的事情上。"

"有价值的事情是……成为一名常务董事?"

"难道你不为我们感到骄傲吗?"她说道,几近微笑的脸上露出一丝姐妹之情。她走到一个白色屏风后面。

"你到底是如何冲破阻碍的?"

"找一个人生导师,以及一个瑜伽行者。拿他们来替换我贫穷的丈夫和想要有个家庭的想法。我曾经吃药无数,但都无法怀孕。我的导师告诉我对我想要的事物要有激光般锐利的了解,那个瑜伽行者让我的身心都得到了恢复。我的精神科医生指出,我无法一切兼得,没有人可以,至少是无法同时得到。于是我对我需要改变的事情做出了选择,以此来得到我想要得到的,这奏效了。"

我思考着。如今我和布鲁斯如此不和睦是因为这个吗?我是否想要同时兼得一切,并在我压力巨大的时候压榨着他?

凯瑟琳穿着瑜伽裤和运动内衣出现了。她的腹肌跟我过去的相像。她走过来,盘腿坐在我面前。

"你该担心的是和那群女人为伍。她们无所建树,而且她们和你不在一个水平层次上。她们从你身上榨取能量,你应该远离她们。她们会辱没你的名声,而你跟她们不一样。"

我知道凯瑟琳指的是玻璃天花板俱乐部,有一瞬间我有种似曾相识的感觉,就像我妈曾告诉我要摆脱我那十四岁的朋友阿比盖尔·阿库纳一样,因为她涂着宝蓝色的眼影,穿着Miss Sixty牛仔裤。

"我们算不上是朋友,凯瑟琳,一个职业方面的动机把我们联系在了一起。我们知道我们能改变费金里的某些事,但从未想象过其他公司会被如此击垮,从未预料到肮脏的借贷和对冲基金谣言会让我们陷入困境。现在这个问题似乎比对女性不公更严重。"

"噢,贝尔,我们不是什么政府机关,我们不是一个团队。不冷酷无情一点,没有人可以在这些工作中成功。你的多愁善感拖累了你。摆脱掉它们和所有其他的包袱,你就会快乐。"

我对这种见解思索了片刻,发现我对凯瑟琳的喜欢少了一点。

"我的生活中没有想要摆脱的人,"我坦率地说,"我的意思是,也许有几个该离开,"我说道,难过地想起两面派的亨利,"但是我真的喜欢他们。如果我有点一心多用呢?"

"贝尔,看看你自己。尽管你拖着一群家眷,你还是走了那么远,你真是个奇迹。这些女人都是逢迎者,完全是可以抛弃的。对你自己行行好,切断这些束缚吧。"

"切断与工作中的其他女人的关系?"

"与每一个无法帮助贝尔得到她每天每分每秒想得到的一切的人切断关系。"

我消化了一下这个奇怪的想法。我复查了一遍我喜爱的家眷和依赖者有哪些。我开始相信凯瑟琳可能是我见过的最孤独的人。

公寓的远端传来关门声,我听到光脚走路的声音。接着我看到一个三十来岁的黑发美男子走了出来。他蓄着山羊胡,穿着白色紧身T恤和黑色紧身短裤,手里拿着一杯浑浊的绿色酒。看到我时他完全把我当作了空气,倾身向前一把热情地吻住了凯瑟琳,这个动作使他不得不弯曲他那如雕塑般的大腿。热吻完后他把酒递给了凯瑟琳。凯瑟琳端着酒,而他抚摸着她的肩膀。我的脖子带着一种欲望疼痛起来,不是为了这个微醺的男人,而是为任何一种触碰。凯瑟琳果然和另一个人有着关系!我不仅为她感到释然,也为她感到开心。在她啜饮那湿滑的绿色污物时,那个美男子走到她背后,抚摸着她的背。

"有客人?"他对我斜扬起眉问道。语调更像是谴责而不是询问。

"这是贝尔·麦克尔罗伊。我们是同事。"

"同事？"他略带不屑地问道，"凯瑟琳·皮特森不跟任何人共事。她为凯瑟琳工作。"

凯瑟琳坐在沙发上，若有所思地啜饮着。"是的，"她回答道，好像被催眠了，"我不知道怎么会说出那种话。"

"那是过去的凯瑟琳说的，那个永远离开了的凯瑟琳。"美男子说。

"是的，"她梦呓似的说，"原谅我，她已经离开很久了。"

"让我们确定过去的凯瑟琳不会回来了。"

那个人绕过沙发站在我面前。他闭上眼睛，做了个瑜伽式呼吸，用鼻子吸气，憋住几秒，然后从嘴巴吐出。他费劲地做了三次。我尴尬地向一个看不到的男人伸出手。

"他在测试你的气味，"凯瑟琳悄声说，"他叫阿波罗。"

阿波罗睁开眼，像我父亲发现我十三岁的哥哥偷偷开车去玩乐时那样摇着头。他在表示不赞同，然后是一声叹息，表示他有多失望。这对凯瑟琳来说太难以承受。她马上站起来，走向门。瞧她那态度我就知道我应该跟过去，显然我没有通过阿波罗的鼻嗅测试。

凯瑟琳推开壁橱门，我们一起进去拿我的外套。

"你男朋友很帅。"我说，这是我能想到的最好听的话了。

"噢，我没有男朋友，"她说道，好像我因为内线交易而谴责了她似的，"阿波罗只是为我服务。我花钱买的是身心的联结。我需要某个可以不靠情感联系和戏剧性来签订契约的人。事实上，我相信他有女朋友，说不定他还结婚了。"

我再一次努力理解她刚才说的话。他们刚刚不是接吻了吗？她是说她花钱雇他来爱抚她？

"我准备开始我的练习了。"她说，从衣架上取下我的外套。

阿波罗把什么东西放进一个碗里，我看到他点燃一根火柴，然后开始烧碗里的东西。电梯到了的时候，我的鼻腔里充满一种难以名状的味道。我把注意力集中在这味道上，知道我用这种熟悉的香料煮过东西。当电梯重新回到底层的时候，我猛然想起，是鼠尾草。他在烧鼠尾草，以此将贝尔·麦克尔罗伊的负能量从完美有序、用钱购买的凯瑟琳·皮特森的纯白世界中去除掉。

三巫出没时刻
Triple Witching Hour

每当我们一家人登上飞机,而座位排列是两排三个席位时,就会有一个单独的乘客不得不跟我们五人坐在一起。我总是很同情那个倒霉蛋,无辜地坐在那儿,丝毫不知道我们将成为他接下来几个小时的人间炼狱。

今天的倒霉蛋是一个老妇人,端庄整洁。除了我们坐下时她脸上显而易见的怨气,她一直无视我们的存在。我们将会在她的地盘上待上好几个小时,我感觉她已经无法忍受我们了。我们跟阴沉的青少年或西班牙男人处得比较好。不是要给人性分类,但我已经知道哪类人天生就对小孩子有仁慈的容忍度。

布鲁斯和我之间经历了一场华丽的摊牌,堪比电视真人秀。情况就发生在我们温馨的家里,在我们的看护面前,在我们的孩子面前。这是父母所有禁做事项中的教科书级范例。

我那时候刚参加完一个商务晚宴回家,只在晚宴上待了鸡尾酒的部分。我没有喝平常喝的白葡萄酒,而是喝了两杯橄榄味重的马提尼,而且食物一口都没吃。晚餐喝的酒把我变得勇敢无畏。我在晚上九点走进我们的公寓,希望看到的是一个宁静的家,也许还有些丈夫的浪漫。然而我打开门,看到的是电视上正播放着关于性的对话。看护和布鲁斯就坐在那里,把孩子们晾在一边,兴高采烈地打着电话。狗狗的呜咽声告诉我它还没有被带出去遛过,我眼角余光扫到厨房桌上到处堆放的碗碟。孩子们在看的不是动画片《万能阿曼》,而似乎是一部限制级电影《史密斯夫妇》。这不是麦克尔罗伊家的舒适电影之夜,上床睡觉时间早过去了,电视机似乎在看护着我的孩子,因为这个家里的两个大人都没有去安顿孩子睡觉。

"我刚上完十四个小时的班,所以我想我应该省了晚餐,早点回家来帮你们俩啊。"我讥讽道。

看护跳了起来。"我们以为你会晚点回来的。"她咕哝着走向厨房,开始乒乒乓乓地收拾东西。

这样的时刻,父母都期望孩子们张开双臂跑向妈妈,但我比不上史密斯夫人——呃,应该说是安吉丽娜·朱莉——她正好选在那一刻爬上了布拉德·彼特的臀部,让我的孩子们双眼牢牢锁定在她完美的大腿上。当她跨坐在彼特身上时,她藏在吊袜束腰带里的刀露了出来。

布鲁斯的手指停在空中,示意我忍住怒火,他说完甜蜜的结束语后挂掉了电话。

"你他妈到底在跟谁讲电话?"

"贝尔,我的天,是我妈妈打来的。"

"你妈妈?你根本不给你妈时间,更别提为她错过一场电影了。

你他妈什么时候开始对她那么好了？"

"我一直对她都很好。一直以来都好得不得了。"

接着，朱莉和彼特攻击起某个人，打碎了屋子里的东西，射杀坏人，毁坏一切，暗示着那场性爱必然很棒，而且显然，他们不需要清理他们制造的混乱。那正是我想要做的。

我猛冲向电视机，想要动手关掉，但是我的脚被地板上的一些塑料叠加环绊到了。我脸朝下重重地摔倒了。

"我也想摔东西！"我吼道，抓起一些塑料环，愤怒地向布鲁斯砸去。"我想打人。"就连塑料环都欺负我，它们太轻了，扔不远，在离布鲁斯三步远的地方掉了下来。

"冷静，贝尔。这个电影是十三岁儿童在家长陪同下可观看的等级，我们的孩子此刻就是在家长陪同下。你他妈到底什么毛病？"

"我的毛病就是，你都不愿意挪开你那肥大的屁股去工作，或多帮我分担一点母亲事务。"坐落在一旁的红色塑料滑梯是我的下一个攻击对象。

"这样做会死人吗？"我边说边把滑梯扶正，让小橡皮球滚得到处都是，"难道只有我注意到了？"

"噢，难道房子整齐有序，滑梯摆正了，就意味着我是个好爸爸了？"

"这会让你成为一个更好的伴侣。你知道这儿的一切在说明什么吗？"我边问边踢了踢滑梯，因为，该死的，安吉丽娜会这么做，"说明根本没人在乎。它在说，让这堆乱七八糟的东西放到妈妈回来吧，因为她会解决一切问题的。她会赚来所有的钱！她会买好所有的食品杂货，安排好清洗和烹饪。她会在周末把车修好，在午夜去遛狗，让我们永远别把我们的肥屁股从沙发上移开吧！"

布鲁斯起身走出房间前说的只有"这是你第二次说我的屁股肥了，而它根本不肥"。

三个孩子仍然坐在沙发上，他们在啜泣。之前还算安静的房间现在一片狼藉。

"妈妈，"凯文吸着鼻子说，"滑梯会那个样子是因为它是我们的堡垒。我们今晚玩了堡垒游戏，那些球是弹药，爸爸要接个电话所以才开了电视，大概，一分钟前。"凯文站起来大步走了。

"噢。"我无力地对着他远去的背影说道。我觉得自己有点愚蠢，然后转向了布丽吉德。

"噢，拜托别哭了。妈咪不知道你在看什么。我想我可能犯了个错误。"

布丽吉德站起来，嫌恶地指着我的脚。"你换鞋子了。"她哭着说，扔下她的毛绒兔子以示抗议。她也走出了房间。通常我都记得回家的时候脱鞋，来兑现我和布丽吉德之间的鞋子约定。今晚我以为她肯定已经睡了。

难过了几小时后，布鲁斯和我再一次交谈。他再也无法忍受我继续做这份工作了；工作时间太长了，我们的孩子太小，而我对金融世界的状态太紧张了。他从未说过我是个糟糕的妈妈，但我知道他是这么认为的。

从我的角度看，他在自己的生活中太懒惰，他没有分担任何经济上的烦恼，而且从不关心家务。作为一个不工作的父亲，他给我们的信用卡带来了太多的考验。为了不勃然大怒，我几乎只敢略瞥一眼我们每个月的扣薪清单，他大手大脚花钱的方式令人发指，诸如在索霍区的男人温泉里花250美元做按摩。在白天做按摩？他在胸口打蜡，他告诉我，那"或许"能算得上是热石按摩疗法。这种虚伪真是令我反胃。

他说他能举起比他体重重得多的杠铃，他又开始玩滑板了，他还能在瑜伽课堂上倒立。照他的说法，我有多幸运他能实现这些雄心壮志，难道我不为他不是某些朝着中年懒汉发展的大腹便便的家伙而感到高兴吗？我们都说出了从挫败到关系完全陷入僵局的共同感受。

为了结束我们没完没了的关于为什么我应该辞掉一周苦干七十小时的工作的讨论，还有我们的单份工资问题，布鲁斯坚持要进行这趟旅行，他想让我头脑清晰一点，能以他的方式看问题，然而我觉得他是在要求我做我做不到的事情，来替他自己的不成熟辩护。我说真的，从我们相遇起我的丈夫就没有长大过，因为他从那时起就没有成熟过。我冷静得差不多了，接受他的橄榄枝，只要能让我们循环往复的讨论结束和找到一些共识，我可以接受任何条件，所以这趟旅行似乎就是解决问题的方法，我们在这里，坐在机场跑道上。

我姐姐嫁给了一个前法国滑雪队成员，他现在指导三岁小孩拿着婴儿滑雪板做炸薯条的姿势。他们搬去了法国阿尔卑斯山上的一个名叫阿尔蒂耶让的小镇，以凌驾于布鲁斯和我生活的疯癫之上。他们有四个小女儿，这应该就是我们所寻找的欢乐入场券：七个孩子，两个婚姻遇困的大人，另外两个活在《海蒂》（瑞士儿童文学作家约翰娜·斯比丽的作品）的某个场景里。这一切都将包含在一个小屋里，而且屋子里用的是烧木材的炉子。我们把这次计划称为我们的假期。

在春天或夏天去欣赏阿尔卑斯山之美是外行人才会做的。我们三月去，因为现在是春假，感觉就像是一个得到最大限期延长的寒假。肯尼迪机场现在下着雪，所以我们一直坐在皇后区的机场跑道上。我们已经在这里坐了四小时。

凯文的任天堂游戏机没电了。我已经给欧文换了两次尿布。他已经三岁了，依然在用尿布，因为没人告诉他怎么上厕所。布丽吉德在她的涂色本上画烦了，觉得自己的前臂是块不错的画布，于是把它们都涂成了绿色。她告诉我她看起来像小豌豆。她一遍又一遍地对着我毫无表情的脸说话，直到布鲁斯不耐烦地告诉我，小豌豆就是绿巨人盒子上的蔬菜小男孩，我们孩子的所有速冻蔬菜都是从那个盒子里来的。他厌恶地摇了摇头。他的妻子，布丽吉德的妈妈，连如此重要的事情都不知道。我克制自己不去攻击他："那个绿色小孩的名字叫绿色小嫩芽，不是他妈的什么小豌豆。"

布丽吉德完成自残后便朝我的手臂挪来，既然我已没有什么尊严可言，我就放任她画了。她在我手臂上涂满了一条条深蓝色，好似暴起的青筋，这涂鸦竟很适合我。我多么希望能听到一点儿办公室的消息，股市开市了，我们所坐的这条飞机跑道完全在美国手机服务范围内，一通简单的来电就好。市场交易混乱不堪，一些对冲基金已经倒闭，而我要去度假。布鲁斯坚持要我为这次旅行立下的承诺之一就是在这一周的欧洲之行中，我不能与外界联系。我坐在座位上，努力为自己找借口辩解，这一刻还不能被视为我和外界切断联系的开始吧？我不敢问他，怕他发火，所以我只能干坐着，感受着飞机上良好的无线网络信号的热度，想象它在我的滑雪衫上烧出个洞来。

我目光穿过过道看着布鲁斯、欧文和那个老妇人，她现在正戴着大概1989年款的无线耳机。布鲁斯正扮演着好爸爸形象，兀自读着GQ杂志。我看着他轻笑着，对正站在座位上蹦跶的欧文毫无知觉，我假装我跟这群人不是一伙儿的。

我想带着黑莓手机跑去卫生间，飞快浏览一下当前开放的金融市场的情况。尽管我能够在布鲁斯毫不知情的情况下完成这一想法，但这一举动本身似乎代表着更多东西，代表维持着我的婚姻的那缕牙线将会进一步被磨损。如果有人想找借口吵架，找借口为自己恶心的行为辩护，我可不会给他们任何理由。于是我逼自己坐在座位上，大口大口地吸着凝滞的空气，努力让自己的注意力集中到给我另外两个孩子讲述的《精灵鼠小弟2》上。

昨天，也就是这次旅程开始的前一天，我过得混乱不堪。我打电话给猎豹全球，告诉他们我要出城，接下来的一周将由我的助手斯通为他们服务。当这个信息转达给亨利时，他马上打给了我。

"你要去哪儿？"

"去拜访我姐姐，你记得吧，就是卡伦？"

"我当然知道卡伦，可她住在国外啊。"

"你说到'国外'时语气倒是很彬彬有礼呢，亨利。"

"你不用那么尖刻。你在离开前必须来见我一面。我有东西给你看。"

别的男人要求我做这做那似乎太过分了。在我和布鲁斯摊牌之后，我对戏剧性事件有限的容忍度也消失殆尽了。我想见他的唯一原因是要问问他在卖空费金·迪克逊股票中牟取了多少暴利。

"亨利，我不能再当你的费金·迪克逊的顾问了。"

亨利沉默了一会儿，于是我继续说。

"这段时间里,我听着你对费金·迪克逊的所谓关心,而我打赌你在卖空我们的股票。"

"这不是真的。"

"我敢说这是真的。"

"贝尔,我是做了一些非比寻常的事,但是我没有骗你。"

"没关系。我们不会因此就没有生意做。"

"我不相信。我在卖空贝尔斯登。我在卖空雷曼兄弟。如果你没有在那里工作我也会卖空费金·迪克逊的。如果我是你的话,我就会现在撤资。我会跑。"

"听着,亨利,不只这样。这整个账户关系对我来说已经不只商务往来了。我不理解,这么多年过去了,我们之间还继续下去有什么意义,但这是我和布鲁斯之间的问题。我要和家人一起出游,修复关系,而你需要跟斯通沟通一下。"

"谁他妈给孩子起名叫斯通,还有他在那个地方他妈的是干什么的?"

"你是不是还没有说够'他妈的'?"

"认真点。"

"斯通是你有时候也会与之交流的那个高薪后备人员。"

"我不想跟他谈话。"

"别发牢骚了。"

"来见我。"

"不。"

"你必须要。"

"我没什么必须要做的。你是想把债券强推给我,叫我去找根本没有的买家，而我不能卖我不信任的股票。"

亨利并不狼狈。"如果你来了你会高兴的，贝尔。我保证。这会对你很有好处。"这次他的语调更柔和了，甚至带着关心，比命令好多了，令我更乐意做出回应。

"什么可能对我有好处？"我问道。开始考虑他的意思。也许他有给我的撤退计划，也许是一个工作机会，或者是如何抢救我们持有的危机债券的策略。我越想越是好奇。

于是我去了。

两小时后，我站在办公楼外的大街上，知道自己没时间去那里。在电话里跟亨利谈公事是一回事，来见他则是另一回事。

我看着他庞大的身躯给公园大道上的所有其他人身上都蒙上了一层阴影，他像超人一样走着，踏着能碾压一切的步伐，挡他道的凡人们纷纷绕道。亨利看到了我，朝我走近时瞪大眼睛凝视着我，脸上的表情好似我少女时期仰慕我的男孩看我的那样。既然是亨利露出那种神情，那他就并非真的是为了我，那是为了他想要做的潜在交易，或其他他正在考虑操作的交易。也许他想要直接见面是因为他不想通过录播电话线路来讨论他预见的二〇〇八年金融系统的悲惨未来。我决定先开口。

"现在都三月十四日了，而费金·迪克逊仍在营业。"我用最盲目乐观的声音说。

"我也听说了。"他在我脸颊上啄了一下。我恨我真的很想紧紧抓住他，让他的拥抱为我驱走一些担忧。

"我不知道有什么办法能使这份工作起死回生。"我说，"我知道你觉得我应该抽身,趁我的股票还值点钱赶紧卖掉,但是我喜欢我的工作。"

"不是只有这份工作的,还有其他工作。"

"我们开销很大。"

"也许你丈夫能做份工作。"

我们正有目的地走向某个似乎只有亨利知道的地方,我朝他翻了个白眼。

"我们要去搭火车吗?"我问,"如果是这样,那我明天必须回家。"

"没有的事。"他说,我发现了一点非常不亨利的做派:他脸红了。再往北,大概在六十街,亨利走进了那些漂亮豪华的高级公寓大厦中的一栋,那些大厦是由公园大道上的老建筑改建的,除了大楼的外观,其他的都被撤掉了,取而代之的是炫目的金色。门房对亨利摘帽致敬,看样子我就知道他们认识。

我们走进电梯坐到了顶层,我突然意识到我们是要去见蒂姆,那个对冲基金的主人,亨利的老板。众所周知,蒂姆喜欢回家午睡。蒂姆就是这么重要的一个人——他要午睡。我理顺头发,思考着如果蒂姆坚持让我们买回那些我卖给他们的糟糕债券,我该怎样聪明地回答他。亨利又给我下套了吗?我是否将会中他老板的埋伏?

电梯直接对着公寓开了门,蒂姆·博伊兰不在。这栋建筑的这一整层楼就是一套公寓。面前的景象让我睁大了双眼,就像查理进了巧克力工厂、爱丽丝掉进仙境时那样。这一切美好得不可思议。整片外墙都是落地窗,大约每隔三米有一条细缝,窗上没有任何小孩的手印。精美透明的薄纱窗帘蓬松地拖在地上。这个地方让我想起为一个富裕的单身银行家而设的完美电影布景。我情不自禁地从一个窗户走向另一个，沉醉在这景致中，感受着那套亚麻色沙发，它们是如此舒适，我不得不放下一个坐垫来感受当沙发上没有果脆圈和奶酪饼干时有多享受。我轻轻地把包放在一个白色软垫椅上，想了一会儿，觉得可能会给椅子留下痕迹，于是把包放在地板上。

"我要用一下洗手间。"我说，拿这个当借口想去再看看，声音表现出来的却是这里没有什么让我惊讶的。我不想让亨利听出我被打动了。洗手间是以固定的供水设备和色调柔和的海草绿玻璃砖做的。当我还是单身的时候，我会从杂志上把描画着我喜欢的房间的图片撕下来，而我选择的洗手间总是贴着那样的瓷砖。不知从哪里飘来栀子花香，白色栀子花是我最喜欢的花，我能闻到却看不到它在哪里。

当我打开药品柜时，我的脑袋砰砰直响，里面摆满了未开封的女性化妆品，来自海蓝之谜、莱伯妮的好东西，是我在过去的生活中，在我的洗手间被恐龙战队占据前，用的化妆品牌子。我想知道这个地方是否是亨利的第二个家。也许这里是他妻子被她的凯迪拉克载着四处晃荡一天后过来梳妆打扮的地方，又或者也许是亨利用来满足他对女性贪得无厌的嗜好的地方。我到这里来实在是大错特错，我关上柜子，让质量极好的磁铁把柜门吸合上。

我梳了一下头发，用今早放进包里却从未用过的化妆品补了个妆。我刷了牙，感受着由裁剪精致的西装、得体的发型和清晰的思绪带来的高涨的自信。是时候离开了。

当我走出来时，亨利手里拿着一杯香槟在打电话。我从他身边走过，向这趟不管是什么目的的拜访挥手告别。我待在这里似乎有点儿危险。这是亨利爱的小屋吗?他有能力拥有这样的房子吗?我想着他一边跟妻子约会,一边与我订婚,我的疑问就有了答案。他扬起手指,比了个"等一下"的手势,正当他挂掉电话时,我按了电梯按钮。

"这么说,为了逃避你在上东区的生活,你在市中心搞了个临时住所?"我问道。

"不是那样的。"

"那就是秘密女友的蝙蝠洞咯?"

"也不是。"

"你看,亨利,我知道你这一点。我一直都知道,而这是你离开我后唯一一让我保持理智的原因。"

"知道什么?"

"知道你能做出这种事。一个幽会公寓?拜托。"

"什么?"

"我知道你一直都在到处鬼混。你太风趣了。你太英俊了。你太出众了。女人们会和你做很多荒谬事。你不可能娶我。"

亨利看起来真的受伤了。这在一个穿着价值3000美元西装的男人身上显得怪异地吸引人。我们都沉默了一会儿。

"我想你。"他说。

"得了。"我哽咽地回答。当我的生活中的其他一切一团糟糕时,感觉有人对我好让我心绪不定。我感到太过脆弱:"你迟了一百年。"

"我从未停止过爱你。"

"你得停止了。"我说,用手在脖子间比画了一下,像是在说我是认真的,因为我的确是,"真的。我们可以比这更好。"

我想象这个对话的次数比我的脑回路还多。我想过怎么说，想过当我用简洁的俏皮话说没有他我过得更好时，我将显得多聪明。但当那一刻终于到来时，我的感觉没有那么好。我们凝视着彼此，仿佛我们被困在同一列挤满人的地铁里，不知道把眼神投到哪儿。

"发生了太多事。我们甚至没能真正地了解对方。也许我们从未真正了解过。"我说道。

"我了解你，"亨利说，"我一直都了解你。"

然后我们来了场凝视比赛。我先投降了。

"所以这是什么地方，我为什么非得来这里？"

"难道你不喜欢？"他看起来很受伤，"这一切都在对我叫嚣着你的名字。这是为你下周生日准备的。"

亨利记得我的生日在下周，而我自己甚至都不记得了。没有人想起我的生日。我环顾四周，看看他是什么意思。他为我生日准备了什么？

"这种艺术气息，这些设备，还有这些当你在意衣着和床单面料支数时收集回来的出现在杂志上的物品。我只是想，也许你会想重新认识一下你自己，那个真实的你，那个穿着像个性感女郎、性情古怪、幽默风趣、充满'性'趣的女人。"

在回答他之前，我等了三十秒。我想要把情况搞清楚，想把我头脑清醒而不是充满香槟和栀子花香时演练过的所有理智的话说出来。"现在有其他事情要操心，亨利。"我艰难地咽了咽口水，"你知道，我长大了。那些无关紧要的狗屁东西，比如床单的织物密度什么的，我都扔到俗称的垃圾桶了。"

"你不需要长大。"他用修长好看的大手握住了我的。

我忠贞地抽了回来,正如我应该做的那样。"什么,像你的妻子一样吗?一辈子都像个孩子,因为有甜心老爹照顾着?"我知道我应该停下。我表现得很刻薄,但我并不刻薄,或者也许我正变得刻薄,但无论如何,我必须闭嘴了。

"照顾她给了我无上的快乐,"他说,"我也能照顾你。如果你让我帮忙,你也能重新成为你自己。"

他语气里洋溢的老爹主义让我有史以来第一次发现他有点令人毛骨悚然。

"总之,这里到底是怎么回事?"我再一次问。

亨利一副垂头丧气的模样。"我告诉你了。这里是给你的,我以为你会喜欢,"他柔声说,"你为何不去看看壁橱?"

我知道我不能那么做,此时电梯已经到了,我真的应该进去了。在接下来尴尬的沉默中,我没有搭乘的那趟电梯离开的声音清晰可闻,伴随着下降的噪声嗖嗖地下去了。

我向后走向唯一一间我能看到的卧室,里面是一张巨大的床,八个枕头放置在精致的白色羽绒被上。羽绒被上装点的是一片淡淡的蓝灰色,看起来就像是——

"下雪前的天空。"亨利来到我身后说道。

我曾说过这是我最喜欢的睡眠颜色,落雪之前天空的颜色。对我而言,这个颜色代表着沉静、快乐和身处安全之所。

"是的,"我说,"下雪前的天空就像坠入爱河时的颜色。现在,我会叫它蓝灰色。"

我走向壁橱,里面挂满了漂亮的裙子、毛衣和牛仔裤,这些无疑对亨利那个像火柴棍一样的妻子来说都太大了。有两双鲁布托鞋子，看起来就像艺术品一样。上面都还挂着价格标签。

"那么谁住在这儿呢，亨利？"我问，把一条精致的羊绒围巾凑近鼻子，感受着它的完美触感，"这里看起来不像真人住的。"

就在此时，我看见梳妆台上有一枚戒指。这不是一枚普通戒指，而是十年前，当亨利还是个穷小子的时候，我戴的那枚小小的订婚钻戒。我曾经那么喜爱它，却通过邮局把它还给了他。我把它像明信片一样随意放进邮件里，寄到了他父母家。我一直都不确定亨利有没有拿回这枚戒指。现在我知道了。

"我们。我们住在这里。"他柔声说。

"这里"——我摆了摆手，喉咙哽住了——"毫无意义。"

亨利的手很快地从他浓密的头发上梳过，开口道："宝贝，我需要你坐下来让我来告诉你。我保证，不是说笑的。"

我陷进那张完美的床里，他拉过一张精致的椅子坐在我对面。我发现自己一瞬不瞬地盯着他的双眼，这样我才能强迫自己不向下看，不去注意他壮硕的前臂。我果断地抓紧了我那个名叫"控制力"的朋友。

他叹了口气："在你打电话为你儿子申请那所幼儿园之前，我正处于某种烦躁的抑郁期。我一周工作七十小时，拥有两个出色的儿子和一个真心爱我的妻子。我拥有一切，然而我还是那么悲伤。我恨自己向抑郁屈服了，就像那是我无法抛开的性格缺陷。我不断地谴责自己，我允许自己坠入那种境地有多无耻。"

我一言不发。

"当我遇到我妻子时……"

"你指的是你在已经跟我订婚的情况下还跟另一个女人鬼混的时

候？你指的是那个时候？"

他叹了口气："是的。当我那么做的时候，我被某些暂时性的事情所蒙蔽，回首过往，那是我的一个可怕的人性弱点，我相信我已经改正了。此后我再也没有出轨过。"

我选择不指出我们在佛罗里达曾在一张床上睡过。似乎我们都决定不把那件事当作出轨。"我们曾那么不成熟，"我说，"我们的时机不对，但那已经是很久以前了，我们都向前走了，各自过上了幸福的生活。"我在他脸上搜寻，试图看看他是否知道我是在讽刺，但他似乎不知道。

他继续说："丹妮尔随后就怀孕了。"

"别开玩笑了。我数学还是挺好的。我们约会了大概八年，你突然交了个新女朋友，四个月后就生了个宝宝。"我的声音听起来像在参加愤怒者脱口秀，于是我告诉自己闭嘴。

"所以我做了正确的事，把全部精力投入成为一个好爸爸上，专心工作，不再寻花问柳。"

"你多诗意啊。"

"总之，我读了很多书，试着去思考我生命中的缺口是什么，而那个缺口就是我与你之间未尽的缘分。我想象过回来，和你打造美好生活，而我正在开始做。和你在一起的那段时间是我人生中最美好的时光。我想再次感受。"

"那么你打算怎么再次感受？"

"买下这个地方，想象我们一起住在这里。"

就是这个。"噢，你的意思是，因为我们在那方面如鱼得水，所以你买了这套公寓让我们进来鬼混？通过重操旧业，就像重新开始一项旧运动一样，让我们能重温年轻时短暂的美好？"我用平淡的语调说道，"好像我们真的能回到……"

"澳大利亚。"我们同时说道。

房间里好一阵静默，室内唯有大街上传来的汽笛声和强压空气加热系统发出的微风吹动窗帘的声音。我们都在沉思。

亨利率先打破沉默："我在几年前买下这个地方，装潢这里的是一个我知道你喜欢的设计师。我以为我们可以在不毁掉彼此生活的前提下再次生活在一起。我们可以再次拥有那些激情时光……那么有趣，那么无忧无虑。"

"亨利，我想告诉你，我完全明白你的意思，但是情况不会像你想的那样运转。我们现在身份不同了。我们是……已婚人士。"

他无视我的话："当我开始这项工程时，我再次感到兴奋起来，感觉离再次成为我自己更近了。当我在这个联结我们的地方时，我感觉就像我们再次住在了一起，就像你马上就要走进来。我从这里给你发电子邮件。我把给你买的东西留在这里。我准备好了一切。"

"准备什么？"我柔声问。

"就是准备好了。"

"那么然后呢？"

"然后我在考虑如何，你知道的，请求你让我们在这里开始见面。"

"在这里见面，然后重新开始一切？你注意到我无视了你非工作性的邮件吧？它们都没有得到回复？你注意到了那点，对不对？"我轻声说。

"是的，这很完美。我们能在不毁掉彼此家庭生活的情况下再次拥有彼此的一部分。我知道你不会回那些邮件，因为我知道你在婚姻中做得很好。这是我当初向你求婚的原因之一。你是如此忠贞。"

"亨利，我甚至都跟不上你的思路。那你在四季酒店的疯狂行为呢？你假装我们素不相识？当时你是想让我再次拥有你？如果是的话，那可完全没起到作用。"

"对你那么刻薄简直要了我的命。但我不得不那么做。我已经完全准备好了这套公寓，但是那天我吓坏了。在去酒店的路上，我还没有告诉蒂姆我认识你，接着，提起这件事似乎又太尴尬了，所以我就表现得好像我们素不相识。我之后向他坦白了，但是那天我的脑袋昏昏沉沉。一直想着我们就要共事了，想着这套公寓，想着你如今已经变成了这么一个大人物，你可能已经变了，如果你不再是我记得的那个贝尔该怎么办？然后你把耳环掉进了碟子里，你的长筒袜也破了，你看起来笨拙又可爱，这让我想起你一直是那么能干，又那么脆弱。这让我知道，你还是你，而这"——他用手臂扫了一遍房间——"这再一次变成了可能。"

"亨利，我没有预料到会有这么一天，"我呛了一下，"但你不觉得我们现在玩这些虚假的把戏有点老了吗？"我温和地问道，因为亨利似乎有点不易察觉的颤抖。虽然我猜想过很多次他的性格，但从未考虑过他有精神疾病。

"贝尔，你说得对。我一直都过着没有你却假装有的生活。你知道的，就是你。"亨利伸出双手说道。

我努力要跟上他说出的话，但整件事让我头昏眼花。"听着，我的思想和你不在同一条线上。如果你觉得我会为了这个漂亮的房子而丢弃我的生活,"我摇了摇头,"那我无话可说。"

"那些衣服是我为你买的,过去几年里,我好像在这里和你度过了圣诞时刻。这副耳环是我两年前买给你的。"亨利边说边从旁边的一个抽屉里拿出一副镶着红宝石的亮闪闪的耳环来。他把它们随意地扔向我,就像那些是他在人行道上买的。"我能把它们戴在你耳朵上吗?"他像个小男孩一样问道。

"不。"我说,虽然我的确是用了一秒认真看着那些美丽的石头。

"我给你买了我想象你为我而穿的内衣。我在你的书架上放满了你最喜欢的书。"他说。

"你应该忠诚,"我叹气道,为有人那么关心我而感到不知所措,而且是我曾那么深爱过的人,"亨利,你这辈子先是我事业的超级支持者,接着甚至连我出去工作都感到厌恶,再到现在成了激励我的人。我在亚特兰大时,你开始和你妻子约会,然后是四季酒店的事,接着是在多媒体会议上打断我讲话,还有我儿子拉你妻子的内衣时,你没有维护我,你觉得那件事你做得怎么样?"我微笑着,希望他也能微笑,看看这有多傻,来证明给我看他并没有疯。

"贝尔,宝贝,我还能怎样对你保持一定距离呢?我还能怎样在我的生活中拥有你却不毁掉自己的生活呢?这个公寓就是答案。如果我们有一个共识呢?如果有一个永远停留在一九九八年的地方呢?当我们穿过那扇门的那一刻起,我们就可以以过去的方式关心彼此,自由假扮二十七岁,并再次完全重生。"

我思考着,想着我有多爱他的肉体,和他那总是能迸发出新点子的脑袋。我想着他多喜欢将我早餐的卡布奇诺里的奶搅拌均匀,多喜欢在我的洗澡水里加上薄荷油,然后爬进浴缸与我共浴。我想着他多爱精心为我挑选短裤，为我梳头。这一切都是如此有爱。但这一切又是如此遥远。

当我考虑停止电子邮件往来时，我在内心深处的某个角落找到了一直寻找的那种决心。在那一刻，它并不坚定，但感觉清晰了点。亨利擅长照顾人，有时我想被人照顾，但是我肯定不需要被救助。我只是需要重新变得坚强。

他继续说："你以为我结束原本的工作，到你的一个客户那里就职，在一个我知道你必须每天给我打电话，我们得以重新交谈的地方工作是个意外吗？好几家公司向我伸出橄榄枝，我之所以选择猎豹，唯一的原因是因为我选择了你。"

"你选择了我？你没有选择我，亨利。你选了其他东西。我以为我们选了彼此，然而你放弃了我们选择的一切。"

"那不过是被性欲冲昏头脑的三个月的决定。我不是叫你离开你的家庭，贝尔，我也不会离开我的家庭。我只是个狂热地爱着你的男人，一直深爱着你，也将永远爱你，并希望能再次表达我的爱。"

"这你之前已经说过了。"我说。

"我没有。"

"你有。那是你向我求婚时说的。我记得是因为我不想在三十岁之前结婚，然后你说了那段话，我想如果有人能永远狂热地爱着我，那我生命中就没有什么会出错，那我什么时候结婚就都无关紧要了。"

亨利把空香槟杯放到一个衣柜上，停下片刻，将一块亚麻布放在杯下，他转过脸不再看我。

"我需要你。我需要我们。"

然后亨利谈起自己和什么对他有用。我冷静了下来，不仅是对他这套清楚明了，也因为这些对我毫无吸引力；有时候，明白有些事情过去了就真的结束了是一件好事。亨利的肩膀向前耷拉着，他甚至可能已经哭了。

我走到他身后，紧紧抱住他。我曾那么深爱着这个男人，最终我们还是分开了，各自成长，建立了新的关系，我们现在必须照顾的是家庭，而不是那些我们很早以前就放弃的东西。我对着他的背说：

"亨利，我们的问题是我们从未真正分手。我们从来没有经历一个哭泣的场景，一个我们悲伤地承认感情无法继续的场景。我们始于大学的感情很棒。我们旅行，开创事业，搬到一起，接着我们的生活便拉开了帷幕。我父亲住院时，我离开了纽约短短三个月，尽管我每隔一个周末就回来看你一次，尽管我们在那同一段时间里心醉神迷地欢爱，可当我搬回纽约时，我发现你不仅在和别人约会，还和她有了孩子。我在短短几个月里失去了父亲，还有你——"我的声音哽住了，我在他衬衫背上擦了擦脸，但下定决心讲完我必须要说的话，"你和我甚至从未进行所谓的摊牌，承认我们的感情已经玩完。我们从未经历过问烤面包机将归谁，或我指责你偷了我的网球拍。"我在他背上不停地抽着鼻涕，但不让他转过身来面对我。我不想这变成亲吻。我只想诉说。

亨利身子向前躬，把头埋进手里，背部开始起伏。在我们在一起的所有时光里，我从来没有看到过亨利·威尔金斯哭。"跟你分手太痛苦了，我不确定这是否就是我想要的。"

"所以我们就定今天吧。"我扑哧一笑，"我们分手吧，在我们不再见面的十年后。在我们之间我们已经和别人有了六个孩子，我们迫切需要切断这种藕断丝连的关系！"这个想法突然让我觉得十分滑稽，我如此无所拘束，以至于说得停不下来。我已经在他的衬衫背上弄湿了一大块。我轻轻拍打它，清理弄脏的地方。我突然发现一切都很可笑。"我们分手吧，因为你在我开车时从不闭嘴，因为你穿得像楠塔基特岛来的高尔夫球手，或者因为我讨厌你唱披头士的歌的样子。"我咯咯笑道。

但是亨利没有笑。他看起来很难过。他还没有把头从手上抬起来。偶尔来这个美丽的地方幽会可能很有趣，但这种新鲜感终归会消退。那时它将会对我们生活中的每个人以及依然有效的人际关系造成无法挽回的伤害。它将不可避免地走向一个结局，而我设想的每个情境都是以泪水和破碎的承诺结束。无论他真正想要的是什么，我都无能为力。我不属于他。

我抱着他庞大的身躯，身体跟随着他的悲伤起伏。这是我最后一次拥抱他，我知道他的感受，也知道我为什么放手。这是我的选择，这样感觉很好。亨利不可能救得了我。要拯救我的只能是我自己。

我们现在坐在第一排，等待飞机起飞。精灵鼠小弟开着他那辆亮闪闪的小跑车去找那只叫玛格洛的鸟了；亨利正带着一家人乘坐他们的湾流IV型飞机到他们在杰克逊霍尔的滑雪小屋去；而布鲁斯在客舱中张着嘴睡着了，轻轻地打着鼾。欧文取下了那个老妇人的耳机，而她竟然跟他玩了起来。我开始跟她攀谈，发现她是个亲切的法国老太太，她没有嘲笑我拙劣的法语。在那一刻，我对美国航空公司和他们最终能让一切继续运行的能力、对我的孩子们——尽管我这个妈妈当得那么不称职,他们却似乎依然爱我——对我不完美的处境,还有对我不完美却不知何故很适合我的家庭,感到一种无法抵抗的爱。

崩溃
Crash

　　一大块雪落在我的靴子上。它在融化，从我的脚踝上滑下，出其不意地冰了我的脚。我此刻正在巍峨的勃朗峰的一小段上。在这种地方我为什么要穿笨重的UGG靴子呢？我就好比北达科他州的游客，为了融入所谓的当地人，穿着十三厘米的细高跟鞋出现在时代广场，却发现纽约是个步行城市，走了五个街区后，鞋子开始挤脚指头，而且没有人注意到这双别得惊艳的鞋子。没有人欣赏我肥大的靴子，甚至是穿着皮滑雪衫、前往主要滑雪缆车地南针峰、戴着金边太阳镜、说俄语的女士。只有俄罗斯女人才身着上千美元的滑雪装备，边抽着烟，边向上爬行。

　　我现在就是个乘着手工雪橇的女舵手，而那雪橇看起来像是属于滑雪博物馆的。我的注意力全在获胜上。我的队伍由布丽吉德、凯文和我自己组成，我们已经在掌控这个阿尔卑斯山的工艺品上遇到了困难。我姐姐的孩子们都是滑雪比赛的常客，而我们这些城市来的人已经吃了一下午的雪了。他们不停地从我们身边嗖嗖滑过,存在于我和卡伦之间的那点姐妹竞争意识叫嚣着,而我正在回应。

我需要采取策略才能获胜,我需要身后有一支团队。我转向我今年八岁的孩子。

"凯文,我是最重的,我应该在后面。"我说。他戴着布鲁斯要求他戴上的滑雪头盔。

"但是我需要在后面。"他说,语气介于认真和抱怨之间。

"你为什么要在后面?"

"紧紧抓着你能让我感到安全。"他低声说。

"不。我要在后面,"我坚定地回答,"我们不能让这些冒牌的外来者打败我们。"

凯文一脸迷惑,试图理解我刚才说的到底是什么意思。我转向布丽吉德,她现在下了雪橇,正在堆雪人天使,这让我抓狂。

"拜托,布丽吉德,我就想打败他们一次。"

"妈妈在发牢骚。"她说着,手指指向天空中的一个假想的朋友,确保神仙们知道她妈妈这一点。

"到雪橇上来,"我坚定地说,"还有,别再做白日梦了。"

我姐姐朝我翻了个白眼,指着似乎后背被黏在雪橇最后一个座位上的凯文。他的滑雪裤又湿又笨重,他嘴唇瘀紫。我们很难分得清到底他是玩得愉快还是不愉快。

"你不想赢吗?"当我说有哪种小孩不想赢的时候,我几乎是求着他们的。

凯文那双圆圆的眼睛若有所思地看着湛蓝的天空。他似乎真的在考虑这个问题,接着他将凝视的目光转向我,说:"不。"

"你说'不'是什么意思？"我从来没有遇到过不想赢的人。

"他和他爸还真像。"我姐姐一边笑着，一边跨坐到他们那宽大灵活的雪橇板的最后一个座位上，像个青少年似的轻松地将她的长腿收进去。他们那队绝尘而去，冲我们扬起雪花。

过去三天，这种交通工具迷住了我的孩子。布鲁斯通常选择待在室内做木板，看欧文睡觉，而我和我姐姐带着其他六个小孩到山上。我喜欢看着他们的脸颊变红，身体被风吹着，这都是在纽约不常有的。

昨晚我们经历了似乎降临到这个地球上以来从未有过的经历。我们睡得无所畏惧。在沉睡的八小时里，无论是小孩还是大人都没有发出一点破坏性的声音，没有什么夜魔来打扰欧文，没有什么金融市场来破坏我的美梦。当我醒来，布鲁斯开玩笑说我在晚上做了整形手术。一句简单的称赞让我再次充满希望，希望我们的婚姻列车事故只是在车道上的磕磕碰碰，也许只是工作压力让我对他那么恼火。

滑雪橇之后，卡伦和我开车到夏蒙尼，一个好似出自神话故事书的小镇。饱经风霜的农民在我们去买食物的主要广场设点摆摊。有这么多正在成长的身体，寻找食物是不能间断的，而且我的孩子们对这些新发现的食物胃口不容小觑。

我的妹妹是个年轻时髦版的我。她的职业一直都和滑雪有关。她一开始是一名冠军选手，然后是某些特定品牌的产品推广员。滑雪这条职业道路甚至比我的职业更难以预测。卡伦从来没有过我那样的渴望。她从不计划她的生活。

当我们在摊点中间行走时，男人们向我们举起大杯啤酒，用法语或英语问"你们是双胞胎吗"时,我感受到只有法国人才能展现出来的热情。卡伦花蝴蝶似的满场跑,我好奇那是什么样的感受。她对每个店主都不吝赞美,他们似乎被这个"英格兰人"迷得神魂颠倒,他们不停地这么叫她。

"是美国人。"而她不停地用她那欢快、美妙的法语纠正他们,他们都朝她挥手、眨眼,似乎在说她太酷了,不像是从任何真实的地方来的。

卡伦是唯一一个我可以与之分享离奇的亨利事件的人。我感觉再不跟谁倾诉一下发生了什么,我的胸腔都要爆炸了。

我深吸一口气。"那个,我跟亨利有来往。"我的话不能再简单,但卡伦还是停了下来。她正提着一袋克莱门氏小柑橘。

"来往?好比,你在做他的账?"她问道。

"是的。"

"你指的是亨利对吧?跟我们生活有关的……那个?"她放下袋子,把全部注意力集中到我身上。

"亨利对我们来说已经死了,"卡伦用手在喉咙处比画了一下,"你听到了吗?"

"是的。但他为我最大的客户工作,因此他也是我最大的客户。"

"那相当……不便啊。"她说。

"这不是问题,"我说,"我的意思是,我们相处得挺好的。"我语气生硬至极,她转过来看着我。

"请定义一下'挺好的'是什么意思?"

"我的意思是,我们一起做了很多事情。"我感到自己脸红了,她凝视着我。

"什么类型的事情？"

"不是那种事情。"

"你和亨利同处一室怎么可能不干柴烈火？"

"很简单。我们都长大了。"

"很难相信。"

"听着。我们中有些人需要一份薪资不错的工作。"我有点防备地说，而且偏离了主题。我没有表示我妹妹仅能勉强糊口而没有存款的意思，但是她听到的恰恰就是那个。

"噢，是啊。你得保持那美妙的曼哈顿生活方式。对，去我不记得是什么名字的大会上搞个董事会席位吧。"

她咆哮得差不多了，然后我说："只是和布鲁斯一起生活真的很难。有点太难了，我想亨利的重新登场戏码……"我的声音逐渐减弱，"只是再见到他很美好，仅此而已。"

她沉默了一会儿才回答我。

"是啊。他记得自己做过什么吗？那件肮脏的、愚蠢的事情？"

"我们都没有必要永远恨他。我想九年的痛恨差不多就是惩罚的期限了。"

卡伦放柔了语气："贝尔，你曾那么爱他。就在爸爸死前他狠狠地伤了你的心对不对？你再也没有恢复过来。那个我们都爱的女孩呢？她离开了。跟亨利一起彻底地离开了。亨利让我失去了我原来的姐姐。"

卡伦的眼眶湿润了："亨利使你整个人变得冷酷又务实。你只会担心、计划和逼迫自己。"

我感到有邪恶的东西在我的喉咙处升起，是我应该吞回去的怪物，但我让它溜了出来："你说得那么容易。你有过什么不得不为之奋斗的吗？你只要微笑，转着你那天生神佑的屁股，机会之门就开了。"

我想让她对我生气，让我们多少能有些对抗，但这是我们家庭内从未有过的，我们在某种程度上就这么妥协了。我们的父母是带着要将我们培养成坚忍的人的目标将我们抚养长大的；我们宁愿吞下尖酸的话而不是发泄出来，但是我已经吞下了太多，都难以呼吸了。

"什么？"她说，"我拼命工作才得到我拥有的这些。可能看起来不多，贝尔，但是对我们来说已经足够。亨利离开后，你似乎永远都不能满足。他改变了你。他让你渴望你不需要渴望的东西。他给了你占有事物、掌控事物、站在高处、赢得胜利的欲望。那让你变得可悲，而你无法摆脱。我怪亨利把你变成了你并不真正想要成为的那种人，所以，不，我当然不想知道他和他那愚蠢的生活。"

"亨利离开后我并没有改变。人们从不会真正改变，"我柔声说，"你完全忘记了我过去一直都是雄心勃勃的。亨利只是教会了我如何变得全神贯注。"

"我会说你像男人一样要求我们。"卡伦灵活地收缩着滑雪衫下的肌肉，看起来很蠢。

"我像男人似的要求你是因为我跟一个不够男子汉的家伙生活在一起，我在一个只能靠拿出男人气概才能前进的地方工作。总要有人做负责任的那个。"

"布鲁斯很负责任。"

我叹了口气："他是。只是层次不同罢了。"

"你不过是想要的比他多。"她简单地说。

"不是在物质上更多，而是更平等地分担责任。家里99%的收入都是我带回来的，我还要做80%的看护没做的照顾孩子的工作。我不是想要阿斯顿·马丁车、司机或者钻石。我只是想要个真正的伴侣。我也想从工作中得到更多，因为我遵守了得到更多的所有规则。如果布鲁斯遵守了一个丈夫和父亲该遵守的规则，那他就知道他要做的不仅仅是锻炼和当一名得体的陪同者。他应该把雪橇拉上山，或帮忙买杂货。"

"所以你，伊莎贝尔·麦克尔罗伊，你是在说你需要帮助？"

"我不需要帮助。我需要伴侣。帮手是一个向你提供帮助的人，是一个你总是需要感谢的人。而伴侣是和你一起参与其中的人。"

卡伦打断了我："既然你说你不需要帮助，那别人为什么还要帮助你？如果你需要帮助，你向布鲁斯求助，他不帮你，那时候你才有权利生气，而不是在你开口要求而他拒绝之前。因为如果你要求了，他可能会说好的。"

我对她翻了个白眼，向前走到农产品丰富的豆类区，疑惑为什么甚至连我妹妹都无法领会。

"那亨利对他那个芭比娃娃一般的妻子不忠了吗？"卡伦问。

这一点都不像保护我的小妹妹说的话。但她的讽刺让我觉得自己被爱着。

"我怎么知道？"我说，想着我绝不可以把那个秘密公寓告诉她。现在轮到卡伦对我翻白眼了。

穿过广场，我注意到一家网吧闪亮的灯光，有那么一瞬，我涌起一阵与斯通联系的冲动。为了证明我对这次假期努力的投入，我把手机给了布鲁斯。

我提醒自己我正在康复，我不想在布鲁斯问我有没有跟办公室通话时不得不跟他撒谎。我告诉卡伦，从网吧结霜的窗户外面看着那些发光的电脑屏幕让我有多么神经质。像扑火的飞蛾，我容许自己走到门口，看着里面熟悉的蓝色屏幕，每一个都是一个潜在的通向金融市场的大门。我让退缩的颤抖席卷全身。

卡伦伸手抓住我的胳膊。"我们家有个通信工具，"她说，"在你滑雪的时候，布鲁斯整天都在使用。我很确定他在找工作，贝尔。我认为他是想找点事做，然后给你惊喜。"

"他在找工作？"

"我的意思是，他一直都在上网，所以我就问了，他说他在忙的是那个。他想保密来着，但我觉得如果你知道了，你就不会那么气他了。"

我感到体内有什么东西在膨胀，是一种叫希望的东西。

"总之，如果你这么想念你的工作，为什么不请求用我们的电脑呢？你需要什么，你就开口。"

"我不能，他不许我这么做。"我叹气道。

"好吧，这真怪异。"

"这不怪异，只是布鲁斯不认为我能做到，他认为只要我一重新取得联系，我就会把时间都花在讲电话上，所以我有点像是在这里戒银行的瘾，看着这些电脑都让我神经过敏。"

"好吧，我只是觉得，美国市场正在崩溃，而布鲁斯不允许你关心自己的事业，这很怪异。你不是养家糊口的那个吗？这难道不也是他的事吗？"

"市场并不是真的在崩溃。它们只是疲软。"

"我不是很明白你在做什么，但你们公司已经成垃圾了，貌似你已经失业了。"

我在高中学过一年法语，词汇量刚好够我理解法语"垃圾"的意思。费金成垃圾了？

"你关于费金那话什么意思？"我问。她是以什么身份跟我说这个的？

"它们被拿出来只卖了一点钱什么的。我不知道。我并没有真的关注，但是我以为你知道。不管怎么说，你总能得到一份跟我们一起当滑雪向导的工作的。"她大笑着说，"你做得相当不错。"

"费金没有崩溃。我们只是在一些出售的产品上有点问题，我们的股价受到打击罢了。"

"不，我指的是昨天发生的事。"

"昨天什么都没发生。"我说，心里恐慌极了，"我一刻都无法再当这个大山里的姑娘。"我把装东西的袋子递给卡伦，飞奔入网吧，几乎是把一个准备坐下的年轻人推到了一边。

"对不起。"我说。

"美国人啊。"那个孩子说着，翻了个白眼。

我的手指颤抖地打开了我的工作界面。首先，我看到我的收件箱里有2303封邮件。那些是对我跟的每一只股票的警告消息，意味着它们在价格上已经有至少5%的波动，而且全都是下跌。有无数个让我参加今早举行的电脑会议的请求；而会议已经结束了。

我甚至都不需要找美国金融头条，因为到处都是这些头条。我知道了贝尔斯登通过摩根大通每股2%的出价，从破产中得以保全，这个价格比去年他们交易的每股159美元低得不能再低。他们将会被以低于他们全球办公楼的价值被出售。摩根士丹利和雷曼兄弟的股票在这一周都停售了70%。都被传言正在寻求要么是买家，要么是政府干涉。费金·迪克逊已经停止交易，并且据传言被一家中西部银行买下。我每股145美元的股票貌似是以5美元开盘的。

全世界的银行都在考虑着由不可避免的更严格的借贷标准和紧跟着的经济增长的放缓给他们带来的影响。似乎我那么害怕出现的大家都同时来要求收兑的时候就是现在了。

我的胸腔不断起伏着，手指颤抖着，除了一台咖啡机呼呼的声音和键盘的敲击声，我周围的世界无声地崩塌。

起初，我的沽盘对它们还有限制，意思是我只会以一定的价格出售。但是当无人问津的时间从三十分钟变成四十五分钟时，我便开始变得疯狂，只要有人买我都愿意卖。出售似乎是重获控制权的唯一途径。我的生活中再也没有什么是确定的，我需要感觉到实实在在的东西，比如我们账户里的现金。麦克尔罗伊家的账户以旋转的轮盘的速度损失着一列列的数字。我卖呀卖。

我最后一笔交易是出售一小批EBS，就是许多个月前一直向上飙升的那只股票。我以低于我买入的价格售出，不管他们的癌症治疗方法看起来多有前途。我卖呀卖，就像我在摆脱毒素，洗清自己一般。

卡伦回家给大家伙做晚饭。月亮爬上了如画般完美的山脉。网吧里聚满了貌美、体格强健的人们，他们看起来都没有烦恼。看着他们让我想起了生命中的那段时光，那时候我是卡伦口中的那个更为自信的我。

我希望布鲁斯能理解我刚才所做的事，也就是我卖掉了一切，因为我需要知道我们的账户里还有一些稳固的东西。然后我会告诉他，我们也必须使我们的关系重新变得稳固。

几小时后，我从一条弯弯曲曲的路走回我妹妹的小屋，冰块和页岩在我脚下嘎吱作响。星星是那么明亮，让我挪不开眼。也许是清新的空气，也许是知道我的孩子们安全快乐地待在某个地方，一阵古怪的、近乎快乐的平静袭上心头。害怕一件可怕的事情将要发生比它真的发生时还要糟糕。我喜欢在银行有一个稳定的数字，尽管那个数额比我认为应该有的要少，我喜欢拥有三个健康的孩子和一个虽然不完美但尚算体面的老公，他对孩子们幼小灵魂的爱一点都不比我少。是的，今晚我感到了希望。

余下的假期里，布鲁斯在沉思和沉默中度过。他成了那个美国市场恐慌的旁观者。当我试着安抚他说，政府可能会增援一些银行的不良贷款，让他们更易出售并安抚投资者时，他就会鄙视我说诸如此类的话："我的美国才不会把纳税者的钱砸去救助一群有钱人呢。"

于是我不再多言，避开新闻，以此来躲避他的怒火。布鲁斯求我去打电话，与我的客户取得联系，但是我没什么要说的。所有的新闻都在电视上了，我不需要打电话去八卦了。我气恼那一小帮男人，是他们用贪婪、恶行和睾丸素作祟下的决定毁了那个地方，但那个银行不再是我的了。我采取隔岸观火的态度，感到无所畏惧。

十天后，当我们在等着登机回纽约时，是布鲁斯告诉我，贝尔斯登已经以每股10美元被卖给了摩根大通，据传言费金也以差不多的低价被收购。代替我每股价值145美元的是麦彻斯特合众银行每股7美元的出价，而格鲁斯，很显然对当下这场灾难无所适从，将不得不接受。

走下登机道时，我感到有点眩晕，被财富的改变所吞没，但对将要回家仍感到些许兴奋。我抱着欧文，他闻起来就像阳光一般。凯文骄傲地拖着一袋书、毯子和鸭嘴杯，并带领着我们走在一条我之前没有发现的路上。布丽吉德把一只充满爱的手放在我牛仔裤的后口袋里，我开始思考我能做的一切，以及随着改变而来的可能性。只要布鲁斯能看到，前方有一切美好的事物在等待着我们。

如此交易
Trade This

　　我们的法国之旅已经过去三个月，一切都变了。我嫁给了一个一心追求六块腹肌和社会媒体认同的男人。布鲁斯花了很多时间在健身房，其次是和他在中央公园新认识的妈妈类朋友们联系，她们现在似乎什么事都找他。在他变得越来越健壮的同时，他为找工作采取的行动似乎都被搁置了，他一直上网与他记得的高中同学重新取得联系。他无数次向我提起，他以为不如他的那些人——不如他聪明、有关系、健壮的人——现在都莫名其妙地经营着公司的某些部门。我克制着没告诉他事实如此。人们从事着地位低下的工作，他们忍耐着坚持，但随着年龄增加，他们有时候也能收获成功。这对工作的人来说是可能发生的。但是对他来说，在脸书上看着他那些现在快乐成功的前同辈，已经使他在职场的前线举白旗投降了。健康的身材和帅气的外表是他能吃香的领域。在他看来，每个人看起来都又老又胖。他六个月前流下的汗水已经换来了修身直筒裤，贴身的运动上衣，和他脚上的查克泰勒斯鞋。他有一次穿着黑色莱卡来吃早餐，我告诉他我在为所有地方的"临近中年"的男人划一条界线：不要穿莱卡。但是总体上他好像几乎是兴高采烈的。也许他更开心有钱人终于把莱卡交还给了他们。

因为他晚上九点的瑜伽课，我们继续过着禁欲生活，对此我们俩都没有提过。我建议他去当一名教练，或找个方法把他健身的热情和赚钱的职业联系起来，但他只是一味傻笑。他乐于请教练，但让他自己当教练不适合他，而且，噢，我能用他的手机拍张他曲身时候的照片吗？

他也用他那充裕的空闲时间努力让我们的孩子变得更聪明。他采用了一种时髦的匪夷所思的教育方法来教育我们的孩子，这是他其中一个妈妈类朋友告诉他的。过去几个月，他买了几箱承诺能创造出超人的东西。他在客厅设置了复杂的障碍训练课程来将麦克尔罗伊家抽劣的运动技巧提高到奥运会水平，还有某种单词抽认卡方法，保证能使欧文奇迹般地学会认读。而我从这项努力中能看到的只有欧文把卡片折起来或者在上面画画。我不是专家，但我敢打赌在孩子认识字母前就让他阅读是不可能的，而我丈夫买了骗人的万灵油，但是我不敢私下跟任何人说。我丈夫只有那么一点点本事，如果我以高人一等的姿态评论他只会帮倒忙。于是我把想法吞进肚子里，以我丈夫至少还会花时间陪孩子来安慰自己。

七月温暖的一天，我正向前玻璃天花板俱乐部余下成员转述事态发展。我参与的寥寥几个管理策略会议已然停止，我们都失去了方向。迄今为止，我们还是一边工作一边等待着更多厄运降临或者更多人被解雇。我这一组留下的只有几个：艾米、阿曼达、马尔库斯和我自己，而维奥莱特、爱丽丝、斯通，和其他大多数人都已经走了。银行业务少得可怜，自四月以来，曼彻斯特银行已经裁掉了我们60%的员工。维奥莱特在找工作，爱丽丝在努力建立家庭。我想着玻璃天花板俱乐部关于公平的谈话，但是它们现在看起来都无关紧要了，我对坐在一起的人提到了这一点。

"我们制定策略的方向错了。"阿曼达说。

"不见得，"我说，"我仍然相信风险委员会上应该有一些女性，我们就不该在我们的投资组合里搞那么多不值钱的债券。格鲁斯就是不听。"

"他只响应股东的话，"伯尔斯桥说，"如果我们的增长率比其他银行低，那么我们的股票就会遭受重创。"

"是啊，但这和实际发生的情况可不一样。"我大笑，想着每股7美元，"跟格鲁斯会面之后，你们这些女人可是丢下我一人孤立无援啊。"我说道。

"就好像我们都马上放弃了。"艾米说。

"我没有放弃。我才刚开始，"我说，"而你们在我跟格鲁斯见面后，就把我抛到了公共汽车底下了。"

"我们应该道歉，"阿曼达说，"那样解散不是有组织的群体决定。只是因为我们都很沮丧，觉得在这儿什么都不会改变。"

"也不全是。"马尔库斯看着交易大厅寥寥几个人说道。他很高兴我们聊天时让他加入："我不是想让你们觉得我是个讨厌的呆子，但有没有可能，要从事某些职业就只能放弃和谐生活呢？"

我一直在考虑同样的问题，并好奇自始至终是否只有凯瑟琳·皮特森解决了这个问题。但我还是不相信。因为如果费金的高层有女性的话,那它是绝不会歇业的。因为我们没有睾丸素来刺激我们采取决定。我们乐于安打,如果太过冒险,就不需要全垒打。

我们用从自动贩售机买来的苹果汁为艾米最近晋升为曼彻斯特银行的总经理干杯。我非常兴奋她即将与我一起参加董事会议,然而我还是很惊讶她能在如此艰难的时期取得成功。随着股市暴跌,以及每个人的事业大跳水,谁还会去想升职这等好事?我已经没了成为股东的想法。如果在去年,在我成绩斐然的一年之后都没有成功,那就永远不会实现了,虽然我为艾米感到开心,但我也很疑惑。我思考着她最大的账户和最大的交易,以及要晋升必须带来的最低收益额。我清楚艾米的账户,而我想不出她是怎么做到的。

艾米问我布鲁斯工作的事怎么样了,我告诉她,他的主要工作就是照顾孩子、做瑜伽和骑脚踏车,所以我们仍然既需要我的收入又需要一个保姆。我告诉她布鲁斯和看护搭档默契,她倾身向前,一脸关切。

"有多默契?"她问道,将她那有些许皱纹的脸转向我。她今天穿着一件时髦短裙,开到领口处,长度到大腿一半,一身刚从高端时装秀上下来的昂贵扮相,是我不会为一个经常穿西装的女士选择的扮相。我好奇是否我们财富上的变化使得我们都没那么拘谨了。

"不是那样的,"我对她叹了口气,"布鲁斯跟我们一起工作的那些男人不一样。"

"她长什么样?"她继续问道。

"看护?个子小小的,黑皮肤,挺可爱的,有点像西班牙人的长相。她正处于大学休学期。"

"她跟着你们有几年了吧?"

"是啊，三年了。"

"真长的休学期啊。"艾米说道，不相信一个男人单独与一个年轻女人独处一室，却没有做点下半身决定的事。因为她那流连花丛的另一半伤透了她。我还是无法使这些女人相信布鲁斯就是不会出轨。玻璃天花板俱乐部的女人们的男人们不像我的男人，有那么一瞬，我对他有了一丝爱意，尽管我们之间没有什么感觉是对的。

"所以说，这裙子？"我问，对着她今天的性感装扮点了点头。

"为了赶乘一辆小型公共汽车，"她说道，指的是在纽约市和汉普斯敦之间来回运行的公交服务，"没有供我使用的私家车服务。我不会再做一个周末花掉500美元的事了。"

"这裙子可不止值500美元呢。"

"打折420美元。这就是用乘公交而不用私家车服务换来的？免费得到一条裙子。"

"但你是总经理了啊！"阿曼达说，"你为什么要关心买的裙子有没有打折？为什么不买下裙子，然后叫个私家车服务？"

"不确定这个市场能持续多久啊。"艾米傻笑道，"你似乎忘了我是我们这一伙儿中最后一个来的，什么都被挑光了，但是，是的，很高兴能当个总经理。"

我知道艾米在离婚中失去了她在汉普斯敦的房子，但是她似乎不太烦恼。她为得到一点肯定而感到开心。

"你买了个新房子？"我问她。

"租的。"她说道，"有点像是房屋分租。"

"房屋分租？"我问道，想着我们年轻时开派对的闹哄哄的房子，"你差不多三十五了吧？"

"三十六。我大多数的室友都四十多。重新当一回年轻孩子真有趣。我们这个周末要开个派对，你应该来的。别带孩子。"她傻笑道，"孩子，呕——"

"好啊。也许吧。我就把他们扔在沙滩上，让他们自求多福吧。"我讽刺道。

"她不会来的。"阿曼达说。

"我们情况比较复杂。"我说着，想起家务事，又想到去参加可能也很有意思，"在汉普斯敦很难找个临时保姆。那可不是个简单的临时工作，当三个小孩同时对我哭诉的时候可真要命。我门口可没什么求职广告。"

我再一次惊讶于自己的坦率；我从不在同事面前谈论我的家庭情况。

"拜托试试嘛，"艾米说，简直是在恳求我，"我真的很想让你来。"

我同意看看情况。

那天晚上，我对布鲁斯提了艾米的派对。我那热爱派对的丈夫最喜欢的氛围莫过于随时取用的桶装啤酒、超棒的音乐，以及穿着超短裤和连帽衫、皮肤晒成棕褐色的女人。没什么比伴随他长大的那些东西更让他喜欢的了：沙滩上那些打理过度的头发、莉莉·普利策的服装和真正的珠宝，还有飘着玫瑰花瓣的香槟。我不知道艾米的派对会在哪个地方举行，我告诉他可能在中部的某个地方，但是他仍然说我们应该去。

我好不容易争取到两个高中生周六晚上来帮我们看几小时孩子。我向自己保证要尽可能完美地把自己展现给布鲁斯，尽我可能接近那个几年前与他坠入爱河时的女人。我希望今晚能带来一些不同的感受。我将会为他的笑话发笑，不提孩子，不提工作或是我再也无法为家庭带来多少收入。

在过去七年里，我们都租住在一栋铝合金门窗的旧房子里，它坐落在远离海洋的高速路旁。南安普顿发生的事已经离我们相当遥远了，我们现在和年租户住在一起。我们有一个院子通往一个淡水湖，所以我们不需要游泳池。我们的草地几乎整个夏天都是棕色的，好不容易开出几朵花，也在开花的当天就被小鹿吃掉了。当夏天下雨时，苔藓蔓延进厨房里，爬上墙壁，整个房间都散发着土地的气息。这是一种混合着坚果、生命力以及某种让我想起茶的气味的东西。我们把我们的房子称为茶袋。

随着我的同事变得富裕，邀请他们到茶袋房来做客似乎不再合适。他们中的许多人在高速公路另一边买了阔气的房子，用木瓦盖的，古典式样，内部是由木头和石头、高耸的天花板，以及持续保持72华氏度的强力空调系统快速组装而成的。他们的房子都有名字，用油漆喷在古雅的木板上，张贴在自动大门系统上，起着诸如斯旺的路、东方阿斯彭，或者米多米尔这样的名字。如果不是为了存取买郊区那个避风港，我们本也可以买得起同样的房子。总之，我们喜欢我们的旧茶袋房。

我们驱车前往艾米的合租房的路上，我再次获得了那种近乎快乐的感觉，与我在那家网吧卖掉我们大部分股票之后的感受一样。

我们转入房屋环抱大海的房区。这里有几个住户要么是和我一起工作过的，要么就是在首次公开募股时打过交道的。我挑战自己看能否记得谁住在哪里，我向布鲁斯指出几栋房子。"这是沃纳科服装公司的琳达·瓦齐纳住的。这是设计师卡尔文·克莱因住的,多漂亮的房子啊。约翰·鲍尔森住在那栋,他是一位对冲基金经理,在最近的这次危机中和乔治·索罗斯、霍华德·斯特恩、'SFX娱乐'电台的鲍勃·希夫曼,还有高盛的总裁劳埃德·布兰克芬一起卖空市场,赚了10亿。托里·博奇设计服装,金·麦克弗森也住在这附近。"我对自己能以像布鲁斯开车一般的速度连珠炮似的说话感到很开心。

布鲁斯只回了一句:"你应该去开旅游巴士。"

我扫了一眼艾米的偶数号地址,这令我吃惊。偶数号是靠海而不是海湾一侧。靠海一侧的房子没有一栋售价低于2500万美元的。什么样的千万富豪会把房子拿出去合租?我们开进一条碎石车道,一名泊车服务员过来把我们的车开走了。因为尴尬,我在把钥匙交给他前把卡在前座的开心乐园套餐玩具扔到了后车座上。我瞥了一眼可怜的布鲁斯,他穿着冲浪连帽衣和极速骑板短裤,他的着装与穿着白色夹克、用托盘端着酒水,以立正姿势站在高尔夫车旁的服务员形成鲜明对比,他们准备要把我们带到几百米之上、具有鲜明现代特色的房屋中去。我为布鲁斯叹息。我嫁给了一个普通人,他好不容易摆脱了把他抚养长大的那自命不凡的家庭,却发现自己又来到了那个世界。我想他只是想要找点乐子,瞧瞧我把他带到了什么地方。

"嗯,你看起来很美。"他边假笑边慷慨道。

我穿着一件简单的棉衬衣,绑着一条很紧的皮带,我想那可能是凯文的。至少它色彩鲜艳。

"我们不一定要去的。"我说。

"我才不管你的朋友懂不懂享乐呢。我很高兴能喝她的啤酒。"他十分不讨喜地狂笑道。

我望着他,他自以为是地站在那儿,慵懒地假笑着,我在布鲁斯身上看到了之前从未看到过的东西。布鲁斯觉得他比我们所有人都高人一等。他骨子里还保留着被锦衣玉食抚养长大的优越感。他觉得甚至他到这里来都是帮了我个忙。一直以来,每当他自认为为任何人工作都有失他的身份时——也许甚至跟我生孩子都有失他的身份时,我都害怕会伤害他的自尊。这是第一次我对他有了近乎恨意。

高尔夫车靠近停了下来,司机示意我们上车。我得让布鲁斯把话憋住,不至于生气而毁掉这个夜晚。

"我跟你一样惊讶,布鲁斯。也许是和她一起合租的人。也许他们中的一个真的很有钱,刚好也喜欢请人来玩。"我的声音很稳定。

"我们就待十分钟,最多了。"他说道,我只是点了点头,因为只有这样我才能克制住自己别揍他。我会尽一切可能帮我们度过这个夜晚的,但是新的认知在震动我的世界。我的丈夫是一个傲慢的以自我为中心的混蛋。

我们走到高尔夫车旁时,一名身穿制服的服务生走过来确保我们从车道尽头到房子的路上不会太渴。他给我们提供了玫瑰香槟。我拿了一杯,人还站在原处就两口喝光了。布鲁斯把他的递给我,于是我接过他的也大口喝掉了。我把两个空杯子放回到托盘上。当我转身朝车走去时,那名服务生似乎被我惊到了。

"走吧。"我对司机说,跳上他身旁的座位,而不是布鲁斯旁边的。

布鲁斯看到他架着个对讲机。"请给我预订一杯冷的,伙计,"他在后座像个要东要西的学步孩子一样说道,"告诉他们你的客人很饥渴。"他边在手机上发着短信边说,好像他有什么重要事情要处理似的。

司机甚至都没露出一丝笑容。他拿起对讲机,目视道路,询问着提供的啤酒种类。从另一端传来的声音转达着这样一个事实,虽然这是个有着高层货架的酒吧,但是麦克弗森今晚没有提供啤酒。布鲁斯认真思考着这个答复中关于啤酒的部分,而我思考着名字的部分。麦克弗森?金?艾米是跟金和他的家人分租一个房子?凯文的皮带似乎要把我的腰勒断了。

车停下的地方再完美不过,既能呼吸到大海的气息,又能看到现代艺术雕像。前面草地上是一个引人注目的女子雕像,头顶一颗巨大的地球。她是由闪亮的金属制成的。

"看起来像你啊。"布鲁斯说道,我没心思反驳他,也没法把眼睛从艾米身上移开。我的世界上下颠倒了,我被一条从八岁儿子那里借来的皮带切成了两半。艾米穿着一条及地连衣裙站在那儿,那裙子让她看起来像是天真的花瓶妻子,而非聪慧、傲慢的总经理。金站在她身旁,手放在她臀上,招呼着一个穿着过时的男人,我认出那人是新晋互联网亿万富翁。他们撞了下胸。两个中年人撞胸看起来可真蠢,我听到布鲁斯发出轻蔑的哼声。艾米看到了我并向我挥手,我不知道该怎么从车里出去,走上那几级台阶。我讨厌受到惊吓的感觉。我从未预料过会发生这种事。

艾米挣脱金的掌控,走向布鲁斯和我。我们看起来像两个从沙滩上过来的闲人。她在我脸颊上亲了一下,通过耳语咯咯笑道。

"有很多途径可以获得成功的,女朋友。欢迎来到我们的初入社交界派对。"

境况转好
Better Offer

到九月时,艾米与金同居了,他把家庭抛诸脑后,就像他厌倦了的某个鞋款。艾米没有意向嫁给他;她只是享受着职业的晋升,社会生活地位的改变,以及一个没有家庭野心的女人对金的强烈吸引力。她不会求他要小孩。马尔库斯告诉我艾米会跳钢管舞,尽管金比她大了将近十二岁,他靠着药物作用也不甘落于她的下风。我们人可能更少了,但是我们之间没有秘密。

我记得九个月前的假日派对,那时艾米还对在发奖金时靠调情以期获得更大份额的薪水的女人感到震惊。此刻,已经很难认出她来了。我把这件事的梗概告诉了马尔库斯,他耸了耸肩说:"她没有打败她们,于是就成了她们中的一员。这有什么好惊讶的?"这些日子他倒是像被击垮了。除了市场给他的沉重经济打击外,他还在与裸女郎发起的骚扰指控对抗。裸女郎即将沦为曼彻斯特银行意识到的他们不需要的即将被解雇的员工之一,于是她就往人力资源部的邮箱发送了骚扰指控信进行报复，然后离开了。裸女郎称她之所以没有得到晋升是因为她和马尔库斯发生了性关系，后者阻碍了她，其目的是想控制她，让她做他的女朋友。当我听说像蒂芙尼这样从来没有什么职业野心的女人都见机行事刷了把不公正卡时，我的胃里翻腾着，很不是滋味。

摩根大通对贝尔斯登的收购在六月就完成了，但是他们的交易平台要到二〇一〇年初才能完全合并。曼彻斯特将要花一年时间来与我们的平台合并。跟贝尔斯登的员工一样，我们也孤立地被安置在炒剩的员工坐的地方，家庭照、交易纪念品和钉着爱马仕领结的公告栏（每当执行一笔大交易时，操盘手都会被擒住、扭倒，有人会将他的领结扯下来订到公告栏上）现在看起来就像路边的墓碑。我的职业怎么了？每天当我斜靠或坐在某个曾经在这里工作但已蒸发了的人的座位上时，脑子里会突然冒出这个问题。

不再需要为销售抵押贷款焦虑，我的工作变得简单了。我现在看的是我信任的公司的资产负债表上的真实数据。我之前离开的客户都对我很好，我们现在的交易更多是双方都期待增长的长期投资。猎豹全球开始和作为曼彻斯特银行职员的我进行交易，但份额只是我们曾经创造的一小部分。亨利提拔了一个叫艾丽安·森尼克的女人来做他的大部分工作，她否定了亨利和我交谈的必要。他曾打给我一次，只是告诉我他不再是投资银行的日常联系人了，猎豹的交易决策更多将由艾丽安来决定。他告诉我，因为我们之前对玻璃天花板俱乐部的讨论，他特别想要一个女人来从事这份工作。不是因为他想要处理不平等，而是因为他赞同女人头脑更冷静、更善于规避风险，并且代表着人口的一半。亨利正在接受培训，准备接替蒂姆，他最终将会经营整个猎豹。他从未提及我们在那个公寓的不堪时刻。

我为亨利感到激动和开心。我怀念他逼着我去学习新事物，但我会在其他地方找到这种挑战的。每当我对我们余生将互不往来感到悲伤时，我都会将这悲伤击倒，等待着时间的疗愈来将它抹去。有那么少数几次，我想拿起电话，告知他一切最新进展：我们所知的费金·迪克逊的结局、蒸发的市场、玻璃天花板俱乐部的解散——但只是不可能。我们已经成了存在于不同时空的陌生人。

我工作上唯一真正的友谊，如果可以这么称它的话，那就是和凯瑟琳·皮特森了。凯瑟琳当上了曼彻斯特银行的股东。这些天她是开心版的凯瑟琳，看起来跟不开心版的凯瑟琳没太大区别，但我现在对她有一定了解了，她身上有我喜欢的真挚。

与她聊天仿佛是一次"原本可能是我"的博物馆之旅。凯瑟琳的银行账户比我富足，但在其他方面都是空虚的。我几乎每天都去她的交易台找她，了解有哪些不良贸易状况留下，以及我们要怎么做才能摆脱这些状况。没有人想要买我们库存的债券。我们每晚把这个东西按市值定价，即凭瞎猜定价，但因为始终无人问津，它的价值变得越来越低。曼彻斯特银行的股市交易也一天天走低。麦克尔罗伊家的资本净值比三年前还低，我有时候会回想原本可以和布鲁斯以及孩子们度过，结果以睡眠不足、暴饮暴食、几乎独身的生活方式荒废的那些时光。如果到最后银行里只有这点钱，那我本来可以在拥有一份中规中矩的工作的同时做点实事的。

九月十日，当美国有线电视新闻网报道雷曼兄弟报告亏损了390亿美元，正在出售它们投资管理商业中的大部分股份时，我上楼去找凯瑟琳交谈。我如释重负地叹了口气，期望股票能回升。股票又下滑了7%。我想知道这件事什么时候才是个头。银行的前财务总监艾琳·卡兰可能是华尔街最资深的女人了，她在六月时被要求请辞，而她照做了。现在关于公司的所有讨论都来自执行总裁本人——迪克·福尔德。

九月十三日，我和凯瑟琳坐在一起听纽约联邦储备银行行长蒂姆·盖特纳发表一份电视声明。蒂姆承认，我们正在考虑紧急清算雷曼兄弟的资产。所有的金融股都将被再次售卖，价格比我想过的还要低。九月十五日，在开市前，迪克·福尔德告知全世界，雷曼兄弟正在根据联邦破产法第十一章申请破产保护。市场跌破500点，达到自二〇〇一年九月十一日以来的最高值。它下跌的势头犹如整个世界失去了地板似的，我像小摊贩填写售卖薯条的订单那样填写着销售订单。

我对凯瑟琳的日访成了心理治疗课程，知道只要我们中还有一个人没有垮台，我们就都没事。九月二十日，有传言称，现在有韩国买家愿意收购一部分面临困境的银行，据传南方有些银行也在收购方面加快步伐。联邦储备终于开通了贴现窗口，意味着投资银行现在可以从政府那儿借钱了。如果当初我们可以这么做的话，费金·迪克逊本是不会倒台的，但即使是随着这样的法令改变，似乎也没什么能稳定市场。

九月二十九日，市场猛烈下跌，我去找了凯瑟琳，因为她不像我同楼层的其他人那样慌乱。她没有扔电话、砸电脑屏幕，或大肆咒骂。她只是凝视着屏幕，看着一切转红，唯一转绿的只有金价。投资者对任何安全的，比股票或者债券或者美元安全的东西趋之若鹜，这就是为什么只有黄金交易上涨。

我注意到澳大利亚货币涨得更高了，我笑了，想着亨利以及他六个月前买下的有关澳大利亚的一切。亨利是那么悲伤，却那么富有。

凯瑟琳没有看我，边继续打字边开口道："我非常喜欢你，伊莎贝尔，而你知道，我没有兴趣参与变动，或改变，或诸如此类的事情，很抱歉我没能帮你和你的朋友摆脱困境。"

我发出一声短促的笑声。"是啊，嗯，情况没有按计划发展，"我说，"你知道那些风险资本公司的情况是一样的；科技初创公司也是。任何地方的文化都是散漫而唯利是图的，同样的情况普遍存在。也许我们的错误在于，一谈到女性进步就认为华尔街是特别的。"我无法相信我居然引用了八个月前那顿早午餐上伊丽莎白对我说的话。

她似乎没有听到我说的话："而且我太喜欢你了，不允许你被愚弄。"

"凯瑟琳，这不是问题。那些家伙没有困扰我，我已经断了成为股东的念头了。我现在能看清事情真相了。你不用担心我。"我朝她眨了眨眼。

凯瑟琳挑起一边眉毛，转回她的交易台："你看，就因为这个我才如此气恼。你太善良了。你就是看不清人们的真面目。像你这样的人会被别人占便宜。"

"我没有觉得被占便宜了，我只是想要一个公平待遇，但生活的大部分全凭运气。也许换一家银行，对我来说一切会有所不同吧。"我意兴阑珊地说。

凯瑟琳似乎呆住了，好像甚至根本就没有在听。

"你没有在听我说话。这跟费金·迪克逊无关，这和你老公布鲁斯有关。他不是什么好东西。"

我看着她那修剪精致,既非粉色或米黄也非白色的指甲在键盘上停止了敲击。我看着她用一只有着这样手指甲的手放在我的大腿上。我盯着那只手,仿佛那是某种令人厌恶的昆虫。

"你没有权利那样说一个你不认识的人。"我干脆地说。她甚至从未见过布鲁斯。

她转而将双手分别放在了我椅子的两边扶手上,让我转身,笔直看着她。我想我从未和她有过完全的眼神接触。这使我紧张不安。

"他欺骗了你,他跟我认识的某个人一起做瑜伽,还跟她上了床。"

我看着她,仿佛有丑陋的爬行动物粘在她的舌头上。我对她的想法全错了。凯瑟琳从不会妄论,她能给出证明。

"你不了解我老公。他可能没有了不起的工作,你的瑜伽朋友也许只是在健身馆里看到了他,但他不是个会出轨的人。还有,我是你唯一真正的朋友。贱人。"

她一脸震惊。我也一样。刚才的话是谁说的?

凯瑟琳想再次规劝我。

"我该怎么说呢?他被密宗瑜伽深深吸引。我的几个瑜伽伙伴会和同伴一起练习这个,而这延展出来的性能量是很强烈的。他和我的一个朋友结了搭档,他是在你公寓的一个宝贝玩耍约会上认识她的。他在她身上花钱,都是一些小'东西'——自行车啦、在旅馆开房啦、私人辅导这些。但是我为你担忧,因为我不确定你知不知道,而你看起来像是那种想要知道全部真相的那类人。你是赚钱的那个。你全身心投入在这个地方,也全身心投入家庭。我只是觉得你应该知道。"

"如果我老公对洗衣和鸡块以外的任何事情感兴趣,你难道认为我会不知道吗?他又不用每天去办公室。他就在家里。"

"晚上九点可不是。他那时不在家。"

"因为那是瑜伽放松课程。那有助于他的睡眠。"

"可是我的朋友——"

"你的什么朋友?你没有朋友。你只有花钱雇来对你好的人,来使你努力保持理智的人。我真没想到你是这样一个工于心计、胡说八道的人,跟我说这么伤人的话。我威胁到你了吗?这是你的什么心理分析头脑游戏吗?你是在担心曼彻斯特银行会把猎豹指派给我一人负责吗?所以你才对我说这些?"我嘴上这么说着,脑子里却开始列举那些蛛丝马迹;布鲁斯不停地发短信,他对社交媒体的新热爱,他在假期中一直上网,他对自己身体的痴迷。他检查每个老旧的箱子,而我甚至从未注意。

凯瑟琳沉默了,将手放到身侧:"享受把密宗瑜伽性爱作为他们瑜伽练习一部分的人并不总把这当作出轨。他们因为这种练习中的启示性而认为这是正当的。为了真正实现开悟以及扩大性爱欢愉,精神必须在漂移的同时非常集中。那就像误染毒品,只是这里不是毒品的问题,而是你必须能约束自己的心灵。"

我让这些乱七八糟的话回旋了整整十秒才回道:"什么?"

此刻我说什么都没有意义,我感到一阵紧张和难受,就像我面前那些订单符号中的某一个,价值上闪闪发亮,却不知道怎么才能卖出去。我生活在一个一切人和事都虚幻的世界。

死猫式反弹
Dead Cat Bounce

据说中国人认为7是一个幸运数字。我盯着发亮的屏幕，除了背景是黑色的，其他一切都是赤红的，就像溢出的鲜血。我的屏幕上满满都是7，但没有一个是幸运的。道琼斯指数已经下跌了777点，或者说在一天之内股价下跌了7%多，可怕的一天，这个可怕的一天。布鲁斯和我结婚九年了，显然我的丈夫正处于七年之痒。

我想象着布鲁斯和我想象他在我的卧室，我付钱购买的公寓的卧室里遇到的一位身体轻盈、有文身的年轻妈妈伸展成曼妙的姿势。

我知道悲痛的第一阶段是否认。为什么我不否认这个消息呢？我怎么知道凯瑟琳就是对的呢？也许它始于南安普顿的高尔夫车上，在那里，我们之间的一切显然都不对劲。为什么我总要为布鲁斯和他那丝毫没有贡献的生活辩护？

大家被市场折磨得筋疲力尽，开始收拾东西下班。我想求他们中的任何一个——这些高层中的男人、玻璃天花板俱乐部的女人——留下来陪陪我，在这个可怕时刻，拜托，拜托留下来抱紧我。别把我一个人留在这个崩溃公司的这个巨大楼层里。

我目送他们一个个离去，回到家人身边，去被他人——愿意爱他们，包括他们缺点的人——安抚。我想知道他们身价降低了那么多，现在有多受欢迎？我想起布鲁斯有多享受为5美元的啤酒付20美元的小费，眨着眼对各色女服务生说，"服务的人应该得到更多"。我以为他只是大方。某种程度上，我赞同布鲁斯和他的所作所为，但实际上他只是在嘲笑我。也许当他在一笔大交易上对我表示支持时，他也在背后为自己选择的伴侣既能播种又能收割的能力鼓掌。

到晚上十一点，交易大厅只剩下三个人，三个我不怎么认识的男人，他们在风险仲裁部工作。

此刻，我应该打给一个朋友，卡伦或者伊丽莎白。在这样的时刻，一般人会怎么做呢？我之前也遭遇过不幸，但都是自己解决的。我是解决问题的高手，我提醒自己，我需要解决这件事。但我不知道从哪里着手，有那么软弱的一瞬间，我发现我居然希望可以打给亨利。

我想马上见到我的孩子，但我不想回家。我对自己将要说出的话感到害怕。我必须在进一个有布鲁斯在的房间之前确定我想要的结局。如果我被戏剧性、眼泪和反驳岔开了话题，我就会失去让我做出我已经做出的决定的决心。布鲁斯今天还一次都没打来过，真是有趣。他对关于我的一切都不想念。

那三个套利者站在那里，面如死灰。我猜是疲软的市场诱惑他们买空，在看跌时买了股票，希望能快速反弹一次获利。如果他们在最近几天这么做了，那么他们应该已经尝到了失望的苦果。任何价格都没有买家，所以他们只能一边砸着办公桌上的东西，一边看着自己的头寸像泰坦尼克号一样下沉。看他们的脸我就知道事情的整个经过。

他们中最后一个离开的人瞥见了我。我假装正全神贯注于满屏幕的"7"中。

"伊莎贝尔？"他问道。

我以前喜欢不认识的同事、男人仅通过我的声名认出我，但不是今晚。他是个体格中等，身体健壮的男人，两鬓有些灰白，我不记得见过他。

"是的？"我哑着声音回答道，不是我惯常的声音。

他走向我，站在我屏幕后，视线越过我的肩上看向我面前的一片空白。

"贝尔，"他再一次说道，"你看起来需要杯饮料。要去喝点什么吗？"

他看起来倒是很需要一杯，我知道我应该表现得友好点。但如果我真跟他去了，我就可能会跟这个陌生人倾诉一切。

"谢谢，"我感激道，"但是不了。我得回家了。"

"也许我们都应该回家面对现实了。"他说道。

他以为我苦恼的是大萧条以来最惨淡的股票市场。但人们已经从那之中恢复过来了。

"是啊，得回去好好经营一个家了。"我说，知道这话对他毫无意义，但奇怪的是，这给了我些许安慰。

收益 Yield

我在费金的最后一天，是以在新泽西一个工薪阶层小镇，在一个高大的西班牙男人的怀里结束的。

我出差在外，在特伦顿和普林斯顿见过客户后，为了能及时赶回家做晚饭，我疯狂地上了新泽西州高速公路。我在不该进的高载量专用车道上迂回行驶，不顾一切地想要把孩子们从布鲁斯的新一居室公寓里接走，那是一个玻璃和铬合金组成的房子，每一个进去的人都能明显感受到浓郁的单身汉的气息。布鲁斯没有带孩子的衣服。除了一些漂亮家具，我一半的钱和我的一大部分勇气外，他什么也没带。我们在这种分割监护权的生活方式上都是新手，对我来说，这感觉像是无止境的虚假游戏，就像我们在别人令人不舒服的戏剧里做戏。没什么感觉是日常或者自然的。

市场已经有了些许回暖，但是商贷和个人贷款已经停止。我唯一在做的是销售，以及一些价值买家将蓝筹股的名字塞进年轻投资者的账户里，从长远看，他们会成功的。

自从布鲁斯和我分开后，我就极需跟我的孩子们待在一起。世界市场崩溃，交易被取消，这些对我都没有影响。我只需要那些需要我的人。没有了布鲁斯，公寓似乎令人窒息，我开始喜欢一直开着窗，驱赶掉污染我们世界的细菌。我把公寓放在了最薄弱的房地产市场出售，为期十年，但没有人表现出一丝兴趣。南安普顿唯有游乐场和茶袋房让我感觉正常，我不停地想着长岛那儿的公立学校怎么样，以及我的孩子们在一个没有被金钱划分界限的世界过得怎么样。

每天晚上，我审视着孩子们的脸庞，看有没有什么难过的迹象。我敏感过头到把孩子们的每一次昏昏欲睡或者挑衅都看作是我们糟糕的父母教育造成的不良影响。我现在工作从不超过下午六点，也再不去参加娱乐活动。工作已经成为单纯获得薪水的途径，而薪水只刚好够付这不开心的生活一天天的开支。新泽西的那个晚上，一切都再一次改变的那个晚上，我只是一个忙碌的工作狂，需要回家、回到孩子们身边。

我在回家的半路上停在了新泽西的拉瑟福德。我急需洗手间，没办法一路忍到家。我从出口开出去，进入了一个旧砖建筑的小镇，虽然那里的每个人看起来都像西班牙人，但商业店铺都起着诸如"路易吉家的"和"卡尔米内家的"这样的名字。我看到一家汉堡王，便捷上厕所的好地方。我从租来的福特金牛上跳下来，锁好车门，走进厕所间，厕所水用化学方法调成了紫色。我把钥匙放在卫生纸架上，那架子太小，不够放一个钱包的，却足够大到妨碍拿厕纸。因为急匆匆想赶快从厕所出去，回到高速路上，我转身用脚重重踩了下冲水装置。不巧的是我那尖头靴子就在这时正好勾住了赫兹租车公司的钥匙环,然后把钥匙撞进了厕所里,它在我的脚碰到冲水装置的那一秒就被溅湿了。我一边试图安慰自己没真的干出这等蠢事,一边徒然地等着水停时它们会出现在厕所底。当我假想那在漩涡中的钥匙会快速冲向新泽西的某个废水处理厂时,我向无形的神明力量乞求倒回前两秒发生的事情。顷刻间我就变成了一个没有交通工具、狂乱、可悲的妈妈,无法成功回家去将孩子从他们父亲那一居室的娼妓窝里接走,就因为她把福特金牛的钥匙冲进了厕所里。

我一动不动地站在锁住的厕所间里,乞求着时光倒流。事实上,我乞求一场大的时光倒流,一场许多年、许多选择的时光倒流,而且我希望马上就能开始。我一直都是一个好女孩,有合作精神,不过多参加派对或搞面部文身或跟陌生人上床。我是一个好好回答老师问题、完成作业、选择早起并在每个人都走后还工作到很晚的人。难道不应该保证这样的女孩的生活最后不会变成这样吗?难道没有跟某个神明签订协议,跟天使达成交易吗?我没有意识到,事实上,我正敲打着隔开厕所间的金属墙。我没有意识到我正用喉音发出可怕的悲鸣,足以把小姑娘吓跑去找她们妈妈。我也不知道过去了多久。

最后是有个男人被派进来救下了我,虽然透过朦胧泪眼我看不清他。我看见他头上有纸糊的金色的东西,好像是某种王冠。我想他就是汉堡王吧,不知怎么地被分派给了女厕所的一个疯子。他是个很好的男人,大块头,说着西班牙语。我懂的西班牙语足以理解他对着无线电接收器说的"疯子"一词。他是在跟别人说这个穿着昂贵西装的白人女士是个疯子。他用他壮硕的棕色手臂环住我,试图制住我,但我把这理解成了他想要抱我。于是我立马回抱住了他,力度之大，肯定为之吃惊。我抱住他散发着炸薯条气味的壮硕的腰，紧得不能再紧。我惊人的力度把他的王冠弄掉进了厕所里，但我还是没放手，不愿意放开这个成人尺寸的人类，尽管在汉堡王里很安全，但他让我感觉是那么强壮、有掌控力。

最终，我急速的心跳缓了下来。我听到人们来来去去，打开水龙头，使用烘手机，站在我们敞开的第二个卫生间门口对我们叹息。另一个男人来到门口问他还好吗，他说："没问题。"

我撑开身子，距离足以看到这个男人衬衫上的名牌。上面写着："莱昂纳多"。他面部肌肉抽搐了一下，调整了下名牌，直到那时我才意识到它松开了，而我一直在用大头针扎着他。他芥末黄的衬衫上甚至形成了几滴血渍。

"不好意思。"我说，伸手去拿厕纸轻拭他的伤口。

他摇摇头，捏紧我的肩膀说："你还好。"不是一个问句。是个陈述。

我考虑着下一步该怎么做，是该打电话给赫兹租车公司呢，还是打给开锁匠。我想到现在已经六点了，在新泽西，周五晚上六点可能是所有开锁匠和赫兹租车公司代理商认同的回家时间。这是个没有人该做蠢事的时间。

我走到用餐区，坐在福米加塑料卡座上，看着某个足球队的队员们狼吞虎咽地吃着食物，并从彼此的食物堆里抓薯条，喋喋不休地讲着话。我能看到莱昂纳多在一个玻璃房里跟一群孩子玩"西蒙说"的游戏。似乎我周围的每个人都在说话,但我听不懂任何人的话。

我起身走到外面,发现在这个早春的夜晚起风了。我从车窗看进去,清点着里面有什么:我的工作电脑、一包首次公开募股的交易材料、一个惠普计算器,还有一杯冷掉的咖啡。然后我看着车外的我身上有什么:我的钱包和手机。我有了我真正需要的一切。一辆警车开进了停车场,我想着请他们帮我撬开车门,但车里的一切看起来都是那么庞大,那么笨重,我的车里充满了危险又捉摸不定的事物。于是我问他们有没有去纽约的公交车。

年轻的警官好奇地看着我不适合走路的西装和靴子,指了路,并告诉我大概离这里五千米的地方有个车站,这对我来说已然足够。在比汉堡王高大概一米的路上,我停了一会儿,回头看车和我留下的所有东西。山丘给我提供了一个倾斜的角度,刚好可以看到那辆黑色福特金牛车窗上反射的最后一瞬的夕阳。在那里,我向玻璃天花板俱乐部告了别,向布鲁斯和他那灵活柔韧的朋友上床给我带来的心绪不宁告了别,向那装载着大量文件以及里面代表的贬值的金钱告了别。当最后一缕阳光以刚好的角度射在驾驶座的车窗上时,我在新泽西的一座小山丘上向这一切告别。有一瞬间,我发誓我看到了那辆车正对着我眨眼。

清醒的欢愉
Rational Exuberance

二〇〇五年九月

我们阿贝拉金融公司的办公室玻璃门敞开着,让春天的海洋微风充盈整个交易大厅。如果它里面不是摆满了液晶显示屏幕,这个地方看起来会像是某个时髦的市中心样品间,而不是一家投行精品店。彩色盒子,全都用白色塑料装框,里面装着我们每天要处理的极少的文件。是艾米设计,布鲁斯建造的交易台。作为一个单身男人,他已经成了一名天赋异禀的木匠,而他的成果漂亮得令人震惊。

每天早上一拿到那方格箱装的所有物,大家就会选一个自己最喜欢的彩色靠垫,然后给自己找个位置——而不像幼儿园班级里的孩子们,每个人都要选她固定循环的座位。我们每天跟不同人坐在一起,以此来帮助我们分享想法,并且防止种下存在于大多数办公室内的小党派八卦的种子。我们的任务可比玩这些过时的把戏重要多了。

我们有一个乒乓球室,这使得我们看起来像一个时髦的新兴技术公司,然而我们并不是。我们不是很酷,也没有过度延长我们的青春期;我们有一个娱乐室,因为我们有孩子。这里是一家主要由女性经营的投行精品店。虽然在曼哈顿有一个使我们看起来更合法的小办公室,但我们的总部在纽约的汉普顿湾,离大西洋约三千米,离纽约市一百四十五千米。这是个有着简单的低矮平房,没有什么名人到访的小镇。一辆黄色校车每天下午停在公司门外,护送我员工的五个孩子,外加我的三个,现在,尚有一丝夕阳余晖时,我就能见到他们。我喜欢如今生活中的一切,在这里,在二〇〇五年九月。

我们用玻璃天花板俱乐部收到的和解金来启动的这个地方。曼彻斯特银行为悬而未决的费金·迪克逊的诉讼留了一笔钱。一旦他们了解了他们买下的这家公司,他们就应该会预见有关声名狼藉的抵押贷款、极端的金融工具,以及玻璃天花板俱乐部遭受的骚扰和不公平的薪酬机制的诉讼状会如雨般从天而降。

银行合并前建立了权责发生制会计准则或储备来消除这个问题。暂时一段时间里,在结束交易前,费金·迪克逊的管理层仍经营公司和处理这些细小的问题。得益于和次贷危机数据相比一个微不足道的舍入误差,玻璃天花板俱乐部收到了2700万美元。那是很大一笔钱,但没有一分是我的。我当时困惑至极,以至于没有起诉,也不清楚我到底要起诉什么。但是我的朋友们,对,是朋友们,来自玻璃天花板俱乐部的朋友们都成了有钱人。她们把她们的和解金合在一起开了这家公司,她们以一份不菲的薪酬选择了我当她们的领导,这比我曾得到的任何晋升都让我骄傲。我们管理着我们自己的钱，将种子资金提供给有前途的小公司。我们帮助他们发展，其中一家公司甚至上市了。我们没有赚上百万，但我们做得真的很好。

为什么我没有起诉？因为那天晚上我正急着从新泽西的一家汉堡王店赶往纽约市，极度渴望能准时去接孩子们，而那晚我本应是去拜访一家律师事务所，以加入其他女人的申诉行列的。我乘着观光电梯到布鲁斯的娼妓窝。他非但没有生气，反而用小狗般的眼神凝视着我，表现得像在服丧。

"那你赶紧去做你的事吧，今晚就把孩子们留在这里。"布鲁斯以一种好得让我无法置信的语气说。他听起来那么无私奉献，那么充满爱意。他听起来像是过去我认识的那个他。

"是啊，但是我迟到了，如果你要用这个来对付我呢？"

"对付你？"

"在法官和所有人面前。"

"贝尔，我们不是在演《克莱默夫妇》的片段。"

"我们不是吗？"我恨布鲁斯看起来那么好。我以为他会变得又邋遢又肥胖。我听说他跟他的小女友分手了，自那以后就没有再约会过，而且他在工作了。而我有点阴暗地希望他是窝在沙发上吃炸鱼，弄得自己身无分文。

"我们来共同面对这个问题，"他继续说，"你堵车了或什么的，所以没什么大不了的。"

"是啊，堵车了，实际上是搞丢了我租来的车的钥匙。"我说。

"你弄丢了？你从不会掉东西。"

我记得自己在想：即使我依然穿着尖头靴和漂亮的西装，我看起来也一点都不惹火。我看起来更像原本的样子，是一个马上要离婚的邋遢鬼。我坐在他的台阶底层，布鲁斯本能地弯腰把我的靴子脱下。当它们从脚上脱下来时，发出一声吸气音，我们尴尬对视时他大笑起来。

"对不起，"他说，"我忘记我们现在的身份了。"

"是啊，"我说，试着迅速转移话题，"关于那串钥匙，我只知道它们还在新泽西。也许在地底下吧。"

布鲁斯扬眉，这让他的脸看起来很迷人："地底下？那没有钥匙你是怎么回城的？"

"我搭的公交车，"我说，"就是新泽西的公交车什么的。他们开得很慢。"

当他对我轻轻微笑时，我突然想起我曾多么爱这个男人。霎时间，回忆如潮水般全都涌了回来。

"嗯，我想你潜意识里不想准时来。你不想在任何法律文件上签字。"他说道。

"这不是真的。"

"你得到的待遇很差，但也很好。"他一针见血地说出了我的想法。尽管工作环境有时候很疯狂，但那个地方给了我发展事业的机会，至少在起初几年是这样的。这就是我爱布鲁斯的地方。他能看穿每个人，每件事，然后把我已经对自己有的了解告诉我。我忘了他能这么做。我忘了曾经布鲁斯是我的朋友。

"我只是觉得我从中捞钱并不能帮华尔街改变什么。我的意思是，我从中得到赔偿能怎么帮到我的那些后来者呢？除此之外，我真的喜欢往前走。"

"是啊，"布鲁斯说，"你往前走得很快。"他眼里起了雾气。

我无法相信。当分离使我流泪和害怕得团团转时，布鲁斯和在乔治·华盛顿大桥上收费的那家伙一样冷血无情。我开始想他应该跟凯瑟琳·皮特森约会，看看谁表露的感情更少。但那一晚，他有些变了，或者说有些感情回到了他身上。我们站在不适合孩子的石板地上，廉价的现代艺术画布挂在用手指画的高度，他对我表现出忧伤。我能够感觉到这个人还爱着我，我也想找个方法回应他的爱。但是我不能。至少那时还不能。

那晚，我和布鲁斯成了朋友，而他开始成长了。他支持我去住茶袋房，并把孩子送进公立学校的决定。不到三个月的时间，他因为太过想念我们欢乐的混乱，放弃了他的单身汉公寓，我相信，他同时放弃的还有他的密宗瑜伽练习。他在南安普顿租了个古雅的小房子，跟孩子们一起种了个菜园，找了份工作。他有个年轻的单身女邻居，对他有意思，时不时地给他留忸怩作态的字条以及（恶心我的）砂锅菜。真的。用浓缩汤做调料的砂锅，我叫他不要给孩子吃，罐头食品是众所周知的致癌物。我的意思其实是："请别上你邻居的钩。拜托了。我们可能还有机会。"

他的工作是设计和制作家具。大多数时间，他都是待在漂亮的房子里，甚至在金的房子里干过活儿。那已经不再是艾米的房子了，因为她爱上了一个真正的好男人，而且要当妈妈了。在五年的伪分居生活里，我和布鲁斯从没劳烦去离婚。我们都没有跟任何人认真交往，我们在一定程度上解决了很多问题，我们一起在沙滩上百米冲刺，把孩子们放在半途当分界线。我们没有请看护工。我们比几年前看起来更好，我们当父母当得更称职，而且我们善待彼此。我们如疯子般调情，我们记得如何表现友好。我们无聊极了，却一点都不厌倦。

玻璃天花板俱乐部的几个女英雄都被撤下了。艾娜·德鲁——摩根大通的一名高管——因对一个造成60亿亏损的小组负有责任，成了所有女人的公开牺牲品。萨莉·克劳切克被提拔去管理美国银行旗下的美林证券的两个个人理财部门，而且被吹捧为华尔街最强大的女人，然而风光不到几个月，就被公司以"精简机构"为由解雇了。

"精简掉我那该死的结婚蛋糕的层级吧。"当声明发出时，阿曼达对着电视大喊道，并将一盒橡皮擦掷向了电视。就在上个月，美国银行接到命令需为他们在次贷危机中扮演的角色支付联邦政府将近170亿美元的罚款。他们从未预见这一天的到来，但是，偶尔沉思时，我预见了，所以，我相信，萨莉也预见了。

报道还在继续："据美国银行所言，萨莉·克劳切克对未来还没有规划。"

"接通她的电话！"维奥莱特喊道，她现在无疑在我们安静的公司里找到了自己的声音。她是我们最大的生产者。谁能想到？

"她不想跟我们共事。"艾米说。

"她想战斗，"阿曼达说，"她还没明白，华尔街真正成功的女人都在我们能紧紧控制的小公司里。"

"这是斯劳特规则。"我说，指的是二〇一二年被电子邮件传送最多的故事。安妮·玛丽·斯劳特为《大西洋月刊》写了一篇文章，讲的是为什么女性依然无法拥有一切，因为她们需要做出她们生活中的男人不需要做出的妥协。当她提到控制自己的日程表是使之奏效的唯一途径时，我突然就明白了。当然了，我之所以如此焦虑正是因为我不知道每一天该如何展开。而当你每天都以焦虑状况开始，你就会像传播有毒气味一般传播你的焦虑。每一个在你领域里的人——你的另一半、你的孩子、送迟到的你去开会的出租车司机——都闻得到。谁会想待在那种气息周围？

当那个故事被印刷出版时，我早已离开了，已经在经营这家公司，依然对在费金·迪克逊的那些时光感到好奇，好奇我身上到底发生了什么，以及那些年，我变成的那个无法辨认的女人到底是谁，我改变了那么多自己相信的事情，全都是为了追求"让我的家庭更进一步"这一信仰。我从未能真正以一笔足够允许我年轻时就退休的巨款结束职业生涯，但如今的生活远非那么困难。我们不需要担心钱的问题，我也不认为我需要在任何储蓄账户里有一笔神奇数额。我们不会太挥霍，我们也不太担忧，生活在不挥霍、不担忧的角落里挺好的。

我透过玻璃墙看进我们的会议室，怀着七个月身孕的艾米正在给两个将要代表我们公司出国并为我们筹资的销售部人员开会。伊丽莎白也在里面。她在帮我们将一些交易屏编码，虽然它们没有超前交易的能力，但场面还是颇为壮观的。我们聘请她当我们的顾问，她很快就会永久成为我们中的一员了。她还在跟那个在早午餐餐厅遇到的家伙约会，实际上他们并不是在那次真正结识的。他名叫马特。

克拉丽丝离婚了，开始在其他一些纽约大公司大试身手。不过她再也没能够在任何一家大银行做到经理层。爱丽丝回到了我们的纽约办公室工作，凯瑟琳·皮特森也是。我很少见到凯瑟琳，因为她几乎都在外工作，但这是她需要的。她在她从事的领域还是那么出类拔萃。她用老派方式投资我们的固定收入：寻找价值和收益，买入和持有债券。我想象着她盘腿坐在木地板上，被蜡烛包围，做着她力所能及的最好的工作。这就是她的工作方式。

当我打电话给凯瑟琳，试着雇用她时，我告诉她的秘书我要找墨提斯小姐。秘书告诉我那里没有叫这个名字的员工。

"那你能问问凯瑟琳她去哪儿了吗？"我问道。

凯瑟琳很快就接起电话。

"你知道多久了？"这是她第一次用最接近慌张的语气问我。

"从那次我们一起步行开始。"我说道。

"什么步行？"

"我们一起步行去你公寓，当你说起内部规则的那番话时。我之前只有一次读到过这个说法，那就是在墨提斯的一个备忘录里。"

凯瑟琳沉默不语。

"你很厉害，"我打消她的疑虑，"而且非常勇敢。"

"我很厉害。"她哈哈大笑。真心实意地笑了："那个俱乐部不适合我，但你们那些女人说得确实有道理。"

"我们确实有道理。"我赞同。

"你听说过斯通吗？"她问道。

"斯通？我的意思是，是啊，他被解雇了，但大多数人不都一样？"

"斯通是鲍勃·丹尼斯的孙子，那个莫纳亨媒体公司的执行总裁和所有者，那个每年给费金几百万银行费用的家伙。那个孩子继承了上10亿的财产。难怪他对你的账户没有过多动机。雇用他就是做个人情，而且他自己也知道，总之，贝尔，事实上，他昨天打电话来了。"

"斯通给你打电话？"

"是啊，他想要你的电话号码。我想他是希望把他的一大块资产交给你管理。"

"这个小混蛋，"我被惊到了，"我怎么没有想到呢？"我想了片刻得到10亿美元交由阿贝拉金融公司掌管该有多棒，然后我重新考虑了一下。

"我不想要他的资产。我甚至都不想再跟他讲话。如今，我更多地听从我的直觉，凯瑟琳。有些钱代价太大了。"

她再次大笑起来："这倒是真的。"

至于那些更年轻的群体里剩下的人，比如新来的家伙，大多数都去了初创企业，而像蒙蒂和金这样的人就早早退休了。我在出租车视屏上看到了裸女郎，她在为新泽西一家健身馆做广告，她无疑是用对马尔库斯的伪投诉获得的和解费开始的新事业。她的身材似乎变得更好了。

我跟亨利没有再联系。他是猎豹的执行总裁，经常出现在电视上，向大众提供简洁有力的市场报价以及市场见解。每当亨利出现在电视上时，整个房间就变成了辱骂的畜栏。

"你的嘴唇还能再薄一点吗？"

"你该再换个发型了。"

"那些你当着费金的面强推回的抵押贷款呢？"

听到她们口不择言，我让她们闭嘴，再不然这里就该和我们之前的工作场所一样了。我过去常想亨利想象的属于我们的那间公寓怎么样了，但是现在不会了。

我还在想为什么我没有起诉。那个案子简单明了，钱就在那儿等着我拿。有时候，就像一个重温光辉岁月的退休老太太，我会向任何愿意听的人提起这个话题。这是个持续的笑话。昨晚，当布鲁斯开着小型货车前往他开心地称之为"破碎家庭试验地"的海滩时，我跟他讲了起来。一辆闪亮的、加足马力的路虎插到了他前面，闯过一个红灯，那名司机的攻击性显而易见。

"该死的，我应该起诉的。"我边说边指向那辆飞车和那个荒唐的驾驶员，"如果我开那样的车，我可能也会像那个家伙一样酷。"

"又来了。"布鲁斯说，充满爱意地看着我。他不停地与我调情。那就像单方面的调情，因为我坚持不用滚床单来毁了一切。我喜欢我们在一起的日子，喜欢他做晚餐，喜欢当我重新尊重他时，他重新尊重了我。

当我看着他放在方向盘上漂亮的双手时，我想着我们真的应该睡在一起了，但那要在知道我们再也不会分开之后。我不能让我的孩子再经历一次那种事。我自己也无法再经历一次，除此之外，等待还别有一番风味。

"你知道我为什么不起诉？"我问道。

"我知道你为什么不起诉，你这个傻瓜。"布鲁斯说。

"告诉我为什么，"我说道，"因为我觉得这件事我们还没谈够。"

"你没有起诉是因为你不想签署一份不公开的协议。"

凯文倾身向前，把脑袋放到两个前座之间，他总是观察着父母之间的一些动作。他今年十四岁了，认为自己是个孩子侦探。

"什么是不公开协议？"他问道。

"不公开协议就意味着你不会公开，你不会说某人或某事的坏话。通常你都是收了钱来签这样的东西，"我对凯文说，"然后你就得遵守承诺，不能讲任何坏话。"

"而你们的妈妈,"布鲁斯说,"你们的妈妈不想签这样的东西。"

"因为妈妈想要讲这个故事吗?"凯文问道,看起来非常像他刚刚弄明白了某件事。

"是的,凯文,"我说,"因为我想讲这个故事。"

OPENING BELLE
by Maureen Sherry
Copyright © 2016 by The Glass Ceiling Group, Inc.
Simplified Chinese translation rights arranged with Melanie Jackson Agency, LLC
through Andrew Nurnberg Associates International Ltd.
Simplified Chinese edition copyright: 2018 Beijing Alpha Books Co., Inc.
All rights reserved.

版贸核渝字（2016）第178号
图书在版编目（CIP）数据

华尔街女神 /（美）莫琳·雪莉（Maureen Sherry）著；
李娟译. -- 重庆：重庆出版社，2018.7
书名原文：OPENING BELLE

ISBN 978-7-229-12909-5

Ⅰ.①华… Ⅱ.①莫… ②李… Ⅲ.①长篇小说—美国—现代
Ⅳ.①I712.45

中国版本图书馆CIP数据核字（2017）第293486号

华尔街女神
huaerjienüshen

［美］莫琳·雪莉　著
李娟　译

策　　划：华章同人
出版监制：徐宪江　伍　志
策划编辑：于　然
责任编辑：于　然
责任印制：杨　宁
营销编辑：张　宁　初　晨
装帧设计：视觉共振设计工作室

重庆出版集团
重庆出版社　出版

（重庆市南岸区南滨路162号1幢）

投稿邮箱：bjhztr@vip.163.com

三河市九洲财鑫印刷有限公司　印刷
重庆出版集团图书发行有限公司　发行
邮购电话：010-85869375/76/77转810

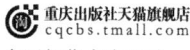

重庆出版社天猫旗舰店
cqcbs.tmall.com

全国新华书店经销

开本：880mm×1230mm　1/32　印张：10.75　字数：236千
2018年7月第1版　2018年7月第1次印刷
定价：39.80元

如有印装质量问题，请致电023-61520678

版权所有，侵权必究